U0804787

KUWEI

酷威文化

图书 影视

芬芳满堂

江雪落 / 著

江苏凤凰文艺出版社
JIANGSU PHOENIX LITERATURE AND ART PUBLISHING, LTD

目 录

Chapter 01

Snow Yard

·

错过

我行过许多地方的桥，看过许多次数的云，喝过许多种类的酒，却只爱过一个正当最好年龄的人，我应该为自己感到庆幸。

——沈从文《湘西散记》

2013年，Paris。

“Yin, Bernard闹了肠胃炎，一共有五桌客人点了今天特供的甜品。”餐厅经理是一个四十来岁的白人女性，她不是F国人，但从二十岁开始就在这座城市打拼，一口法文说得相当地道。她性格有些严肃，但也很公正，餐厅许多新来的年轻服务生和帮厨都怕她。容茵也不知是哪一点投了她的缘，自从来到这儿打工，小半年来，常常受到她的关照。比如现在，后厨唯一的甜品师Bernard刚刚被同事送去了附近的诊所，她谁也没问，直接将容茵叫到一个小角落里，说话时难得俏皮地朝她眨了眨眼：“我记得上周尝过的那道甜点，样子别致，味道也很棒，最重要的是，它的原材料和Bernard今天本来要做的雪域牛乳蛋糕差不多。我想客人们一定会喜欢这份惊喜的！”

餐厅经理说完，也不等容茵作答，拍了拍她的肩膀，便又往前面去了。

现在已经是下午两点钟，这个时间，差不多已经是餐厅午餐时段最后一轮忙碌了。容茵看了一眼腕表，咬了咬牙。Bernard是个小肚鸡肠的家伙，这一点，后厨没有人比容茵更清楚了。可餐厅的客人等不起，后厨除了一位学徒能帮忙打打下手，也确实没人能解这次的燃眉之急。

5分钟后，容茵清洗干净双手，带领着小学徒一块儿做起了甜品。

小学徒是个二十出头的捷克小伙儿，有着一双琥珀色的眼睛，他模样出众，说话也有趣，只是平时总被Bernard教训，因此但凡Bernard在，他便很少开口。此时见容茵捣鼓着牛乳和巧克力棒，他一边帮忙，一边问："Yin，我们要做慕斯蛋糕吗？"

一连猜了几个都没中，他耸了耸肩，说："Yin，你太腼腆了。如果你话多一点，我真想追求你，让你当我的女朋友。"

容茵的目光没有半分偏移，逐一清点着两手之间的原材料："说话当心点儿，小子，我可比你大了足足6岁。"

年轻的学徒笑了，3月的阳光照耀在他的侧脸，又卷又翘的睫毛镀上了一层细碎的金光："爱情来的时候，如果还管年龄和地域，那么这一定不是真的爱情。"

容茵虽然不乐意跟他耍贫嘴，但为了接下来能够获得长久的安宁，还是开口将最后一丝可能堵死："我的眼里没有爱情，只有甜点。"

男孩子耸了耸肩，从善如流地说道："知道你盼这个机会很久了。放心吧，我会尽全力帮你的。"下一刻，他的声音显出一丝鬼魅，"不过Yin，虽然我相信你能做出令人惊艳的甜品，但你有没有想过，等Bernard回来，他一定不会放过你的。"

"你甚至可能丢掉这份工作。"男孩子吐出的最后一个单词，尾音几乎含在口中，但他知道，容茵一定能听得清。

容茵的指尖只有一瞬间的停滞，旋即又继续手上的活儿。她弓着身，身上穿着洁白的工作服，头上的帽子将发丝全部紧紧地裹在里面，可这丝毫不妨碍她的美貌，甚至在许多欧洲男孩子眼中，她的容貌也是相当出众的。圆圆的脸庞，又大又亮的眼睛，瞳色略浅，鼻梁高挺，嘴巴是东方人特有的小巧，可下嘴唇中央，却有一道浅浅的天然痕迹。用男孩子私底下跟其他年轻男子议论的话来说：长得像只猫儿，看着柔顺，眼睛里却有不驯的野性，看了实在令人心痒痒。

不过他也没能发多久的呆，容茵很快就发现了他在走神，手上动作不停，嘴巴却吐出一条又一条的指令，将他支使得如同一只陀螺，小小的西点小厨房里，两个年轻人忙得不亦乐乎。

……

西餐馆临窗的一个角落，两位年轻的客人相对而坐，样貌皆不俗，气氛却不太对头。

两人面前的食物自始至终没怎么动过，话也没说过几句。餐厅领班甚至将这件事告诉了经理，很快，四十来岁的白人女性悄声上前，轻声问："两位先生，见你们都没怎么动刀叉，要不要来一份我们店里的甜品尝一尝？"

穿灰色西装的男子皱了皱眉："我们好像点过甜品了。"他仰头，看着不远处挂着的小黑板，指了指那上面的字说，"就是你们餐厅的那个每日特色甜品。能上了吗？能的话快一点儿。"

餐厅经理说了一句"马上为您送上"，便亲自到后厨督战了。

而餐桌上这一场没有硝烟的战争，也终于因为灰色西装男子的一席话，打破了僵局。男子也不再端着无谓的面子，再开口，却是地道的京腔："老弟，说实话，这一回不是哥不想帮你，实在是我现在也自身难保。"他端起水杯，喝了一口，叹气道，"这次曼菲公司的事儿，算是哥坑了你，等回国，你要怎么办，我都任由你处置，成吗？带你来这儿，其实也不为别的，这家餐厅最出名的就是牛排和甜品。这牛排，咱俩今天算是糟蹋了，待会儿甜品上来，给个面子，好歹别空着肚子！"

穿着黑色西装的年轻男子没有说话。

好在餐厅经理实在靠谱，不到两分钟便折返，身后跟着的服务生手里，端着两份甜品。

甜品端上桌，一直没开口的唐清辰突然用法语问服务生：“这道甜品叫什么名字？”

服务生有点儿蒙，把目光投向了餐厅经理。餐厅经理心里一松，幸亏容茵心细，走之前特意说了甜品的名字：“Snow Yard。”

唐清辰点了点头。洁白的餐盘上，是用细小的巧克力棒描绘出的篱笆和房屋的门窗，大雪盈门的庭院里，小木屋静静地伫立着，仿佛天地间只剩下黑白两色，肃穆、干净，让人心中也随之生出一份久违的宁静。

唐清辰拿起小勺，轻轻地在小木屋上敲了敲。也不知甜品师用了什么方法，那小木屋竟然在两人的注视下缓缓消融，随之袒露的是一朵红艳的梅花。

雪是采用鲜牛乳做成的奶油，篱笆和门窗是巧克力，而那红梅，不仅样子做出了红梅的明艳，尝在口中，竟然也有着扎实的口感。

唐清辰唇角微翘，这是用蜜糖浸过的山楂，用一缕微酸平衡整道甜品的口感，堪称这小小“雪苑”里的点睛之笔。和那朵一瞬间出现在视线里的红梅一样，一鸣惊人，见之忘俗。

对面的灰西装男子见唐清辰笑了，心中委实松了一口气，结账时难得大方地给了三倍小费。能博唐公子一笑，尤其是在他不小心给人家挖了这么一个大坑之后，还能博唐公子一笑，他今天真应该好好谢谢这位甜品师！

他走得比唐清辰略晚一步，临出门前，特意对餐厅经理说：“你们的甜品师实在厉害，帮我对她说声‘谢谢’。”

餐厅经理露出一个微笑：“谢谢您。我一定代为转达您的赞美。”

紧接着又是一阵忙碌，等她想起这件事，再次来到后厨，却发现已经人去楼空。

Bernard提前回来了，并且对容茵顶替他做甜品这件事大发雷霆。年轻的学徒一边向经理描述当时的情景，一边涨红了脸：“我不知道

Bernard 和他那个哥们儿怎么捣的鬼，硬说 Yin 偷了店里的香草，这怎么可能！天知道她偷那玩意儿干什么！但他们确实从她的衣橱里翻出了那包香草荚……”

餐厅经理的脸沉得能滴水：“这么大的事，怎么没人来前面通知我？”

学徒露出一个讽刺的笑容：“因为主厨说，他也觉得 Yin 贼头贼脑，不是好人。整个后厨都是他的地盘，Bernard 不过开除一个学徒，用不着事事跟你打报告。”

餐厅经理很快明白了是怎么一回事。

一定是那个拿了三倍小费的服务生跑到后厨炫耀。主厨听到客人什么菜都没动，唯独吃光了容茵做的那份 Snow Yard，又有 Bernard 在一旁煽风点火，他自然要借此机会宣示主权。

她虽然是餐厅经理，却并不是这家餐厅的主人，而主厨却是餐厅主人的妻舅。他向来跋扈，Bernard 也是一个不容人的小气鬼，可怜刚刚崭露头角的容茵，因为今天这个难得的露脸机会遭受了这无妄之灾。

想到那个女孩明亮的双眼，餐厅经理闭了闭眼。她已经很久没见过这么有天分又肯努力的女孩子了，这间餐厅势必不会成为她最终的归宿，可让一个如此有潜力的孩子因为这种不光彩的原因仓促离开，终究是她这个餐厅经理的失职。她的一时好心，不仅没有帮助到她，反而成为了加速她离开的催化剂。

仓促离店的容茵很快发现，自己倒霉的地方还不仅于此。

丢了这份工作，其实并不在她的意料之外。主厨和 Bernard 是什么样的人，这小半年的时间里，她已经看得很清楚。可餐厅经理提出的建议，是她无法抵御的诱惑。服务生转述的各位客人一连串的赞美，更是她渴盼已久的肯定。就在她踏出那家小餐馆的一瞬间，她不仅不觉得难过，反而对未来充满了信心。

她一定能闯出自己的一片天地。

可现实很快给了她一记响亮的耳光。

她钱包里的现金不见了，那些钱足够她交两个月房租。她仔细回忆许久，最终明白过来，是那两个人往她衣柜里塞赃物的时候，“顺手牵羊”盗走了她的现钞。

容茵坐在马路边，紧紧地咬着牙忍了许久，最终还是憋不住眼泪。

连坐公交车回家的零钱都没有，容茵只能选择步行回家。路上，她给同住的好友毕罗打了一个电话。她边走边说，很快，电话另一头的女孩儿也跟着哭个不停。

回到小公寓，两个女孩子眼眶通红，鼻子尖也都红彤彤，如同两只小兔子。相视的一瞬间，毕罗先是咧出一个笑，可随即又哭了起来。

她比容茵小 4 岁，模样看起来清秀柔弱，一哭更像个小妹妹。

容茵“扑哧”一声就笑了，指了指摆在两人中间的电磁炉：“哭什么啊？你煮了什么好吃的？我一进家门就闻到香味了！”

毕罗擦了擦眼泪，勉强挤出一丝笑：“放学路上遇到一家新开的店，是中国人开的，里面各种中餐调料都可以买到。我买了一小袋面粉，给你包了饺子……”说到这儿，她有点儿不好意思地揉了揉眼，“后来接到你电话，我把包饺子这件事给忘了，又去煮方便面……”

容茵掀开盖子，笑得直摇头：“所以我们现在吃的就是传说中的云吞面是吗？”

毕罗小声更正：“我只放了方便面调味包，还没有放面饼我就已经反应过来了。我掐着你到家的时间刚把饺子下了锅。”

容茵拿起汤匙，给两人一人盛了一碗。红辣的汤水配着白胖的饺子，容茵做了一个夸张的表情：“光闻这个味儿，我的口水都要流下来了。”

毕罗知道她有意调节气氛，看了她一眼说：“那就别愣着了，赶紧动筷子吧。饺子泡久了就不好吃了。”

饺子是冬瓜瘦肉馅儿的。难得能在异国他乡吃到这么家乡味的饺子，容茵一口气连吃三个，又喝掉一碗汤，也不知是辣的还是哭的，眼睛更红了。

毕罗小口地吃着碗里的饺子，说："我刚才算过了，接下来一个月如果省着点用，我再多打一份工，你也能顺利找到兼职的话，应该够交后面两个月的房租……"她小声说，"这袋面粉买得还算及时，接下来可以包饺子、煮面条，家里还有一箱没开封的方便面，应该够咱们对付一阵子，就是……可能吃不起肉。"

容茵垂着眼："你学业比我重多了，本来平时就一直在接活儿，就不要再瞎琢磨打工的事儿了。我不想因为自己这点破事儿拖累你。"

毕罗没有说话。怎么能叫拖累呢？自从两个女孩子一起结伴做了室友，容茵但凡从店里拿回一些好吃的，总要分她一半。赚了工资，两个女孩子也会一起去外面便宜的小馆子撮一顿。能一块儿享福，就不能一块儿吃苦吗？如果都是这样的思维，那还能叫朋友吗？

她沉默地吃完自己那份饺子，起身端着锅子去小厨房刷洗。过了一会儿，她喊容茵："茵茵姐，你过来一下。"

容茵正在发呆，连嘴巴上的红油都忘记擦。走进厨房的时候，毕罗一回头看到她的模样，笑着递给她一张纸巾："擦擦嘴。"

"怎么了？"她后知后觉地反应过来，"我来帮你。"

"不是这个事儿。"毕罗说，"我忽然想起，有一个地方，没准你能去试试。"

"什么地方？"

毕罗有点儿犹豫："不过也不一定够好。不是餐馆或者甜品屋，是咱们上周一起去踏青时经过的那家花店。你有印象吗？"

"我记得。"容茵说，"你的意思是，让我先去花店打工？"

"上一次跟那家花店的老板娘聊天的时候，她不是说，如果咱们有合适的小物件,也可以放到她的店里去寄卖吗？然后她从中抽成就可以。”毕罗浅浅一笑，“明天你可以问问那个老板娘，如果寄卖的不是小物件，而是你亲手烤制的饼干，可不可以。”

容茵眼睛一亮：“这个主意好。”

毕罗朝她笑笑：“可惜当时走的时候，忘记跟老板娘要名片了，不然这会儿就可以打电话问问了。”

“这个不着急。”容茵开始翻找厨房的小柜子，“我明天早上起来，先烤一些饼干和不容易散的小蛋糕，到时候一起拿去给那个老板娘尝尝。这样你明天的早餐也有着落了。”

窗外，春的夜色温柔，风也温柔。两个女孩子轻声细语地讲着话，仿佛只要怀揣着梦想和希望，一切都会好起来。

……

毕罗的建议着实不错。很快，容茵就跟老板娘达成了协议。没有课的日子，她有时清早出门，傍晚才回家，白天留在花店，除了贩卖和推销自己的小饼干、小蛋糕，也会帮老板娘打打下手。老板娘独自一人操持着花店，如今多了一个帮手，也能腾出时间外出采买。很快，她就提出不再从容茵的收入里抽成，有时还会将卖剩下的花送给容茵，让她带回家装饰房屋。

这样的日子过了不久，容茵虽然手上忙碌，心里却有点儿空落落的。虽然暂时有了零碎的收入，也能做自己喜欢的活儿，可这终究不是长久之计。她不远万里跑来这里修习西点课程，目标之一是顺利拿下蓝带学院高级西点师的证书；目标之二，就是在这有限的几年时间内多一些历练，最好能去高级一点的西餐厅或酒店帮厨。只有见识更多、实操更多，她才能有更多经验和灵感，成为真正能够独当一面的西点师。

眼下花店的这份零工，只能当是没找到下一份正经兼职时的暂时休憩。想起不久前在餐厅后厨那一场酣畅淋漓的筹备，以及最后呈现出来的作品，容茵觉得血管里有什么东西在跳跃膨胀着。无论是意志还是心灵，都无比渴望更多像那天一样尽情发挥光芒的时刻，可大脑却无比清晰地告诉她，还不是时候。

正因为自己还不够强大、不够优秀，所以才会在崭露头角后，如同一件无人在意的垃圾，被轻易丢掉。

从没有哪个瞬间，像此刻一样，令她这样渴望成功。成功不仅仅代表着金钱和名誉，对她而言，更意味着无限的机遇和多样的可能……

正在这时，耳边传来一阵悠扬的萨克斯曲调。容茵有些呆呆地坐在花店的小窗边，侧耳倾听。

是那首 Heart and Soul。容茵辨认出来之后，不禁轻轻跟着旋律哼唱起了其中的歌词："You can play all the right notes，But that don't mean you're movin' me……"

一曲终了，容茵回过神，露出一抹苦涩的笑。她曾经答应爸爸，要追逐自己的梦想，不为外物所惑。可刚刚的所思所想，却有点儿偏离了真正的初衷。如果一味地追逐金钱和名誉，做什么工作又有什么分别呢？她放弃了唾手可得的高薪工作和安稳踏实的生活，跑到这么远的地方来学习做甜品，难道真的只是为了"成功"二字吗？

正如这首歌的歌词一样："哪怕演奏对了全部的音符，也不意味着就能感动谁。"如果怀揣着一颗功利的心去做甜品，那她做出的甜品，还能保持最纯粹的美味吗？

容茵心有所动，突然跑出花店，一路朝着记忆中附近街头艺人的聚集地跑去。

她不知道的是，刚刚一时兴起，从街头艺人手中拿过萨克斯演奏的黑衣男子，已经离开了那儿，与她在花店外擦身而过……

三年后，平城。

“唐总，有一个紧急情况。”林秘书说完这句话，就收到自家Boss不善的目光。他咽了咽口水，还是坚强地把后半句话说完，“天气原因，柳先生的飞机已经紧急返航了。”

唐清辰站直了身体，目光从行李箱上抬起，看向林隽：“什么意思？”

林秘书心里流着泪，面上还要端出专业精英范儿回答自家老板：“就是……莫氏的婚礼，一切准备得当，我们现在十万火急，缺一个能做出莫夫人给出的图片上的那两样甜品的……甜品师。”

唐清辰看着自家秘书的目光像在看一个白痴：“你应该记得，我的飞机还有四十分钟就起飞了。”

林秘书心里已经哭得稀里哗啦，却只能硬着头皮解释：“如果是普通的甜品师，不难找，可莫夫人点名要的两样甜品，其中的翻糖蛋糕还好说，可另一样……我给业内许多知名的甜品师打过电话，好多人都没见过。”

唐清辰朝他勾了勾手指：“给我看一下。”

若不是莫言沣是他接下来生意上有意争取的长期合作伙伴，要求这么麻烦的婚礼他还真不想接。

林秘书连忙递过手机。

图片上的甜品看起来像是某种蛋卷。唐清辰皱眉：“叫什么名字？”

“Cannoli，起源于西西里岛的一种甜品。”林秘书显然也是做足了功课的，“不过莫夫人要求的是一种改良版Cannoli，若是甜品师从前没做过，怕是做出来的东西，形似味不似。”

唐清辰垂眸沉思片刻，将手机抛回林秘书怀里：“把这张图片传给唐律，我记得前阵子在他手机里看过一张图，和这个很像。”他交代，“我先过去机场，能不能顺利找到合适的甜品师，进展过程如何，随时跟我报备。”

林秘书知道自家老板此次出差去F国，是去谈一桩三年前折损的生意，前后牵扯许多。如今两方旧事重提，据说还有新加入的竞争者，利润相当可观，这件事可比莫氏夫妻的婚礼重要多了。他跟随唐清辰一路送到电梯口，随后赶紧拨通了唐家小少爷的电话。

好在事关自家生意，这位向来桀骜难驯的小少爷倒是很快就回了一条消息："是毕家大小姐的一位朋友做的甜品。我也尝过，怎么了？"

林秘书看到这个消息，险些流下两行热泪，赶紧给唐律拨了一个电话过去。不一会儿，他就顺利拿到这位甜品师的电话。他走回自己的办公区，电话拨过去没几秒就听到那端接了起来，随即响起一个颇为柔和的女声："哪位？"

"您好，我是唐律唐少家里的一位员工……"说起来这关系也够绕的，自家唐小少爷和那位毕罗毕大小姐也才认识没多久，而这位甜品师，据说是毕大小姐的好友。林秘书寻思，早知今日，他就应该跟自家 Boss 申请和唐律一块儿去毕家蹲守，如此到今天好歹也能混个脸熟。哪还用像现在这样，一句自我介绍都说得不上不下。要知道，唐家人的名讳在他们自己的圈子里好使，可在毕家人那儿，都快跟阶级敌人差不多了。现在这么贸然提起唐律的名字，也不知道好不好使。

好在电话那端的女孩子言谈很有礼貌："您好，请问您找我有什么事？"

"是这样的，容小姐，我是林隽，您可以称呼我小林。"林秘书努力地让自己的解释听起来不那么干巴巴的，"我在唐氏旗下君渡酒店工作。我们这儿有一位客人，特别希望能在她的婚礼上吃到曾经和爱人初次见面时吃的那款甜品，Cannoli。我也是几经辗转，从唐少那儿得知，您会做这款甜品。不知道您时间上方不方便今天来我们酒店，为这对新婚夫妇圆一个梦？这款甜品对他们还是挺有纪念意义的，我也是打了好多个电话，好不容易才找到您这儿。您不知道，现在像您这么专业的甜品师已经很难找了，许多业内的甜品师甚至听都没听说过……"

林隽这话说得有些夸张。真实情况是，会做的今天到不了平城，在平城的，又不能保证做得地道。

电话那头，容茵也有点儿迟疑："我确实会做Cannoli，可据我所知，这并不是什么难做的甜品。贵酒店声名远播，配备的西点师想来也是专业人士……"

林隽连忙解释："您如果怀疑我的身份，我可以让唐少给您打个电话，证明一下——"

"我当然不是怀疑您的身份。"容茵不自觉地露出一抹笑，她回国没多久，在平城更没有什么朋友，唯一做过一次Cannoli，还是上周的事。她一时兴起做了一些，还拿给曾经一起在F国留学的好友毕罗尝了尝。当时那位唐少刚好也来了，似乎还拍了一张图片。若不是唐律将照片传给了这位林先生，想来他也没有其他渠道得知自己会做这道甜品。

她只是觉得，这么好的机会，怎么会平白落到自己头上？

要知道，自己曾经最向往的，就是能够在一家高档酒店任职西点师。想不到才回国没多久，一个现成的机会就这么送上门，而且Cannoli还不是多么难做的一款甜品……想到这儿，她又问了一句："林先生，您好，我想确认一下，对方想要的Cannoli，和我的那张图片上做得一致吗？"

林秘书深吸一口气，回答得十分谨慎："相当一致。如果您今天有时间，我现在就派车过去接您……麻烦您给我一个地址。"哪怕有细微的不同，现在也顾不得那么多了。既然这位容小姐能做出口味地道的Cannoli，那么让她依照莫夫人照片上的那款所谓的改良版稍做更改，想来不是难事。

林秘书一路将人送到酒店后厨，又拨了几个助手给容茵。婚宴在中午十二点二十分正式开始，老实说，留给容茵的时间并不充裕。亏得容茵是个好脾气，一大清早被人从床上挖起来，一路走来都没给人摆过脸色看。看到林秘书拿出的 Cannoli 的图片，连眉头都没皱一下，就说“可以做”。

眼看容茵已经有条不紊地指挥众人开始动手，隔着玻璃窗，林秘书抱着手臂，缓缓松了一口气。据说那位毕大小姐是个相当有本事的人，这位容小姐一举一动看起来也都很专业。果然能人的朋友也是能人啊。林秘书静静地观看了好一会儿，确认不会出什么乱子了，这才又给唐清辰发了一条微信：“人已到酒店，一切进行中。”

那头，因为飞机起飞的时间推迟了半小时，坐在飞机上等候的唐清辰收到这条微信后，回了一条：“成品发图。”

唐清辰的指令向来简单，好在林隽从十年前还是实习生时便开始跟着唐清辰工作，对于这位 Boss 的脾气秉性摸得相当透彻，连忙回了一条，表示有关甜品部分他会一路跟进到底。

十一个小时后，飞机落地。唐清辰打开手机，逐一检视各条信息。翻到林隽的对话框，见最上面一行字是：“一切顺利，莫夫人赞不绝口，莫先生很高兴。”

莫言沣向来情绪内敛，能让林隽用“很高兴”三个字形容，想来除了甜品部分令其夫人满意，也跟今天是他期盼已久的大喜之日有关。莫氏的婚礼总算圆满完成。唐清辰在心里默默做出结语，指尖拨动，向下翻到了现场图片。

翻糖蛋糕是甜品师根据新人的一张情侣照临场发挥的。颇有古典韵味的庭院，一对男女相对而立，从翠绿的竹，到池塘里活泼的锦鲤，再到一旁的灼灼桃花，整个蛋糕色泽娇艳又不失大方。唐清辰眯了眯眼，如今的甜品师，倒是将这一招中西合璧玩儿得很纯熟。

再看 Cannoli 的图片，别出心裁地摆成心形塔。据林隽说，莫夫人尝了一口，激动不已地说味道简直比她记忆中的还要妙。

最后一张图片，拍摄于婚礼开始前，背对着镜头站在翻糖蛋糕前的一抹身影，应该就是甜品师本人。对方穿一件白色竖条纹短袖衬衫，牛仔裤搭配小白鞋，正弯腰在蛋糕上操作着什么，看起来身材很苗条。

诚如容茵此前猜测的那样，偌大的唐氏集团，旗下的连锁酒店已经开到国外，并不会缺一位甜品师。因此唐清辰的目光只在最后一张照片上停留几秒钟，便退出对话框，继续浏览其他留言信息了。

而另一边，忙活了半天的容茵经过婚礼的宴客厅外，依稀可以听到司仪讲话的声音，以及现场嘉宾的阵阵哄笑声。

她双手插在牛仔裤的口袋里，很是专注地侧耳倾听了一会儿，才准备转身离开。

“容小姐。”林秘书似乎等了她好一会儿，笑着望着她，“今天这场婚礼很盛大，是莫氏新一任总裁莫言沣和他夫人的婚礼，有了您做的翻糖蛋糕和Cannoli，这场婚礼才得以圆满进行。您真是今天最大的功臣。”

林秘书是一个很会说话的人，但听话的人却不适合太当真。容茵一笑，朝林秘书伸出手，两只手短暂的交握，又分开：“今天我也玩儿得很开心，能够到君渡酒店为莫先生和莫夫人准备婚宴蛋糕，是我的荣幸，也是一次很棒的体验。谢谢你林先生。”

容茵这样落落大方，反倒让林隽有点儿不好意思，毕竟两个人相识不到半天。刚刚见她在宴客厅外的走廊逗留，林隽心里咯噔一下，还以为会碰上要求进场观礼的情景……也不怪他小人之心，身处他这样的工作岗位，各种手段层出不穷的想上位的年轻女孩子，他见得实在太多了。

林秘书从身后的工作人员手中拿过一个厚厚的信封，双手递到容茵手上：“容小姐，这是您今天的酬劳。非常感谢您今天能够拨冗前来——”

容茵发现，这位林秘书似乎非常擅长这些场面话、客套话，每一句话仿佛演练过千百遍，从他的口中流出，总是那么彬彬有礼、客气周到，让人挑不出任何毛病来。

但她这几年自由惯了，并不想听什么客套话，尤其，她已经听明白林秘书话里隐含的意思。经过了今天上午这半天的忙碌，以后的日子，她要和唐氏银货两讫、互不纠缠才好。

她向来不喜欢跟话不投机的人废话，又深知金钱能够带给人的自由和快乐，因此她浅浅一笑，不等林秘书把话说完，就从他手中抽过那只信封，对他摇了摇，微一颔首："也谢谢您的周到招待。再见。"

说完，她从牛仔裤的口袋里摸出手机，一边拨电话，一边往大门处走去。

林秘书也算见惯花丛，可这位容小姐……

身后的工作人员小声提醒："林哥，您刚才不是要邀请容小姐跟大家伙儿一块儿吃工作餐吗……"

林秘书一拍脑门，他刚才光顾着想"一定不能出岔子""一定要周到"，却将这件事忘得一干二净。

想到这位容小姐临走前说的最后一句话，饶是向来老道的林秘书也不由得老脸一红。他今天实在失态，对于这位容小姐的"招待"，实在称不上"周到"，甚至可以说"相当失礼"。

可人家早走没了影儿，又非常痛快地领了工资，他现在再把人往回喊，也实在说不过去。

回办公室的路上，林秘书难得有点儿蔫蔫的。自家老大交代的差事，应该算是完成得不赖，可这位容小姐，也确实在他自诩八面玲珑的处事上，抹上了一笔令他十分难忘的"黑道道"。

Chapter 02

黑樱桃蛋糕

•

偶然

凡事都有偶然的凑巧，结果又如宿命的必然。

——沈从文《边城》

“唐总。”林秘书忐忑地站在办公桌前。唐清辰不在国内这半个月所有需要知悉的事，他已经全部汇报一遍，但最后这件事，实在令他有些难以启齿：“有个事，说大不大，就是上次莫先生的婚礼过后，许多客人来酒店吃下午茶时，都点名要吃 Cannoli……”

唐清辰皱了皱眉，半晌才将目光从面前的电脑屏幕移开：“我以为找个甜品师这种事，你和你手底下的人已经做过千百回了。”

林秘书有点儿委屈：“这次的情况不一样。我们后来确实找了专业的甜品师来做，但点名要吃 Cannoli 的几位客人都曾经参加过莫氏婚礼，总说不对味儿。”

“那就再换一个。”唐清辰显然对这件事没什么耐心。

林秘书迟疑着没有走。

唐清辰抬眸。林秘书跟他这么久，自然认出自家 Boss 这个表情是不耐烦了。然而林隽此人很有一些优点，其中一条就是，无论自家 Boss 态度多冷淡、神情多不耐烦、说话多毒舌，他都能面不改色地将该说的话说完，该办的事给办了。唐清辰有时候也烦他，甚至降过他的职，把他调到普通岗位上。当然那都是最初。后来唐清辰发现，无论这人当时看起来多烦人，但能让这小子担忧和坚持的事儿，一定有他的道理，并且全部都是对公司发展有利的道理。

于是他干脆将椅子后退一尺，身体也松弛下来："说。"

林秘书说："那天我也有幸尝了一个，而且是刚做出来的时候。但我们换了七个甜品师，做出来的味道都不对。"

"有很大不同？"

林秘书蹙眉，显然在认真地回想和分辨："那位容小姐做的明显口感更平衡。确实好吃。"

"那就把她挖来。"唐清辰说完这句话，见林秘书面露苦笑，便知道这里面应该还有事儿，"你得罪过她？"

不然以林隽的心思手腕，还真没什么他劝不来的人。

林秘书深知自家 Boss 目光犀利，可能一眼看出这里面的事儿，还真是……林隽强忍住擦汗的动作，一五一十地将婚宴当天宴会厅外发生的事讲了一遍，末了说："这件事是我处理不当，不过这位容小姐，虽然行事特立独行了一点儿，倒不是太难相处。她不肯来，是因为她不在任何一家酒店任职。她刚回国不到一个月，在龙潭风景区附近开了一家甜品屋，客人可以喝点咖啡、看看书，地方不大，但也是用心经营。"

唐清辰听明白了。

这位容小姐，有自己想经营的事业，来君渡工作，对她没有多大诱惑。那天肯来婚宴帮忙，显然也是卖给她那位好朋友毕小姐和唐律一个面子。

说得再简单点儿，人家压根不稀罕来唐氏上班。

唐清辰总结："她喜欢当个体户。"

林秘书愣了一下，对于自家老板使用的这个名词有点儿想笑："是这样。她的那家甜品屋我去过，刚开业没两天。她当面跟我讲，说生活才安定下来，不想太折腾。"

唐清辰沉默片刻，说："再去找找别的甜品师。"

唐氏固然非常注重每一位宾客的个人体验，但也不可能为了几位客人的建议，就去强拉不愿意的人入伙。

林秘书走得有点儿惆怅。其实他也有点儿小私心，那位容小姐，容貌性格暂且不提，那一手甜品做得实在惊艳。若能将她挖来酒店任职，每天工作的幸福感都能提升许多倍。

但唐清辰的性格他也是清楚的，若这里面有巨大利益，涉及唐氏未来的长线合作，唐清辰绝不会轻易罢手。但若说为了一位甜品师大动干戈，那绝不是他的行事作风。在唐清辰眼中，唐氏有足够的向心力，也能提供绝佳的薪资福利，自然能吸引各色人才趋之若骛。不买账的人，那就随他去。

林秘书坐在自己的座位上，叹了一口气。

看来以后想吃到那位容小姐亲手制作的甜品，只能周末驱车去那个小院坐一坐了。

经过他座位的苏苏听到林秘书这一声叹息，停下脚步。她也是唐清辰手下的一员猛将，进公司五年，为公司拿下过三个非常重要的合作案，其他小的案例更是一只手数不过来。苏苏是个大美人，鹅蛋脸，美人尖，身高一米七五，相当完美的模特儿身材，性格也特别爽朗。苏大美人平生癖好有二，一个是爱吃，另一个是爱八卦。

她明显刚从外面回来，转头换了一双舒适的 Gucci 珍珠跟乐福鞋。她不顾形象地往林秘书桌上一斜："叹什么气？"涂着大地色眼影的明媚眼眸朝林隽飞了一个眼色，"昨天你说那个事儿，有戏吗？"

"没戏。"林秘书朝着紧闭的房门努努嘴，"Boss 说了，容小姐不乐意，再找别人就是。"

苏苏做出一副捂住胸口向后倒的架势："感觉受到一万点暴击伤害。"

林秘书跟苏苏相识已久，最喜欢她爽利的性格。唐清辰用人相当挑剔，对于手底下经常接触的女性员工更是严苛，大到工作表现形体着装，小到平日里会不会对他有不该有的念想，都有着与寻常老板相当不同的个人标准。苏苏来之后不到两年便得到重用，除了工作表现优异，还有一个重要原因，就是这位姐姐脸盲，能记住客户面孔全靠平日下苦工。但这也有一个好处，就是她从来不觉得唐清辰或者林隽长得俊美，更不见对谁说话黏腻。

林秘书每每思及此事，一方面为能有苏苏这样说话投缘的异性好友感到欣慰，另一方面也为这姑娘未来的终身大事深感忧虑。连唐清辰这种层次的在她眼里都跟楼下保安大叔并无二致，她以后得找个什么样的传宗接代啊？万一找个长得特别丑的捧怀里当宝贝儿，不是白搭了这姑娘一身的优良基因？

林秘书一时间有点儿飘远的思绪，被苏苏一伸手给拽了回来："你知道我昨天在微信上听你磨叨了那么多好吃的东西之后，临睡前又吃了多少袋腰果和杏仁吗？我不管，你今天下班必须带我去她那个甜品屋！"

林隽一听这话更郁闷了："姐姐，人家是甜品屋，不是酒吧！等咱们下班一路开车过去，人家店都关门了。"他叹了口气，"再说了，甜品是好吃，可怎么也得吃一顿正餐吧。那地方前不着村后不着店的，咱们难道不吃晚饭了？"

苏苏打听："你说在郊区，郊区哪儿？"

"龙潭风景区附近，那边有一片旧工厂，前几年都改建了。容小姐那间甜品屋就在那儿的一个小院里。"

"这个容易。"苏苏打个响指，"这周六，咱们两个一起去。先去风景区逛一逛，我知道景区内有一块给游客露营烧烤的地方，咱们先吃点烧烤，然后再去你说的那家店吃甜品。"

"咱们俩？"林秘书有点儿慌。他自诩长得也不赖，虽说苏苏看不出来，但他还是很能分辨美丑的好吗？跟苏苏这么漂亮的妹子一块儿出去旅行、烧烤，然后甜品屋，怎么听怎么像小情侣一日游！

“干不干啊？”苏苏推了他一把，“就这么定了。我先进去找老大签字，出来接着跟你说。”

“行。”跟着自家老板混久了，林秘书的性格越发沉稳妥帖，不是真面瘫，也是个差不多的面瘫。难得让苏苏一句话给问得红了脸。好歹罪魁祸首浑然不知，秀发一扬，甩手进了办公室。

四月末的平城已经进入春的尾巴，天气一天比一天热。容茵租下来的这处院子，房屋是一个二层小楼。楼下是对外开放的甜品屋，楼上则是容茵个人的小天地。在国外的时候，容茵常常在网上看到人们抱怨平城的天气状况一天比一天糟糕。一开始她确实不太适应，她又是苏城人，自然觉得平城空气比自己的家乡和巴黎都干燥许多。但后来习惯了，也觉出这种天气的好来。衣服干得很快，雨水少麻烦也少，出行采购很少受天气限制。尤其从她搬来郊区，也不知是不是附近有水源的缘故，总觉得这边的空气比城里要湿润一些，也更常看到蓝天白云。

院子里找人帮忙栽种的茉莉有一些已经开了。早上起来时，看到茉莉花附近还攀着一支朝颜。朝颜在北方算是很常见的野花，花形像一只喇叭，老人小孩都管这种花叫“喇叭花”。这花委实称不上优美，也没什么香气，可它开得勤勉，性子也皮实不娇气，这样沾着清晨的露水，光看着便让人觉得朝气蓬勃。容茵倒还蛮喜欢这种花，看到它这么缠在茉莉花丛附近的木架上，也从不去管。

刚开业没多久的甜品屋客人不多，而且多数都是午后才来，容茵习惯将上午的时间做一些其他安排。回国后还没去过医院，出国五载，也不知道现如今医疗卡一类的东西是怎样的办理流程。她提前在网上查了一些信息，打算去北三院做一个常规体检。

因为要经常运货，她从别人手中买下了一辆二手小皮卡，墨绿色的。因为经手过一位很用心的主人，经过一些改装，开习惯了很顺手，运载货物也方便。

早起进城的路不算拥堵，一路开到医院才不过八点钟。容茵跟在队伍后面挂了号，一边翻阅着事先下载在手机上的一些资料。她最近在研究一些自制甜品，自然要做足功课，哪怕是排队的零碎时间，也要积极运用起来。

正看得专注，突然听到一道不确定的喊声："……容茵？"

容茵循着声扭头，只见另一条队伍外侧的不远处，站着一个穿着白大褂，有着深邃的眼皮、高挺的鼻梁，看起来特别有精气神儿的一个帅小伙。打附近经过的护士都高兴地跟他打招呼，他也一一回应，但明显注意力不在那儿。见容茵也看向他，神情似乎有点儿怔愣，便笑了笑，朝她招招手。

容茵认人没那么糟糕，很快就认出对方，忘了打招呼，只是因为觉得意外。

男子礼貌地说了一声"借过"，横穿过旁边的一行队伍走到容茵面前。他个子高，看容茵要低着点头，眼神里的光明明白白地写着惊喜："你现在也住平城？"

容茵点了点头："你调过来这边工作了？"

男子见她说话的神情有一点儿别扭，眼神也有点儿不自在，不禁笑了："你该不会把我的名字都忘了吧？"这么说着，他仿佛也不介意，主动朝容茵伸出手，"自我介绍一下，你的本硕七年连读同学，聂子期。"

他这么说，容茵顿时更不好意思了。她伸出手握了握，解释说："我记得的。只是……太意外了。"

"意外什么？"

"我记得你毕业后就留在苏城最好的医院了……"

"我是跟着我老师过来的。"聂子期解释说，他看了一眼她手上的表格，脸上神情一时有些微妙，"你这是……要结婚了？"

容茵一时间没反应过来，看向聂子期的眼神里透着某种近似小动物的懵懂。她从学生时代便常年一副少年老成的模样，倒是很少流露这样纯真的神情。看来是真有点儿蒙。

两人面对面站着，聂子期看得清楚，不禁笑了出来："是我误解了。"

容茵摸不着头脑，她看了一眼自己手上的东西："是我拿错了吗？"她扭头看向咨询台的方向，"我说我想做一个常规体检，他们让我来这排队……"

聂子期一边笑，一边摸了摸鼻子，他将双手插回白大褂："你要入职？"

容茵顿了顿，"嗯"了一声。

聂子期说："不过一般公司安排体检都是外面的私立医院，你现在……在做什么？"

容茵垂了垂眸，没有立刻说话。

聂子期看了一眼腕表："我待会儿有一个会议。我们这儿常规体检也快，你待会儿忙完，咱们一起吃个午饭行吗？"他似乎早料到容茵会说什么，不等她有下一步的反应，伸手将口袋里的一串钥匙掏出来，"这是我车钥匙，先放你这儿。咱们多少年的老同学了，你再忙，抽空匀个午饭时间给我，不为过吧。"

远处似乎有人在喊他的名字，聂子期走出几步，朝她手心点了点："你可别走啊，我车钥匙在你那儿呢，帮我保管。"

附近排队的人里面，有几个朝她投来好奇的目光。容茵垂下眼眸，看了一眼那串钥匙，隐隐有点儿头大。他们两个刚才聊得仓促，连彼此的手机号甚至微信都没交换，这是吃准了她不可能不负责地将车钥匙丢下就走，故意设了一个套。可这圈套设得坦坦荡荡、明明白白，就为了将她留下来。真是让人连生气都生不起来。

明媚的阳光从远处大片玻璃照射进来，落在人的脸上。容茵眯了眯眼，最后释然地笑了。说得也是，多少年的老同学，两个人又都是一样的背井离乡，她没必要太过防备。只是令人意外的是，五年没见，聂子期似乎已经不是记忆里的样子。可细想想，她又何尝还是曾经的那个自己？都是走入社会多年的成年人，为了心里的某个执念，为了更好地适应环境，有所改变才是正常的。

体检结束，已经是一个半小时后的事。容茵迟疑片刻，还是选择找了一个附近的护士小姐问询："请问，聂子期大夫在哪一层办公？"

护士听到这个名字，眼睛笑成两弯月牙："他平时办公不在这个楼，不过你还真问着人了，跟我来吧，刚好我也要过去那边一趟。"

容茵没想到自己运气这么好，随便抓一个人，刚好跟聂子期熟识。

路上，那个护士朝她眨了眨眼："您是……病人家属？"容茵愣了一下，护士小姐笑着解释，"几乎每周都会有病人家属来找聂医生，有的还送水果啊送锦旗之类的，而且绝大多数都是您这个年纪的年轻漂亮的女孩子。"

容茵听到这个解释不禁笑了："看来他人缘挺不错的。"

护士见她神色不疾不徐，挎着一个卡其色折叠牛皮包，整个人清爽又利落，两手什么多余东西都没有，歪了歪头打量她："您是聂大夫的朋友？"

容茵笑着说："我这会儿看着不像病人家属了？"

年轻的护士颇为认真地摇摇头："您跟那些人不大像。"且不说容茵手上连个果盒都没拎，光是她听说许多女孩子都来看过聂医生时脸上淡定的表情，就不像"借感谢之名，行搭讪之实"的模样。

要么，就是太会装了。

容茵笑着说："我跟他也很多年没见了，算是老熟人。"

她本来想说"老同学"，可依这个小护士爱八卦的性格，若说是"同学”，肯定又要带出一大串故事。容茵甚至可以想见，她的第一个问题一定是“你们是同学？这么说，你也是大夫？”

正想着，电梯门打开，换了便装的聂医生身旁站着一位穿白大褂的老者，见到她和护士小姐一同出来，两人的目光一齐聚集到她身上，又一前一后地问好。

聂子期显然面露惊喜：“你怎么找到这儿来了？”

那位面容颇为和善的老者则她笑：“这位想必就是容小姐吧。”

容茵主动伸出手，与对方握了握：“郑教授您好，久仰大名。”

郑大夫眨了眨眼：“看来我很出名啊。”他看向聂子期，显然误解了容茵对自己的认知来源，“容小姐初来平城，下午院里也没什么事，你就早点下班，陪容小姐好好转转。”

聂子期点了点头，眼睛里笑意灿烂。对上护士小姐几乎张成金鱼嘴的惊讶表情，容茵愣了一秒，便快速回过神：“谢谢郑教授，不多耽误您的工作了。”又对护士小姐道谢，“多谢你带我过来。”

那位护士小姐一脸八卦欲望得到充分满足的表情，张着嘴巴望着两人，还不忘朝她摆摆手。

两个人一起进了电梯，直到门合上，身边再无旁人，聂子期才松了一口气：“我刚才真怕你突然说，其实你只是来还车钥匙，那样我专门请的假可就泡汤了。”

“我看起来是那么没眼色的人？”容茵从口袋里掏出钥匙，递了过去。

聂子期却没立刻伸手接：“其实我之前连轴转了好几天，也挺累的……”说着还扭了扭脖子，又转转肩膀，一副“我真的没有多余力气开车”的模样。

容茵不容分说地将车钥匙塞进他手里：“不是说要吃午饭？我也是开车来的，待会儿你在前面带路。”

聂子期被她说得愣住了，直到电梯门开，才找回自己的舌头似的开口：“这么多年没见，你还真是……”

容茵蹙了蹙眉，看向他。

聂子期举起双手：“算了，就当我耍一回赖，今天搭你的车去吃饭，成不成？我的车干脆就停在这儿了，明天早晨我坐地铁过来也一样的。”

坐进车子里时，容茵有点儿不好意思：“我车子没安导航，我都是用手机……”

“没事，我们吃饭的地方很好走，我会提前告诉你转弯还是直行。”

聂子期看着她颇为熟练地驾驶车子，折叠包放在身后，脂粉未施的脸庞，哪怕距离这么近看，也没有一丝瑕疵。车厢狭小的空间里，他可以清晰地嗅到她身上的味道，似乎是某种粉粉的甜，闻起来莫名的温暖。

聂子期说：“我听说……你当初是去了F国？”

“嗯。”事先做足了心理准备，容茵也没有太多的遮掩，反而回答得相当坦荡，“一直在F国，最近才回来的。”

“你……回去过苏城吗？”

“没有。”

聂子期点点头，表示理解。当初发生的那些事，班级里，尤其当地的同学基本都是知情的。他作为和容茵走得最近也最关注她动向的朋友，再加上有亲人在当地医院，对于一些不足为外人道的细节，更是知晓得巨细靡遗。

容茵在那座城市，可以称得上没有任何牵挂，归国后不想回去，也在情理之中。可有时候情理之中的事情，听起来仍会牵动心肠。

聂子期捏了捏鼻梁，似乎在寻找合适的措辞：“你……能说说你的近况吗？还有几个同学，一直都挺惦记你的。当初你走得匆忙，连一个联系方式都没留。后来每年咱们大学同学聚会时，都会聊起你。”他似乎意识到了什么，匆忙解释道，“我不会向别人提起的，我……纯粹是想听你说说……”

似乎是意识到自己言辞中的不妥，他难得有一丝腼腆。脸上却看不出任何异样。熟悉他的人都知道，聂子期这个人，腼腆害羞的时候，面不红气不喘，脖子却会透出几分红色。

容茵专注开车，没有过多留意老同学的神色变化，更不会注意他脖子红没红。她看了一眼后视镜，一边徐徐说道：“我去F国之前法语四级基础，到了那边之后，半年时间通过了语言课程的考试，后来都在攻读蓝带学院的高级西点师课程。再后来我在一些餐馆和酒店后厨工作。前段时间，我的一位朋友回国了。我想了想，继续待在那儿似乎也没什么意思，干脆也回来了。”

聂子期消化着这些话里的信息，敏锐地捕捉到了某个关键信息，但他不敢贸然发问，只是说：“那你现在……是在酒店或者哪家饭店工作吗？”

“我在郊区开了一个自己的甜品屋。”

聂子期这回终于明白过来，为什么此前自己问到是否“公司安排体检”时，容茵的表情有一瞬间的停顿了。他悄悄攥紧了拳头，语气听起来却很松弛：“听起来有点不可思议。”

容茵抽空瞥了他一眼：“怎么了？”

聂子期回答：“当初在咱们班，你明明在专业方面有很高的天赋，毕业后却在实习期突然抽身，挥一挥衣袖直接去了F国。5年后你回来，竟然成了一位高级西点师。这听起来实在有点儿……”他靠在椅背上，看着车子前方，“前面路口向右转。你的甜品屋在哪儿？待会儿吃完饭，我可以去参观一下吗？”

“龙潭风景区附近。”容茵说，“那边原本是一片旧工厂。现在都是一些饭店、礼品屋，还有画廊之类的。我租了一个院子，弄了个甜品屋。”

聂子期笑了：“那你就照着回家的路开吧。”

容茵偏过头。

聂子期说：“我想带你去的那家饭店，就在你说的那片工厂里。那是一家私房菜馆，他们家做的鱼头汤很棒，怎么样，有没有兴趣？”

容茵耸了耸肩：“一想到吃完饭走几步路就能回到自己的家，还是挺感兴趣的。”

聂子期哈哈大笑：“你什么时候变这么懒了？”

“我下午要正式营业的，刚才还在愁如果回去晚了，让光顾的客人白等该怎么办。”

聂子期坐直了身体：“这么重要的事，以后要先说。”他看向容茵的侧脸，“阿茵，不管怎么说，我们也算得上是认识多年的老朋友吧，跟我这么见外，听起来真有点儿伤感。”

容茵面不改色地看着前方：“其实我一直在找合适的时机告诉你这件事，这不，我已经说了，你也知道了。”

聂子期摇头笑：“你这个脾气，真是一点没改。”

“我是什么脾气？”等红灯的时候，容茵难得认真地侧过眸看他。

聂子期面上带笑，眼睛里却透着某种想确认什么的认真：“说起话来似乎不太中听，但对在意的朋友，会很用心。总考虑别人的感受，习惯去当那个照顾别人的人，很少对别人有所求，却对自己要求甚严。”

红灯变了绿灯，容茵踩下油门，车轮向前碾行，连带碾过窗外的烟尘粉雾，还有那些稀释在岁月过往的记忆碎片。她端正了视线，唇角含笑：“听起来简直像一个圣人。”

他没有说的是，这是以前的容茵。现在的容茵，举手投足似乎多了几分任性和不羁。但无论是哪一个她，无论有多少优点和长处，在外人面前，也永远保持着一份有礼有节的疏离。所以尽管她很好，很优秀，却一直没几个朋友。当他听说她是为了某个“朋友”回国而跟着回来，心里那根一直绷着的弦不由得绷得更紧。

他的目光顺着容茵的侧脸滑落至颈间，然后是手腕和指尖。和从前一样，她仍然不佩戴任何饰品。聂子期不知道其他女孩子是什么样的。但他猜想，哪怕是容茵这样的性格，一旦处在恋爱关系中，也会佩戴对方赠送的某件小饰品吧。

基于这个框架的猜测，他偷偷松了一口气，却不敢完全放心，实在因为身边这位容小姐的性格，与他认知中的大多数女孩子的性格相差太多。他不敢打包票。

可现在并不是询问此等私密问题的好时候。

毕竟多年不见，他一上来问这种问题，很容易被人家女孩子直接摒除在外。这位容小姐的防备之重、警惕之高，从学生时代他就已经深切领教。如今两个人各自长了5岁，她又在国外游历，不仅阅历见长，人生经验也更丰富了，想干脆利落地拒绝一个人，想必更为得心应手。

聂子期深觉自己等待多年，可不是为了上来送个首杀就轻易了结，眼下最重要的是和容茵重新建立起从前的友谊。两人都在同一个城市，也没有前尘往事干扰，只要耐下心来徐徐图之，想必总会有博得容茵另眼相看的时候。

可当他下了车，转过身，正好看见一个像大型犬一样蹲在小木屋前的年轻男人，顿时觉得有点儿血气上涌。

他看向容茵，不见她脸上流露出亲切的神情，才偷偷松了一口气，跟在她后面进了院子。

那个穿格子衫的年轻男人朝容茵微微颔首，脸上透着笑。他戴着眼镜，是颇为斯文俊秀的长相。见到聂子期跟在容茵后头，他也朝他点了点头："你好。"随后便对容茵做了一个苦脸，"不知道你今天上午竟然不在，本来带了一个朋友来，结果她等了一会儿，临时有急事走了。走之前还跟我说，一定要让我把店里所有最好吃的甜点打包一份，给她捎回去。"

容茵给两人做介绍："这位是林隽林先生。"又指了指聂子期，"聂子期，老同学。"

两个男人短暂地握了握手。

聂子期听林隽说话的语气，也称不上与容茵多熟稔，心里顿时轻松许多，顺着林隽的话说道："这事说起来也怪我。如果不是为了等我，今天阿茵也能早点回来，你那位朋友就能早一步吃到新鲜烘焙的甜点了。"

来者皆是客。容茵对这位林隽先生称不上有多大好感，但对于这么诚恳地找上门买甜品的客人，终是拉不下脸来。她打开门，邀请两人进来，快速收好私人物品，而后拿了一份Menu问林隽："林先生是在这坐一会儿，还是直接打包甜品带走呢？"

林隽怀揣着不为人知的小秘密，自然是想借买甜品之机和容茵搞好关系，如果不是今天身边还有一个聂子期，他肯定一上来就要拉着容茵的手为上次的事鞠躬道歉的。于是他露出一个特别诚恳的笑容："在外边等了好半天，我都饿了，还是在这儿吃份甜品再走吧。"

容茵露出一抹笑："今天实在不好意思。"她朝甜品的展示柜方向做了一个手势，"其实我新店开业，客人每天也就固定那么几位。他们一般都是午后或者傍晚时分来，所以我上午就出门办事了，准备的甜品也不太多。"她又看向林隽，"林先生想喝什么？饮料我请。"

林隽深知与人熟谙之道，在于打蛇随棍上。通俗一点儿说，对方愿意退一步，你就千万别为了礼貌姿态端着不动，一定要紧跟着追上这一步才是。因此听到容茵这话，他脸上的笑容更灿烂了："那我就却之不恭了。容小姐有什么推荐吗？"

容茵见他额头还冒着汗，显然是真在外面等了好一会儿，顿时心里更过意不去。她思索片刻，说："您如果不讨厌薄荷的话，我帮您做一份特调的饮料吧，酸甜口味，可以吗？"

林隽说："太好了。我喜欢薄荷。"

聂子期也反应迅速：“给我也来一杯。”

容茵打开Menu：“我今天做了这一页左侧的三款糕点，还有两款饼干。你们二位看一下，想吃点什么？”

林隽说：“容小姐，你这家甜品店，只供应甜品吗？如果有客人想吃点儿能管饱的东西，有可以点餐的食物吗？”

容茵笑着回答道：“林先生的这个建议很棒，接下来我会把这部分加入餐单，如果顾客有需要，我们也可以提供。不过……”她的思维转得很快，犹豫片刻，摇了摇头说，“可以提供的食物种类也有限，最首要的一点就是，我这里是一个甜品屋，不会做气味太冲的食物，否则影响到甜品的部分，就有点本末倒置了。”

林隽发现容茵不仅擅长做甜品，考虑事情也很具全局观，擅长接纳新的idea，却不会被一路带着跑偏。像这样的人才，如此放任其流落在外，守着郊区的一片破厂子开一家小甜品屋，实在屈才了。

容茵又微笑着说：“不过眼下，我还是帮林先生准备一份额外的食物吧。”她略一思索，“牛油果三文鱼三明治好不好？再做一个芝士培根口味的。”

三明治做起来没什么油烟，口味却很丰富，能顶饱，营养也均衡。在容茵的考量里，很适合林隽这种空着肚子来吃下午茶的男性顾客。

两位男士一同点头，不光林隽，连聂子期的眼睛里也实实在在地流露出期盼的目光。

容茵觉得也是奇了：“你不是才刚跟我一起吃过午饭……”

聂子期一脸正直：“我之前连续熬夜加班，好几天没吃过饱饭了，那点食物早消化了。”

容茵点了点头，说：“那你们二位稍等。”

林隽颇心虚地扭过头，其实他也是和苏苏一起吃过烧烤才过来的，但能一尝美食又能跟这位容小姐好好套近乎，这样的绝佳的机会，他怎会轻易错过？

因此他揉了揉胃部，在心里默默祈祷：主啊，请帮助我快点消化吧！

然后一睁眼，就见聂子期往嘴巴里丢了两颗药丸，看那形状颜色……林隽觉得如果不是自己功夫修炼到家，说会瞠目结舌也不为过。

这位聂先生显然修养很好，见他干瞪眼，颇为体贴地递过来两颗："你也要吗？"

林隽接过药塞进嘴巴里，一嚼开，一股熟悉的山楂味儿便在嘴巴里蔓延开来。

健胃消食片……

林隽朝他比了一个大拇指。

聂子期微微一笑："忘了介绍，我在北三院工作。"

林隽反应慢了一拍："所以你是在……消化科？"

聂子期显然被他这个选项逗乐了："心外科。"

容茵端着薄荷茉莉柠檬饮品走过来时，就见这两位一副相谈甚欢的情形。其实如果这两个人是单独前来，哪一个都够她头大的。对聂子期，她虽然有着旧友重逢的欣喜，但也有着某种不愿将过往牵扯进现在的回避和决绝，因此多少有点儿不自觉的疏远。

对于林隽，倒不是上一次两人的合作让她有什么不愉快的地方，她自认并不是小肚鸡肠的人，而林隽当天的反应，站在客观立场来讲，也称得上工作范围内的尽职尽责。但那次会面之后，林隽前后又打过两次电话给她，都有想挖她去君渡工作的意图。容茵好不容易才安定下来，自然不想打破现有的这份安定。哪怕林隽提供的这份机会，在外人看来千金难求，可对她来说，不过是一份让人不快的打扰。

如今这两个人坐在一处，聊得有模有样，倒把她彻底解放出来。可以安心做自己喜欢的事，又不会被其他负面情绪干扰，这感觉对容茵来说，还真有点儿意外的惊喜。

送过饮料，很快，容茵去而复返。三明治端上桌，光看着就让人觉得馅料扎实、诚意十足。林隽率先拿了一份牛油果三文鱼三明治，大大地咬了一口。这种食物称得上家常，但当全部馅料滑入口中，林隽还是忍不住发出惊喜的呼声。

聂子期那边则拿起一份芝士培根三明治，他恶狠狠地咬下一口，边吃边皱起眉，问："这里面放了什么东西，有点儿酸，还挺脆，特别爽口的感觉……"

容茵微微笑："是一个朋友教我腌渍的俄式酸黄瓜。"

林隽对容茵比了一个大拇指："我这个里面有番茄，应该还有大蒜汁，太好吃了。"

这两个人相当捧场，也不知道是容茵做得实在可口，还是那两颗健胃消食片的功劳，等容茵再次端着真正的甜品上桌时，发现桌上盛三明治的盘子已经全空了。

容茵说："这是林先生点的，今天所有的甜品都在里面，包括这两份三明治。"她又端过来两人各自的餐盘，"我想你们吃了三明治，大概甜品也吃不了太多，三种蛋糕都帮你们切了一小份。如果哪一样特别喜欢，我可以帮你们再去切一块大的。这是今天的两款饼干。"

两款饼干分别是巧克力曲奇饼干和黄油手指饼干，看起来卖相并不多么出奇，咬一口就会发现，容茵做的甜品，哪怕是这种可以储存相当久的饼干，用料也相当实在，因此无论是曲奇饼还是手指饼干，口味都相当浓郁，巧克力曲奇饼里甚至有大的巧克力颗粒。林隽这种爱好甜食的老饕只尝了一口，就吃出这些巧克力豆是以克里奥罗可可豆为原料做成的 dark chocolate。克里奥罗可可豆因其果香丰满、苦涩度低，是世界各国巧克力生产商最为青睐的一种可可豆，也是绝大多数高档和贵族巧克力专用的可可豆品种。林隽平时有低血糖的毛病，口袋里常备着几块黑巧克力，因此对于克里奥罗可可豆的味道可谓再熟悉不过。黄油手指饼干所用的也是上好的天然动物黄油，容茵似乎对于烘焙饼干的火候也掌握得相当精妙，因此手指饼干看似卖相平平，吃起来却齿颊留香，酥脆可口。让人尝了一块，就让人忍不住想吃更多。

林隽各自尝完一块，就忍不住开口："容小姐，我想问，这两种饼干，今天还剩下多少？"

容茵说："应该每种都还有五十块左右的样子。"这批饼干是她今天早上新鲜烤制的，因此无论味道还是口感，此刻吃起来都是最美味的时候。

似乎已经猜到林隽要说什么，聂子期先一步开口："每样都帮我包一半吧，阿茵。我想带回去，明天拿给办公室的同事尝尝。"

林隽本想阻止，可一对上聂子期含笑的目光，到嘴边的话又说不大出口了。毕竟聂医生也没有做得太绝，还知道匀一半出来给他。如果是他先开口，肯定要全部打包的。

哪知道容茵摇了摇头："不能全部给你们。"她浅笑着解释，"每天这个时候，都会有一个女孩子来我这里买两包饼干，带回去给她和她男朋友当第二天的早餐。"

"那还剩多少？"林隽一听"两包"，就开始觉得心脏隐痛。

容茵说："一包十块。"她说着，一边走回去检查一遍饼干的数量，然后走回来告知两人，"待会儿我帮你们打包，两种饼干，每种每人20块。"

林隽舔了舔嘴唇，颇不甘愿地点点头。

聂子期却不慌不忙，笑着问："阿茵，我可以跟你预订每种口味半斤的量，帮我快递到医院吗？我和同事都经常加班，你这个饼干肯定大受欢迎。"

医生，尤其是外科医生，每天过的什么日子，容茵不用看时下新闻都非常清楚，连吃盒饭的时间都没有也是常事。她很爽快地答应下来："我去帮你拿饼干的Menu，你看都想吃什么口味的，我可以每种帮你烤一盘。"

林隽此时看向聂子期的目光里，透着某种不敢小觑的尊重。如果苏苏在这儿，肯定要骂他，作为一个吃货，实在太失职、太迂腐、太不机动灵活了！

但他有什么办法？遇上这么一个脑子比他快手段比他狠的竞争对手，他也很绝望啊。

林秘书默默地从口袋里掏出钱夹："容小姐，不用看 Menu 了，上面写的每种饼干，都帮我烤一盘，哦不，两盘，我这就写地址给你。"

聂子期不禁看了他一眼。这是拼不过脑力要拼财力的节奏？

林秘书默默地捧着钱夹，心里想的却是，如果容小姐不是在这儿开甜品店而是在他们君渡工作，吃这些都是免费的，免费的好吗？！

现在，只能拿自己的小金库填补。

聂子期打量了一阵"竞争对手"，见容茵走远，低声问："还未请教，林先生是做什么工作的？"

聂子期的那点心思，说"写在脸上"也不为过。大家都是男人，林隽自认为不是苏苏那样的白目，还是看得挺清楚的。他斟酌片刻，颇为谨慎地回答说："在一家公司做文书工作。"

聂子期点了点头，没有戳穿。每天医院里来去的病人和家属无数，他早练就一套看人的本领。他心里默默地想，得是在哪家公司做文书工作，才支撑得起如此高昂的日常穿着？何况林隽的气质，看起来并不像单纯做文书工作的人。

小金库饱受摧残的林秘书默默地擦干眼泪，开始品尝另外三款甜品。因为对巧克力情有独钟，林隽便优先选择了那款看起来似乎是用巧克力原料制作的蛋糕。刚吃了一口，林隽就举起手，脸上的神情让拿着饼干 Menu 去而复返的容茵一脸蒙，这到底是好吃还是不好吃？

神情扭曲地咽下一口黑色蛋糕的林秘书缓缓开口："太好吃了。"

容茵被他给逗乐了："林先生，您以为是在演食神吗？"

聂子期瞥了他一眼，将另一小角蛋糕送入口中，他的反应没有林隽那么夸张，但神情也是有些惊艳的："阿茵，这是什么蛋糕，确实很好吃！尤其蘸着这些冰过的鲜奶油。"

容茵一副无语的神情："你们难道都没吃出来？就是樱桃啊。"她指了指窗外，解释说，"那边是一片樱桃采摘园，最近正好是樱桃收获的最后几天，果子熟得太快，游客也不是每天都来采摘，我们又都是住在这一片的，果园主人就把剩下的果子折价卖给我了。"说到这儿，她也笑了，"这款蛋糕是从德国乡间的一款李子蛋糕演变而来的，以前我和朋友一起去那边玩儿，有幸吃过一回，一直念念不忘。这些樱桃都熟过劲儿了，甜度和李子相近，我一个人也吃不完，就琢磨着做了这款黑樱桃蛋糕。"

林隽听明白了，有点儿呆呆地望着面前的盘子："那岂不是……以后都吃不到了？"

容茵说："我今天做了一个十六寸的，很大，你们两个如果——"

林隽一把压住聂子期即将抬起的手："聂医生，这回你得让我！"林秘书的理由听起来还挺充分的，"你想想我那个朋友，她陪我等了一上午，结果什么都没吃到就回去了，估计到现在还饿着肚子呢……"

聂子期虽然觉得这款黑樱桃蛋糕好吃，但他对甜食没有那么痴迷，而且此次来容茵的甜品屋，起初的动因，探望和捧场的成分更多一些，自然不可能和林隽这个真正的客人抢东西了。他笑了笑，指着另外两款蛋糕说："那就帮我把这两款蛋糕各包一块，我晚上当夜宵。"

容茵说："我还是先去打包。"她有点儿无奈地看了一眼林隽，"那个黑樱桃蛋糕很大，我得想想怎么让你完好无损地带回去。"虽然甜品屋也有做生日蛋糕的业务，可她开业也没有多长时间，个别来此订蛋糕的客人，也没订过这么大尺寸的。而这个尺寸的蛋糕，更多是切开卖的，谁会想到还有林隽这么奇葩的客人。

容茵心里腹诽着，却也给自己敲了一记警钟。既然打开门做生意，就不应该因为心存侥幸而偷懒耍滑。幸好今天提出这个要求的是林隽，如果是别的客人呢？她一边将蛋糕分成两个盒子装好，一边想，针对未来可能会发生的各种情况，都应该想好对策。

林隽过来时搭的是朋友的车，后来朋友有急事离开，就将车开走了。聂子期今天也是“无车”人士，两位男士面面相觑片刻，一同和容茵告辞，喊了一辆出租车，选择拼车返回城里。

送走这两人，容茵松了一口气，接下来的时间过得更快了。因为在景区附近，颇为偏僻，除了饭店，多数店铺关门都很早。容茵自觉只有自己支撑小店，为着安全着想，甜品屋每晚都在七点整关门。

关起门来虽然安静，但也并不悠闲，清点剩余糕点和食材、核算账目、准备第二天的糕点。很多时候容茵觉得，每天晚上关门之后，才是她本职工作真正开始的时候。

拜林隽和聂子期这两位豪客所赐，再加上后来的几位固定客人捧场，清点货物的时候，容茵发现，今天不仅饼干一块都没剩，蛋糕竟然也只剩下两份柠檬塔了。容茵做的这种法式柠檬小塔热量不高，一份只有蛋挞大小，因为酸甜的口感和低热量，常来的熟客都很喜欢，常常一买就买一盒回去，全家当作饭后甜点。容茵一边核算账目，一边吃完两份小塔。打开本子清点食材的时候发现，如果照今天的这个消耗速度，几乎每周都要补货。

不过容茵很快又摇了摇头，怎么可能呢？她这家店才刚开业，又处在这么偏僻的位置，今天的销售额固然喜人，但也是聂子期这位老朋友捧场，又来了林隽这个神龙见首不见尾的人物。这两个人，以后会有多少交集还不一定呢。做生意的事，还是要踏踏实实的，一步一步来。

不过令容茵没想到的是，这天之后所发生的种种，会彻底偏离她曾经预想的轨道。

Chapter 03

百合球茎 · 野炊

生命都是太薄脆的一种东西，并不比一株花更经得住年月风雨。

——沈从文《沈从文家书》

慢慢进入夏天，平城的雨水也多了起来。没什么客人的日子，容茵很喜欢从自己的私藏中选一本书，调一杯饮料，坐在宾客区消磨整个下午。来风景区旅行的游客渐渐知道了这片工厂改造后各种店铺的存在，吃饭逛画廊都喜欢往这一片来，有创意有想法的年轻人甚至开始选择在这里拍摄婚纱照。熙熙攘攘经过的游客多了，看到店里有人坐着捧书喝茶，觉得安静有情调，也便走进来看看。不知不觉间，容茵的小店说不上多有名气，客人总归是渐渐多了起来。与远近饭店的红火生意相比自然还有差距，不过容茵也不喜欢自家的店太过吵闹，这样常有客人来，却还能保持安静氛围的程度，在她看来恰是刚刚好。

生活总在人们无知无觉的某个瞬间激流而下，转入另一个方向。

这一天的午后与平常并没有什么不同，只是雨渐渐大了起来。容茵从面前的书本回过神，抬起头看向窗外的时候，突然有那么一瞬间，连呼吸都忘了继续。

直到觉得胸腔闷痛，她才蓦然回神。门口的方向传来敲门声，还有人在讲话：“这家店开门没有啊？”

“不知道……从外面看好像里面是有人的。”

容茵从窗子里望了一眼，见那个人站在院门口，抱着手臂，似乎在闹别扭，不太愿意进来的样子。身旁站着的人为她举着伞，似乎在很努力地劝说着什么……她一个激灵，第一反应就是伸手拉下竹帘子，然后起身冲到门口，在门外那几个人反应过来之前，将门直接插上。

其实不是没开门，而是到了春夏交际，院子里又种了不少花草，容茵怕蚊虫重，弄了两重门帘。这一天雨水重，最外面的门帘刚好卡在了门框的位置。说话的那个女孩子大概力气小，推了一下没推开门，就吃不准店家有没有正式营业。

关门落锁，容茵背靠在门上，捂着胸口，声音略沉："不好意思，老板今天不在家，如果想吃甜品，改天再来吧。"

门外的人听到了声音，安静了一瞬。

紧接着就听最初说话的那个女孩子又开始嘀咕："看吧，我就说没开门。"

另一个人说："这么大雨，本来还想找一个地方躲躲雨呢。"

"你就那么抠门啊，连顿饭都不舍得请！随便找一家饭店不就得了？饭店肯定开门。"

男孩子说话的声音有点儿委屈："我不是抠门……这才三点多，去饭店吃的是什么饭啊？"

说话的声音渐渐远了，容茵缓缓地放下手。

她走到第一扇窗子的位置，透过竹帘的缝隙向外张望。

先前在门口吵架的小情侣渐渐走远，而院子门口早就没了人。

之前看到的那个人影，侧脸、神态、抱着手臂的姿势，仿佛不过是一场幻觉。

可容茵知道那不是幻觉，她没有这种不现实的想法。独立生活的这么些年，如果说她都学会了什么大道理，那么第一条就是：直面真相。无论多么丑恶、多么残酷，总要面对的。不面对，就要被动挨打。打完了，终究还是要被迫面对。

但她吃不准的是，毕竟已经五年不见，又只是个惊鸿一瞥的侧脸，或许认错人了也不一定。

那个人在苏城过得好好的，每天的日子说是养尊处优、呼风唤雨也不为过，怎么会一个人跑到平城来呢？即便来，也不会来这种地方，更不会前后连个人也没跟着。

容茵在桌边坐下来，细细思索。聂子期的电话就在这时打了进来。

大概是容茵的声音听起来心不在焉，聂子期的第一句便是问候：“怎么了，出什么事了吗？”

前后不过短短十来分钟，容茵已经做好了决定：“没有……我，我想关店一段时间。”

“关店？”聂子期有些意外。这段时间他工作忙，经常几天连轴转，别说去郊区容茵的甜品屋，他连自己的家都没回去过几趟。听容茵的声音似乎有些沉闷，他很快反应过来，有些小心翼翼地问：“阿茵，是店里的生意……不太好吗？”

容茵已经回过神，情绪也恢复到平常：“不是的，这段时间生意蛮好的，现在是景区的旺季，游客很多。林先生也经常打电话跟我预订饼干和蛋糕，似乎他还跟朋友介绍过这家店，现在每天清早快递员都要来我这儿取件。”

聂子期听容茵的声音似乎恢复了轻快，仍然纳闷：“那你……为什么？”

容茵垂下眸子，没有拿手机的手轻轻抠着手掌心：“就是生意太好了，我不太习惯，想停下休息一段时间。”

电话那头静默片刻，传来聂子期的轻笑声：“本来我还担心是你生意不好，想不到竟然是太好……既然这样，那我就不掩饰我听到这个消息时的欣喜了。其实我打电话来就是想问你，过几天是五一小长假，我要去南方一个乡村做义诊，因为我的老师和那儿的村主任是许多年的朋友，我每年都会去……阿茵，有没有兴趣重操旧业一把？”

谨慎起见，容茵第一个问题就是：“南方哪个乡村？”

“临安市下属的一个地方。山清水秀，就是附近没什么景点，所以经济有点儿落后。”

“五一小长假第一天出发？”

“我可以理解为你这是答应了吗？”

“是啊，答应了。”容茵说，“不过我想明天就先过去，可以吗？”

手机那端传来几声轻敲键盘的声音，随后是聂子期的声音：“阿茵，如果你不介意的话，我们明天晚上出发？明天我安排一下工作，调个班。这个事我老师也知道，他如果知道我想提前几天出发，也不会反对的。”顿了顿，他又说，“我前段时间密集加班，还帮同事替了好几次班，想不到这么快回报就来了。阿茵，你愿意跟我一起去，我真挺高兴的。”

容茵笑了：“其实我也是心烦，想找一个地方散散心，你别把我想得太高尚。”

聂子期没说话，片刻之后他回：“那我先挂了，你待会儿把身份证件号发给我，我买票。”

“不用了，各买各的就行。”

聂子期的声音听起来有点儿无奈：“咱们之间，非要算得这么清楚吗？阿茵，放轻松点，我们也是认识多少年的老朋友了。”

“好吧。”容茵半闭着眸子，揉了揉太阳穴，“我们是高铁过去吗？”

“硬卧，后天早上到临安，然后坐公交过去。”

“现在我有点儿做义工的感觉了。”

聂子期笑了：“所以车票什么的，也别跟我计较了。我们做这个，吃住都是最简单最便宜的。”

“好。”

挂断电话，容茵揉了揉头发，起身又去打了两个电话。

第一件事自然是通知自己在平城仅有的两三位好友，他们五一小长假都不在平城，事先说好聚会的事也都泡汤了。几位友人的反应大同小异，尤以曾经在F国做了五年室友的毕罗最为敏锐：“小姐姐，你是不是遇上什么事儿了？”

她比毕罗年长五岁，平常毕罗怎么称呼她的时候都有，“容茵”“茵茵”“阿茵”，只有觉得容茵情绪不好想安慰她的时候，才会半开玩笑地喊她“小姐姐”。

容茵沉默片刻，最终还是没有隐瞒：“我觉得我今天好像看到了以前认识的人。”

“是那边的人？”

对于容茵以前的事，毕罗算是知道得最清楚的人。说“那边”，应该算是最不触动往事的一个说法了。觉察到好朋友的体贴，容茵嘴角露出一丝微笑：“嗯。我最不想见的人。”

毕罗沉默了一下，说：“他们的主战场在苏城，哪怕来平城，应该也只是旅行。”做下这个判断，那头毕罗的声音也多了一份笃定，“无论你有没有认错，五一小长假去外省玩一玩、散散心也好。这段时间你一个人支撑店面很辛苦，我这边也忙得稀里糊涂的，都没帮上你什么忙。等你回来，有个好消息跟你分享。”

“好呀。”

挂掉电话，容茵上到二楼收拾行李，一边通过微信和聂子期交流，一边在网上查询有关这个村落的种种讯息。

令容茵意外的是，这个名为雁杳村的村落可不是什么籍籍无名的小地方。尽管说起这里，聂子期话里话外都透露出“这地方条件比较差，你要做好心理准备”的讯息，可网上关于雁杳的报道却透露着另一个信号：该地风景秀美，且还未被过度开发。未来若有开发商慧眼识珠，很有可能一跃成为全国知名的“最美村落”。

容茵不禁笑了，聂子期选的这个地方倒还真是不错。虽说做义诊是正经事，但能看到原生态的秀美风光，这趟散心之旅倒也物超所值。

雁杳村距离临安市区有几十公里的路程，且中间要走一段颇为颠簸的盘山公路。公交车上，聂子期递给容茵一瓶矿泉水："第一次来都会有点儿吃不消，你这算是身体素质相当不错了。我初来的时候，上车没一会儿就吐了。那时公路没有现在修得这么平坦，车子也破，一路特别颠，把我一个从不晕车的人都搞得晕车了。"

容茵接过水喝了一口，说："如果天天都要走这么一段山路，用不了多久身体就适应了。"

聂子期说："昨天老师得知你要跟我一起过来的时候，还挺惊讶的。"顿了顿，他说，"郑教授跟咱们大学时的几位教授都是熟人，实习那会儿我分到他手下时，他就听说过你。对于你，他挺好奇的。"

"这话我不信。"容茵浅笑着说，"郑教授每天有那么多事要忙，对我一个中途跑路的医学生能有多深印象？"

聂子期咳了一声，说："主要是前段时间我订了饼干和蛋糕，老师也尝了一些，后来还带了许多回去给他夫人和女儿。"

容茵"扑哧"一下笑了："你这是在帮我拓展生意？"

聂子期一本正经地说："你还真别说，要不是这个小长假咱们出来了，老师说不定会去你店里瞧瞧。"

说话间，车子已经开到终点站。下车时，聂子期扶了容茵一把："小心脚下。还有一点路，咱们得走过去了。"

公路虽然不宽，倒也修得平坦，道路两旁是一望无际碧绿的田地，再远一些，依稀可以看到房屋和森林。

天有些阴沉沉的，空气间漂浮着青嫩的绿意和淡淡的水汽，容茵嗅了嗅："好像要下雨了。"

大概是临近目的地的缘故，聂子期听说要下雨也不着急，反而笑着说："下雨好啊。"见容茵瞥了他一眼，才接口道，"如果今天下雨，明天雨停了，我带你去附近的森林是采蘑菇吃。"

"可以吗？"一说这个，容茵也来了精神，"咱们不是来工作的？这样会不会……不太专业？"

"这没什么。"聂子期笑着说，"我每年都来，跟这儿的人都熟了，采蘑菇和打野兔还是跟当地人学的。这边空气好，水质也干净，森林里有小溪，还可以抓鱼。总之这回肯定不让你白来。"

容茵听得神往，唇边不禁露出一丝微笑："如果有材料的话，我还可以烤面包。"

聂子期说："这有什么难的？咱们就借住在村主任家，到时我给你搭个炉子，肯定能烤面包。"

有了聂子期带头，两人说起了在村子里吃吃喝喝的那点事儿。从森林里的蘑菇和烤鱼，到农家院的烤面包和土豆汤，最后聂子期越走越快，简直要跑起来："被你说得口水都要掉下来了。不管那么多了，今天中午你就露一手！"

雁杳村的情况比容茵想象中要好许多，房屋之间的街道整洁干净，村主任家的小院更是收拾得整整齐齐，连为两人准备的两个小单间都透着一股书卷气。单人床靠墙，写字台临窗，简易小书架最上面还摆着两盆花。容茵越看越喜欢，忍不住嘀咕："你也说得太夸张了，这样的条件还简陋？简直太好了好吗？"

聂子期笑着说："是我没想到你的接受程度这么高。之前我一个小师弟跟过来，说别的都能忍，最不能忍的是每天早上要跑很远去村头的公厕。"

说到这个，容茵也咋舌："现在也是这样？"

村主任就站在屋门口，听到这话连忙解释："早不是了，现在咱们家家户户都自已修。聂大夫说的是好几年前的事了。"

容茵一摊手："所以啊，这条件简直太好了。比平城郊区的那些农家院还干净。"

村主任是个五十开外的汉子，说话的口音不重，而且颇为健谈，听到容茵这样说，接话说道："肯定比不得平城首都大地方，不过要说干净，我们家是收拾得真干净。我女儿就在镇上防疫站上班的，家里哪能不讲究这个？"

容茵朝村主任回以一个笑容："这几天住在这儿，给您添麻烦了。"她朝窗外的院子看了眼，"要不我来做饭吧。"

村主任瞪着眼一摆手："那怎么行？来了就是客，哪有第一天就让客人做饭的道理？"他看了站在一旁不说话的聂子期，"聂大夫，你这位同事太客气了，来咱们这儿就当是自己家里，有什么需求尽管说！"

聂子期看了一眼腕表，说："时间还早，我带她四处转转，差不多下午回来。晚上咱们吃铁锅炖鱼怎么样？"

村主任一听这个就乐了："今晚我女儿也回来，那我就在家等着聂大夫的鱼了！"

容茵在一旁听这两人说得热闹，发现聂子期果然没有说谎。一说吃鱼的事儿，村主任的话都明显多了，显然对于聂子期的"铁锅炖鱼"甚是想念。

村主任嘱咐两人带上雨伞，还借给容茵一顶斗笠。两人简单收拾了一些东西带上，便出发前往附近的森林。

说起连轴转了许多天都没喘上一口气的人，除了聂大夫，还有林秘书。看着办公桌上堆积如山的文件，他冲了一杯咖啡，给好友苏苏发了条微信语音："你再忙也比我强。都说烟花三月下江南，你这趟出差也够风雅的，住的还是七星级酒店，你可知足吧大小姐！"

那头苏苏似乎说话不方便，很快回了一段文字过来："别提了。工作的事也就算了，老大今天心情不好，从早上到现在都黑着脸。本宫心里瘆得慌！”

林隽见到这条，也不敢发语音了，打字说：“出啥事了？和曼菲的合作案谈得不顺利？”

苏苏：“对方很难缠，提出的要求太苛刻了，根本不可能达到。而且……何氏也掺了一脚，事先我们根本不知道，到了会议现场才见到何氏两兄弟。而且何氏好像早就跟曼菲有默契，曼菲的代表说什么他们都表示赞同，也不知道是真傻，还是商量好了给咱们下套呢！”

林隽看到这儿也皱起眉头，飞快地打字问：“那怎么办，目前有对策吗？”

苏苏：“很难。原本说好从国内遴选出一家最优秀的企业，和曼菲共同合作‘曼菲·二十四桥’的项目。我们提交的策划案主要针对‘水云间’项目本身，可今天会上压根不谈项目的事儿，一上来就谈钱、人、资源分配，还有最终分成模式。”

林隽：“这些难道不是应该按曼菲一开始就说好的来吗？至少也应该有一个章程啊！”

苏苏：“正常是这样。所以老大才窝火啊！我看曼菲那个女负责人和何佩眉来眼去的，这里面必然有猫腻！”

不等林隽回复，苏苏又打了一长串话：“现在曼菲的意思似乎更倾向何氏。老大早上起来接了一个电话，好像是家里打来的，然后就心情很差的样子。哎，要不你明天也过来吧。我实在有点儿吃不消。”

林隽抬眸扫了一眼桌上的文件，以及电脑屏幕上的资料，深吸一口气，回了一条：“你先劝老大吃点儿东西。”

苏苏：“我们在车上呢，什么吃的都没带。老大说眼不见心不烦，就把我拎出来了。我还什么都没收拾呢！”

林隽觉得自己血压都上去了：“那你们午饭吃什么？”

苏苏："老大说，附近有个小树林，我们可以野炊。"

十五分钟后，苏苏收到了林隽发来的信息："今天夜里高铁，明早跟你们会合。"

苏苏望着手机屏幕发呆，冷不防耳边传来一声："你和林隽倒是很有话聊。"

苏苏扭头，觉得自己此刻笑容大概有点儿干："老大……咱们待会儿……真的要野炊？"

唐清辰回眸，看向她，眼神里透着些许困惑："不然还有假的野炊？"

"……"苏苏唇角轻扬，自家老板的冷笑话，五年如一日的冷，"我不是那个意思，我是说……咱们出来匆忙，也没带什么工具。"

负责开车的司机这时开口了："有的。苏小姐，唐先生今天早起就跟我说过，咱们有全套的家什。"

苏苏："……那个，老大，林隽……他可能是有事想跟您汇报，刚才他跟我说，今天夜里的火车过来，明早跟咱们会合。"

唐清辰说："是我让他过来的。"顿了顿，又说，"才想起来过两天就是小长假了，你们两个这段时间很辛苦，让他提前过来，跟你一起休个假。"说到这儿，他瞥了苏苏一眼，"我见你们两个聊得开心，还以为你们情投意合，举手之劳撮合一下，这也是当老板应该做的。"

苏苏："……"她是看唐清辰从晨起就心情不好才跟林隽交流的好吗？她怎么就忘了，自家这位老板，坏心眼比谁都多，尤其心情不爽的时候，最大的爱好，就是折腾人。此刻身处外省，不在平城，他那些家人朋友都不在，可不就紧着手边人捉弄？

苏苏默默为自己掬了一把同情泪，在心里告诫自己：以后千万不要再看老板可怜，乱施同情心！这人一点都不值得同情！

十分钟后，车子在路边停妥，三人下车分配行囊。

苏苏作为一个纯粹的北方姑娘，对这种湿润的南方气候有点儿不适应，但对满目翠色和耳边叽叽喳喳的鸟鸣，还是颇为受用的，走了几步，话也多了不少：“老大，你以前也经常出来野炊吗？”

“这片森林大不大，咱们待会儿会不会迷路啊？”

“老大，咱们中午吃什么？”

“不经常，所以才带你出来体验一下生活。司机常来这个地方，不会迷路，咱们沿着这条路走，一会儿他就跟上来了。”至于最重要的午饭问题，唐清辰的回答很有艺术，“逮到什么吃什么。”

苏苏有一瞬间的迷茫，她四下里望了望：“该不会……要吃树叶吧？”

唐清辰：“……”他该不该告诉这姑娘，她提的其中一个行李袋里，其实都是吃的？

这片森林看似不大，却是个宝藏。因为外来人少，当地人祖辈相传，打猎捕鱼都有讲究，绝不会竭泽而渔，因此这一片至今仍保持着堪称原生态的自然环境。

森林的入口不止一个，从小森林另一头进入的，正是同样初来乍到的容茵，旁边跟着称得上是个熟手的聂子期。两个人一路走一路聊，倒让聂子期将一条熟悉的老路走出了几分新鲜感。

容茵说：“这雨憋得厉害，我看一时半会儿应该下不起来。”

聂子期说：“下起来也没什么。这边的雨都下不大的。”

容茵正要说什么，一偏头，便发出了惊喜的喊声：“哎，那边长的好像是野葡萄。”

她沿着一条岔路寻过去，等聂子期追赶上来，她已经往嘴里接连放了好几个。

聂子期抚额：“你自己也是学医的，就算这东西真能吃，好歹也洗一洗啊。”

寻到了好吃的野果子，容茵连说话都活泼了：“我就先尝两个。谁知道你说的那个小溪有多远。”

聂子期递过事先备好的竹篓：“往这里面放吧。待会儿到了小溪边，洗一些再吃。”说到这儿，他也有些稀奇，“我没想到，你一个从小在城市生活的大小姐，竟然还认识这个。”

容茵听到“大小姐”三个字，神色有一瞬间的黯然，不过很快又消弭在眉眼间，转而流露出欢快的神色：“在F国的时候，我和我室友经常趁着周末去郊外玩儿，有一间小馆子是我们最喜欢去的。餐馆老板是一位六十多岁的老先生，鳏居多年，最大的爱好就是烹饪美食，就把他和先太太的居所改装成了后来的小餐馆。他做的菜肴都是时令菜，秋天炙鹿肉，入冬前炖鱼汤，做甜品的食材也都是自己采摘的，其中有一样，就是这种野葡萄。我们帮他去采摘过一些，和国内的这些长得是一样的，味道也差不多。”

聂子期见她神色认真之中透着几分怅惘，明显陷在回忆之中，也摘了一颗，搓一搓表皮，放入口中。野葡萄的味道和市面上卖的葡萄不同，酸甜之中略带一丝生涩，吃起来别有一番风味。

他有意调动气氛，便问：“这东西也可以做甜品吗？是和上次那个黑樱桃蛋糕差不多吗？”

提到甜品，容茵回过神：“做不了那个。黑樱桃蛋糕和李子蛋糕，都需要甜度很高的水果做原材料。这个野葡萄……”她想了想，说，“今天回到村主任家里，如果你能独自一个人搭起炉子来，我就给你露一手，做脆皮面包，这个野葡萄放在面包里做馅料吃最合适。”

聂子期打量着面前的野葡萄：“看样子今天这棵树是要被咱们祸害光了。”

容茵不同意这个说法：“摘的时候小心一点，别弄断它的枝条就是了。”说起这个，她振振有词，“这些野果子本来就是给小动物吃的，小鸟、松鼠，还有其他小动物都可以吃，自然人也可以吃了。”

聂子期被她说笑了："被你这么一说，更有罪恶感了。感觉抢了好多小动物的食物。"

容茵摘果子的手不停，一边睨了他一眼："你的表情看起来可不像是有罪恶感。"

聂子期的笑声更大了："想到马上能吃你做的野葡萄脆皮面包，实在悲伤不起来……"

两个人采了野葡萄，又见到一棵老槐树。都说七月槐花香，这时节槐树自然还没开花。聂子期却停下脚步，拽下一只树杈，示意容茵摘一些嫩叶下来："我也是来了这边才知道，槐树叶可以做菜饼子吃，不过要采嫩叶才好吃。"

"菜饼子……"容茵想了想，"就像平城的糊塌子？用西葫芦做的那种？"

"你还知道糊塌子啊。"聂子期不禁乐了，"你到平城也没多久吧，还吃过这个？"

"我有个朋友是平城人，以前吃过她做的。还蛮好吃的。"

聂子期已经开始规划菜谱："或者做菜团子也行，贴在锅边，配铁锅炖鱼吃最好。"

容茵说："还没开工，就这么一路吃，感觉有点不务正业。"

聂子期说："其实这份工作没你想的那么严峻。这两年农村建设越来越好了，镇上的卫生所和医院也都跟着更新设备，老百姓看病比以前方便多了。我也是来习惯了，每年春秋过来一趟，帮这儿的大爷大婶量量血压，做做基础检查，如果赶上有孩子感冒发烧，也帮忙诊治一下……基本也就是这样。但如果不来，总觉得好像少了点什么。"

摘完嫩槐叶，一路走，不多时便听到了潺潺的流水声。容茵说："捕鱼是在这儿吗？"

"对。"聂子期递给容茵一只水桶，"待会儿你在旁边坐着等就行了。

实在无聊，可以玩会儿手机，我很快就好。”

说话间两个人走近河边，只见眼前溪流湍急，波光粼粼，亮银色的水花撞击在凸起的石块上，时而发出泠泠之声，并不是容茵想象中的宁静小溪。不过想来也是，若真是宁静的小溪流，也就不会有什么大鱼了。

聂子期走在前头，忽的脚步一停，后面的容茵险些撞在他的背上。

容茵一手拎着空水桶，另一手固定住挂在腰上的小竹篓，扶了一下撞歪的斗笠帽檐：“怎么了？”

“没什么。”聂子期转过身，看了她一眼，低声说，“没想到这边还有人。”

容茵这才看到，溪流边还站着两男一女。两个男人正在弄钓竿，高个的那个男人三十出头的样子，黑色T恤、黑色跑鞋，一条水洗牛仔裤衬得双腿修长，眉目狭长容貌俊雅，不太爱笑的样子。矮个的中年男人身材敦实，身上套一件多口袋马甲，晒得黝黑的脸上带着笑。那个女孩子身材高挑，扎一个丸子头，容貌昳丽，眉眼清晰，穿一件灰色连衣网球裙，露出修长的双腿，斜坐在马扎上，低着下颏，两只手似乎在跟什么东西较着劲儿。

对面的人显然也留意到了他们。高个的年轻男人朝他们微微颔首，中年男子则朝他们招招手，主动打了声招呼：“从村里过来的？”他盯着聂子期眯眼看了一会儿，突然笑了，“这是聂大夫吧？您今年又过来了啊？”

聂子期皱了皱眉：“抱歉，您是……”

“我姓王，我家是隔壁村的。不过您和您同事每年都来雁杳村的事儿，我们都知道。”

聂子期微笑：“您这是带朋友过来玩儿？”

那人瞧了一眼年轻男子的神色，见对方没有反对，这才开口：“这两位是平城过来的朋友，说想找一个清静的地方野炊。我想着，就属雁杳和我们村交接的这个小森林最好，就带他们二位过来了。”

那头苏苏吐出一口气，将手里的东西递出去："总算弄好了！我这可是头一回做鱼饵，还不赖吧！"

容茵眼尖地看到她手指尖的那个东西还在蠕动，眼皮不自觉地抽动了下，心想这女孩子看着挺漂亮的，想不到胆子这么大，第一回上手就敢拿蚯蚓做鱼饵。

"不错。"唐清辰赞了一句，说话时语气淡淡的，连眉毛都没挑一下。他对苏苏这样不矫情的性格习惯已久，要是个娇滴滴什么都不敢碰的主儿，他也不会重用她这么多年，出差谈生意也把她视作首选。

一旁的司机王师傅也擦了一把额头，言语里的钦佩之情可比唐清辰明显多了："苏小姐，想不到你还真能干。"

苏苏笑逐颜开："那是。"一抬头，看到溪对面站着的两人，她一眼就看到了容茵头上的斗笠，也没多想，开口就说，"哎，你头上的草帽真好看！"

容茵："谢谢。"她笑了笑，"你的丸子头也很可爱。"

苏苏闻言用自己手背蹭了蹭发顶："其实我是怕麻烦。"她又盯着容茵好一阵端详，"你这草帽是在哪儿买的？我感觉还挺实用的。"

苏苏谈吐自然大方，态度也是恰到好处的亲热，容茵笑着答："不是我的，是村里的朋友借的。"说着，她抬头望了望天，"本来是怕待会儿会下雨……"

这么一说，苏苏也担心起来："对啊，如果下雨了我们怎么办，老大？"

她话音刚落，那边唐清辰手臂向上一挑，一条银白的鱼儿凭空跃起，溅了她一脸的水珠儿。苏苏抹了一把脸，别提多欣喜了："老大，你钓鱼这么厉害啊！我们中午不会饿肚子了！"

另一头，聂子期脱掉鞋袜，挽起裤脚，适应了一下溪水的温度，正拿着鱼叉，一步一步往溪水里挪。

容茵眼看着溪对面的年轻男子已经钓了一条鱼上来，看那样子足有一斤有余，再看眼前聂子期，不禁出声问了句："水会不会很凉？"

对面的王师傅倒是乐了："聂大夫这架势，一看就是老手啊。"

唐清辰暂停下手上的动作，看向聂子期和容茵的方向，苏苏更是眼都不眨地盯着。

一时间，小森林里没有了人声。一片静谧之中，清脆婉转的鸟鸣声、泠泠清澈的水流声，以及由远及近的风声吹拂过耳，所有人似乎都屏住了呼吸，聂子期更是如同一根木桩钉在水中，低垂着头，一动不动。

也不知道过了多久，容茵只看见聂子期的手突然动了，还没看清他的动作，当他手臂再提起来时，鱼叉上已经多了一条又肥又大的鱼，看那样子怎么也有三四斤。

容茵唇角露出一丝笑，苏苏反应更快，直接鼓起掌来："Bravo！"她是活泼跳脱的性子，见到陌生人钓到大鱼，不仅连声赞叹，甚至翘起小指吹了一个长长的口哨。

王师傅也跟着鼓掌："真棒啊聂大夫！这一条大鱼就足够你们两个人吃了！"

聂子期脸上挂着笑，踩着水走回岸边，连鱼带鱼叉掷入水桶中，随后转头朝对岸那三人招了招手："这条鱼大，我们也吃不了，干脆咱们凑一块儿，午餐一起吃吧！"

苏苏最先举起双手表示赞同："太好了！一起吃一起吃！"她站起身，朝唐清辰眨了眨眼，小声嘀咕，"老大，咱们挪过去吧，你不是想跟人家学叉鱼吗？"

唐清辰确实对聂子期那一只手叉鱼的本事颇有兴趣，但他并不是情绪外露的人，若不是苏苏跟在他身边时日长了，知道自家老大其实是个好奇心重、好胜心强的性格，一般人还真看不出来他其实早就想跟聂子期学一手了。

他瞥了苏苏一眼，示意她少说闲话，对聂子期和容茵微微颔首："我们绕一小段路，挪过去。”

小溪并不宽阔，但水流湍急，直接蹚水过来显然是不现实的。好在有王师傅带路，三人拎着东西绕了一小段路过来，到岸边时，聂子期已经叉叉了两条小鱼。

唐清辰目中流露出一丝兴味，朝聂子期伸出手：“聂大夫，幸会，我姓唐。”

聂子期将手上的水珠儿在背后擦了擦，两人握了握手，说：“唐先生别客气，叫我小聂就行。”

唐清辰语气深沉：“那不太好。”见聂子期目露不解，才说，“毕竟我不大习惯被人喊小唐。”

唐清辰生得很是隽雅，但明眼人都不难看出，此人性子沉稳，很有些锋芒内敛的上位者气势，论年龄也比聂子期要年长几岁。他说这话时语气轻松里透着调侃，明显是开玩笑的意思。聂子期玲珑心思，也随之一笑：“唐先生爱开玩笑。”

唐清辰说：“你这招叉鱼很厉害，感觉比钓鱼有意思多了。”

聂子期见他毫不掩饰地好奇，知道他是想学，便将手里的鱼叉递了过去：“其实很简单的，只要有耐心，一击即中。”

那头容茵和苏苏、王师傅已经交换了彼此的名字。苏苏最大的兴趣在容茵的斗笠上，一凑近，瞧见她腰间坠着竹篓，看见里面有果子，顿时把斗笠忘了个一干二净：“这是什么，可以吃吗？”

既然大家说好要搭伙野炊，容茵也不是小气的人，从竹篓里摸出一把果子，递了过去：“先洗洗再吃。”

苏苏捧着容茵分给她的那份，蹲在小溪边仔细洗了洗，送了两颗到嘴巴里，幸福地捧住脸颊：“哇，又酸又甜，果皮有点儿涩，很好吃啊！”

容茵笑着说：“待会儿如果再遇到野葡萄，都让给你摘。”

苏苏说：“这是野葡萄？”她一脸吃了大亏的表情，“我长这么大第一次吃。”

连王师傅都被她逗乐了：“这东西在咱们这儿很多。如果做成果酱，抹在山鸡上烤熟了吃，特别美味！”说着，他拍了拍跨在肩上的弓箭包，“两位小姐，有没有兴趣跟我一块儿去打只山鸡，给咱们加餐？”

容茵略有一丝顾虑，苏苏看出来了，拉着她的手小声说：“一起去吧。他是我们老板雇的，没问题。”

容茵看一眼聂子期，那家伙指导着唐清辰挽起裤脚，两个人一起适应了溪水的温度，正往深一些的地方走去。她无奈地摇摇头，这家伙平时看着挺稳重的，真玩儿起来，比谁都疯。

也罢，好不容易出来玩儿一趟，思虑太重也就没趣了。容茵在心里嘲笑自己养成了草木皆兵的毛病，一侧眼，瞥见苏苏的笑靥，想着大家都是初相识，总要找些话题来说，便顺口问道：“你和你们 Boss 一起出来玩儿？”

“都是我们老大临时起意。”苏苏一摆手，随即又笑嘻嘻的，“不过能出来玩儿总是好的，这不，就认识了你和那位聂大夫。”她明显是个闲不住的性子，话匣子打开，问题一个接一个的，“你也是大夫吗？”

容茵摇了摇头：“我是医科大学毕业的，不过毕业后没有做本行。”

闲聊不涉隐私，与人聊天方面，苏苏这个谈判高手很有分寸：“那也挺了不起的，我听王师傅说，你们每年都要过来这边做义诊。”

“聂医生每年都来，我是第一次。”

苏苏问：“那你们住哪儿？村民家？”

“村主任家里。”容茵指了指头上的斗笠，“这个就是跟村主任借的。”

王师傅走在前面，听到这话，插了一句嘴：“苏小姐要是实在喜欢，可以去他们村里问问。我记得雁杳村有几个手巧的妇女，每年都喜欢做一些这个，时不常地拿到集市上卖。”

“好呀好呀。”苏苏听了特别高兴。

“嘘——”容茵先一步留意到了王师傅侧耳倾听的模样，示意苏苏站在原地别出声。

片刻之后，王师傅松懈下来，开口说：“跑了。”

容茵说：“看来我们已经接近山鸡出没的地方了，都留点神儿，总能逮到的。”

容茵虽然是第一次围观捕猎，话说得倒是很准。半小时后，三人兴高采烈地折返，王师傅手里多了一只山鸡，还教两人挖了一些野百合的球茎。据他说，这些百合并不是真正的野百合，而是早年种在小森林里一片空地上的，后来渐渐长得野了，也没人去管，村民遇到了都会挖一些回家。容茵和苏苏都是第一次挖百合，听说这种百合球茎可以直接烧来吃，也都来了劲头。最后返回时，三人手上都是泥土。

钓鱼组的二人则是一站一坐，站在水里的是唐清辰，聂子期则坐在一块石头上，看样子已经休息很久了。

因为有唐清辰这个大户，烹饪工具和各式调味料都准备俱全，苏苏也发现行李包里装满了加热米饭、三明治和脱水蔬菜。不过面对着王师傅做的野葡萄甜酱烤山鸡，聂子期做的烤鱼，以及容茵用溪边生长的空心菜做的鱼汤，除了加热米饭还能派上用场，包裹里的其他食物在这些新鲜的热食面前都黯然失色。

容茵的空心菜鱼汤最先出锅。

苏苏大呼过瘾，直说这是她喝过最鲜美的鱼汤。汤喝多了的结果，自然是想上厕所。烤山鸡刚吃了一半，苏苏已经高呼要先去方便一下了。

容茵正在清洗百合球茎，这东西苏苏一路上眼馋了许久，她打算按照王师傅说的做法，烧一些给大家做餐后甜点。等她反应过来忽然传来的尖叫声是苏苏的声音时，唐清辰和聂子期两个人已经率先冲了过去。

王师傅正在添柴的手吓得一哆嗦，几人事先架好的篝火一下子蔓延到了圈外。容茵丢下一句“照看着柴火别烧起来”，也循着声音的方向冲了过去。

苏苏小解的地方距离几人吃饭的地方并不太远，毕竟是初来，一般女孩子都不敢离开太远。大概是害羞的缘故，她专门找了植被较为茂密的地方，这显然是个错误的决定。

容茵赶到的时候，聂子期已经用随身的小刀将那条蛇斩成几段，一旁的唐清辰面沉如水，弯下身想去抱起苏苏，却被容茵和聂子期齐声阻止。

聂子期的脸色显然不大好看："这蛇有毒，不算是剧毒，但肯定要先处理，不能就这么搬动她。"

两个男人交换了一个眼色。聂子期是在迟疑这两人的关系，医者父母心，如果唐清辰不介意的话，他肯定会直接帮苏苏将伤口的毒液吸出来。而唐清辰见聂子期看他，一时也怔住，但他误会了聂子期的意思，考虑到两个人都是男人，而苏苏的伤口在大腿外侧的位置，无论他们两个谁来帮忙，都不太合适。

容茵见这两人大眼瞪小眼，一时间谁都不说话，再看苏苏脸色惨白，呼吸都不对了，一时也忘了顾忌那么多，上前揪起唐清辰自己取代了他的位置："子期，你去弄点盐水，我来。"

聂子期看到唐清辰之前迟疑，就知道自己刚才判断失误，这两人不仅不是情侣，而且没有半点情侣间的暧昧，一时有些懊恼自己操心太多。

"还愣着干什么？"容茵一眼瞥见他身上的外套，"外套脱下来给我，快去！"

危急时刻，有一个头脑清楚的人严格下令，其他人都会不由自主地执行。

聂子期脱下外套就往回跑。容茵又命令唐清辰："你过来，顶替他刚才的位置，帮我扶住她。"

苏苏穿着连衣裙，被蛇咬伤的伤口在大腿外侧一半高的位置。容茵撩起她的裙摆，将聂子期的外套遮在伤口以外的位置。聂子期之前反应也够快的，已经用随身带的绳子捆绑在了伤口近心端的位置，又将毒蛇的牙剔出。

苏苏发出一声模糊的呜咽。容茵咬牙，从口袋里摸出削百合用的小刀，动作迅速地在伤口上划了一个十字，又麻利地在伤口附近的皮肤上轻轻挑破数个细小的创口。她将刀丢在一旁，双手轻柔而有规律地挤压，毒血很快流了出来。

苏苏还未完全失去意识，在容茵开始挤压时，身体便想挣扎。唐清辰此时才明白容茵让他取代聂子期托住苏苏的用意。他一边用双臂固定住苏苏的身体，一边说："苏苏，别乱动。医生在帮你。"

容茵说了一句："扶好她。"便埋下了头。

聂子期去而复返，回来见到的第一幕便是容茵吐出一口毒血。他眼眶微红，手上端着的两杯水不自觉地颤抖。见唐清辰看向他，他说："老王去开车了，我给最近的卫生所打了电话，这种蛇毒他们见过很多次，知道该怎么应对。"

他将清水递给容茵。容茵漱了一次口，再次埋下头。

眼看着容茵一口一口吐出毒血，聂子期只觉得每一秒钟都无限漫长。也不知道过了多久，容茵抬起头，朝他伸出手。

聂子期连忙将盐水递了过去。

容茵快速处理好了苏苏的伤口。将苏苏托起的时候，唐清辰因为一直保持着跪蹲姿势承重而有些腿麻。容茵对着聂子期一指来路，他便将苏苏抱起。

唐清辰站起身的时候，容茵未及多想，顺手扶了一把。对方仿佛第一次将注意力放到她身上一般，深深地看了她一眼。

聂子期平托着苏苏，步伐稳健却很迅捷，直接往来时的小路走去。虽然极少有人开车进小森林，但他和容茵来时的这条路，是唯一一条机动车可以开进来的道路。遥遥听到汽车的鸣笛声，聂子期知道，这是老王来了。

容茵和唐清辰落后一些，走到篝火边时，容茵弯腰收拾着众人的行囊，突然觉得周遭安静得过分。

她抬起头，就见唐清辰不知为什么抚着额头，脸色古怪地看着已经被老王扑灭的火堆。

容茵顺着他看的方向看去，就见灰扑扑的火堆上，是那几个烧得半生不熟的野百合。她再次看向唐清辰，终于明白过来，赶紧丢下行李去扶对方。

唐清辰捂着口鼻，脸色说是铁青也不为过："我只是对这种味道敏感，还没到虚脱的地步。"

容茵正在心里自责不已，听到对方这种固执到幼稚的发言，只觉万分心烦："闭嘴！"

她和苏苏拿百合回来的时候，这人忙着叉鱼，应该压根没留意。她在溪边处理百合时，他又拿着手机不知道在看什么消息，皱着眉毛，似乎很心烦的样子，连王师傅做的野葡萄甜酱烤鸡都没吃上两块……她也真是粗心，野外烹饪食物，大家又是初识，打算做什么吃的应该事先告知，否则在不知情的情况下触及对方变应原——简直是致命的错误！

唐清辰只知道自己自小不喜欢百合的气味，也从不吃百合球茎做的菜肴，这说不上是什么大事，家人和身边人也都知道。全天下的花和食物那么多，他自家就是开酒店的，手下大厨无数，自然没人会去触他的霉头。

谁知道烧百合球茎的味道，竟然比百合花的香气可怕一百倍……

而身边这个从一开始就没怎么留意过的女人，竟然敢对他这么凶……

森林里树木繁茂，空气的净化和过滤自然也比其他地方要快速许多，很快，两人便走出了百合香气的辐射范围。

容茵用一侧的手臂和肩膀撑住唐清辰的身体，另一手摸出手机，给聂子期打电话。

森林里的信号有些微弱。拨了好几次，那边才接通。

聂子期第一句就是："阿茵，要麻烦你和唐先生收拾东西，步行出来了，或者你们在原地等一会儿也行，过一会儿我让村主任派个小车去接你们。"

"小车恐怕不行，我们需要汽车。"容茵的语气听起来颇为凝重，这让电话那端的聂子期也是一凛，"我刚才在火堆上烧百合球茎时，忘了询问大家。唐先生对这种味道过敏，现在必须赶紧把他送到医院去。"

聂子期也是医生，自然知道"过敏"这种毛病，真的可大可小。每个人的变应原不一样，过敏的反应也不尽相同，有的人会脸色潮红，有的人会全身起疹子，还有人呼吸困难发生哮喘，甚至引发生命危险。

容茵说："他现在四肢乏力，脸色也不太对，暂时没引发哮喘……但我不确定，你尽快派车来。"

"好。"聂子期郑重回了一个字，便挂断电话。

这头，容茵扶着唐清辰，找了一块干净的大石板坐下。

唐清辰觉得头晕沉沉的，眼前的视线时清时浊，他勉强提起精神："你……"

他勉强睁着双眸，视线突然清晰。大大的斗笠下面，是一双瞳色略浅的眼，那应该是顾盼生辉的一双明眸，此刻却写满了焦虑和担忧……眼前景象突然再次旋转颠倒，唐清辰只觉树丛的翠色如同碧波，一圈一圈地荡漾开去，紧随着胃部一阵紧缩。他以为自己是要吐，却在下一秒彻底晕了过去。

……

Chapter 04

野葡萄脆皮小面包

·

报恩

在这个世界上，所有真性情的人，想法总是与众不同。

——沈从文《边城》

正在办公室对同事安排事宜的林隽突然接到唐清辰电话时，其实是有些惊愕的。

电话接通，那边传来的却不是唐清辰本人的声音："是林先生吗？"

"我是。"林隽愣了一下，随即警惕起来，"您是哪位？"

"我是聂子期。"手机那端，握着唐清辰电话的聂子期开了免提，再次看了一眼上面电话簿上的名字，本来他还怀疑会不会这么巧，听到林隽声音的那一刻，他终于确认，对方真的是曾经在容茵甜品屋有过一面之缘的那个林隽，"如果我没弄错的话，咱们在容茵的甜品屋见过。"

"是。"林隽也认出他来，心里更感惊愕，"你怎么会用我们唐总的电话？"

"事情有些凑巧……"聂子期简要解释道，"我们中午一起在森林野炊，唐先生和那位苏小姐都在。苏小姐被毒蛇咬伤了，我们不知道唐先生对百合香味敏感，让他接触到了野百合根茎烧熟的味道，他出现了比较严重的过敏反应。他们二位现在都已经脱离了危险，在临安雁杳村附近卫生所接受治疗。你的手机号在你们唐总紧急联系人第一位，所以我才给你打了这个电话。"

聂子期加快了语速，却一条条都说得很清楚，电话那端的林隽听得一身冷汗，却多少放下心来。他说："确实是巧，多亏遇上你了，聂医生。这样，医疗费用方面，麻烦您这边暂时垫付，我坐最近一班飞机赶过去，一定在最短时间内跟你们会合。"

遇上难事，才发现有认识又好沟通的朋友有多么重要。挂断电话，林隽一面唏嘘，一面订了最近一班飞机赶往雁杳。

平城直飞临安，到雁杳还需开车走一段公路，好在林隽一直和聂子期保持联系，早就订好一辆车直奔雁杳。一路波折暂且不提，等他赶到聂子期口中的卫生所，已经是当天的傍晚。

聂子期坐在走廊的长椅上，见到他来，招了招手，脸上却笑不出来。

林隽以为他身心疲惫，两人握了握手。了解过唐清辰和苏苏的最新状况，得知这两人都还睡着，他吁出一口气，对聂子期说："这回真多亏有你。若是不认识的人，还不知道会怎么样。"

聂子期摆了摆手："别说这样的客气话。你们唐总对百合球茎过敏的事，很抱歉……"

对于这件事，林隽也有些惊讶："我们唐总过去只是不大喜欢百合的香气，也不吃百合的菜，但是我也不知道他对百合过敏……"想了想，他说，"或许唐总自己也不知道。"他见聂子期紧锁着眉，拍了拍他的肩膀，"你放心，我们唐总不是不识好歹的人，百合过敏的事，他不会怪你的。"

聂子期深吸一口气："不是因为这个。"

话音刚落，座椅斜对面的一扇门打开，林隽看到披着一件男士外套走出来的容茵，先是惊讶，随即又恍然："容小姐……是和聂医生一起来的？"

聂子期快步走上前，帮她拉紧身上的外套："你怎么起来了？是不是我们说话吵到了你？"

容茵摆摆手，她因为帮苏苏做过伤口紧急处理，来到卫生所，也打了一针清蛇毒的药剂。这种药剂其中一个效果便是令人昏睡，因此她也在病床上睡了几个小时，直到刚刚才因为口渴醒来。

她轻声说了一句：“我想喝点水。”

聂子期说：“我去拿。”他端详她的脸色，“还是回病房待着吧，走廊风大。”

“走廊里空气更好一点。”容茵说，“时间也不早了，晚上正常作息比较好。”

卫生所打水要去院子里的水房，聂子期扶着容茵到座椅坐下，到病房的行囊里取了一个水杯，去院子里打水。

容茵和林隽面面相觑，最终还是林隽忍不住先开口：“还真是巧。”

容茵第一句话便是：“唐先生过敏的事，是我的疏忽。我带着苏苏挖了一些野百合球茎，想烧来给大家做餐后甜点。我忘记问大家有没有人对百合敏感，才导致了这次的事……”走廊里很安静，她刚醒来没多久，就听到了聂子期和林隽的交谈声。

林隽一推鼻梁的眼镜，有点儿不好意思：“你和聂医生真是好朋友，两个人抢着道歉……其实我想我们唐总醒来也不会怪你们的。”

容茵说：“责怪不责怪是另一回事儿，总要将所有事都说清楚，不然岂不是太不负责了？”

林隽看着容茵有些苍白的脸色，心里想的却是另一件事。按照聂子期刚刚的说法，当时所有人都急着将苏苏送到卫生所救治，只有容茵一个人陪着他们唐总。后来唐总晕倒了，还是她一个女孩子将人一路背出森林，走到乡间小路上……不知道唐总醒来要是知道了这件事，会不会因为感激容小姐的救命之恩，将人挖来君渡工作？

容茵不知道林隽心里的这些弯弯绕绕，经历了中午那惊魂一刻，背着唐清辰走了一路，怎么也算是重体力劳动，来到医院又打了一针，昏睡半晌……如今醒来，不知怎么的突然生出一种焕然新生之感，仿佛有些什么非常沉重的东西被丢在脑后。整个人懒洋洋的，并不非常精神，却有一种轻松慵懒的舒适感。

容茵自己也学过医科，猜想这大概是药剂还在身体里没有代谢掉的缘故，但此刻确实轻松快意极了。这样的感觉实在少有，让她觉得就这样短暂地沉湎一下也无妨。

林隽一边打着自己的小算盘，一边对容茵说："容小姐，你和聂医生……是在谈恋爱吗？"

毕竟有些日子不见，上次见面这两个人之间还看不出端倪，而这一次……刚刚聂子期对容茵的紧张和在意，就是盲人也能感觉出来。不是林隽想八卦，而是，如果这两个人真的在谈恋爱，将容茵争取到君渡酒店工作这件事，说不定可以从聂子期那边下功夫。

容茵的那个小窝舒服是舒服，可离城里实在太远，若这两人真成了情侣，想来聂子期也不会愿意女朋友离自己那么远吧。

满怀筹谋的林秘书已经做好准备看到容小姐一脸娇羞地低下头，哪知道容茵态度极尽坦荡，没一丝迟疑地回答："不是。我们是老同学。"

林秘书心里失望，嘴巴上却说："哦，我见你们俩到这边来旅行……"

容茵说："聂医生每年都来雁杳做义诊，我觉得新鲜，也跟过来帮帮忙。"

"水来了。"

容茵和林隽一齐转头，见聂子期捧着水杯站在那儿，脸上挂着笑。

容茵不觉得有什么，倒是林秘书，生出一种背后讲人八卦的心虚感。他在心里嘀咕，若不是苏苏倒下了，这种依靠八卦获取情报的事怎么也轮不到他亲自上阵。身为男人，实在有点尴尬。

容茵倒真是渴了，将聂子期打来的一大杯水喝了个干净。

喝完水，她站起身，拢了拢身上披着的外套："既然林先生来了，那我和聂医生就不在这儿多陪了。我们回村里住，明天再过来探望。"

林秘书一路过来，接了酒店方好几个电话。唐清辰和苏苏清晨从他们酒店出发，迟迟未归，那边负责招待的人早就急得如同热锅蚂蚁了。听林隽说了简要情况，当即便表示要过来探望，又提议将唐清辰和苏苏接到市里最好的医院去。

林隽深知唐清辰的性格，又考虑到此刻的情况，拒绝了对方当天来探望的请求。至于接到市区医院这条建议，哪怕对方不说，他自己也会这么办。因此他对两人颔首道："今天真的多谢你们两位。我在临安也有些认识的朋友，明天清早我会让朋友将唐总和苏苏送到市区医院，这边也就不再给你们添麻烦了。"

聂子期说："倒没什么麻烦。这边住院还有相关费用，你记得走之前找一个姓孔的女医生结清就行了。"

林隽点头："好。"再次握了握聂子期的手，"聂医生，真的非常感谢。"又看向容茵，"那二位，咱们回平城再聚。到时我请二位吃饭，请一定不要拒绝。"

聂子期爽快地答应了一声，容茵略略点头，神色淡淡的，明显并未将林隽的这句话放在心上。

还未到夜里，唐清辰便醒了过来。苏苏那边倒是一夜沉眠，直到第二天来人将她挪上车，这才睁了睁眼。

唐清辰已能行动如常，上了加长宾利，坐在另一边，问林隽："昨天那两个人呢？"

林隽说："您说的是聂医生和容小姐吧，他们昨天傍晚就回村里了。"他偷觑着唐清辰的脸色，"本来说要今天早晨来探望您和苏苏的，后来我说咱们今天一早要去市区医院再做一个检查，他们这次过来是来雁杳村做义诊的，也就作罢了。"

唐清辰的脸上看不出喜怒，林隽早习惯了，但见唐清辰没再多问容茵的情况，心里多少有点儿小失落。

两天后，临安市医院的一间病房里，苏苏“咔嚓咔嚓”咬着苹果，想起前两天被人稀里糊涂地挪到了市区医院就来气：“人家雁杳村那个卫生所哪儿哪儿都挺好的，就你事儿多，非把我挪这儿来，不然我第二天就能见到容茵还有聂医生了。”

林隽说：“我的姑奶奶，这还不是为了你和咱们老大的身体着想？那个卫生所条件是不差，但你们二位，一个中了蛇毒，一个严重过敏，不来这种大医院做个彻底检查，我这心里能踏实吗？”

苏苏噘着嘴将苹果核递给他，从床头柜抽了两张湿巾，一边擦手一边说：“你之前说，你认识容小姐和聂医生，怎么认识的？”

林隽拉了一把椅子在苏苏病床边一坐，说：“苏苏，我问你，你是不是挺喜欢这个容小姐的？”

苏苏点点头：“她话不多，但人挺好的，做的鱼汤也很好喝。她还认得许多森林的野果野菜，我们喝那个鱼汤里的空心菜就是她在河边采的。”顿了顿，她又说，“再说了，人家现在可是我的救命恩人，哪有不喜欢自己救命恩人的？”

林隽斯文的脸上滑过一丝诡秘的笑：“那如果我说，这个容小姐就住在平城，以后咱们回了平城，你们有的是见面机会，你怎么想？”

苏苏怪异地看了他一眼：“你这不是废话吗？当然是去找她，约她出来吃饭啊！”

林隽说：“苏苏啊，那你还记得，你前些日子吃过的那个黑樱桃蛋糕吗？”他掰着手指头数，“还有黑巧克力曲奇饼干、黄油手指饼干、杧果慕斯、草莓舒芙蕾、焦糖布丁、布列塔尼……”

“行了行了，你别说了！”苏苏漂亮的脸蛋有点儿扭曲，“你今天有病吧？念叨这些吃不到的好吃的，折磨我，我跟你有仇？”

林隽一脸神秘，朝苏苏勾了勾手指，趁她凑近，低声说了一句话。

下一秒，苏苏高声喊了出来："什么？！这个容小姐就是那个'甜度'的容茵？"

她的视线落在出现在病房门口的某人，顿时脸色有点儿尴尬。林隽看到她神色变幻，似有所感地扭过头，果然，自家老大不知什么时候站在病房门口，也不知道听了多久。

林隽喊了声："唐总。"

苏苏招了招手，笑容甜美："老大。"

唐清辰颇有深意地瞥了一眼林隽："容茵？"

林隽瞬间站得笔直："是，唐总。她就是我以前跟您提过的，在莫先生婚礼上做 Cannoli 的那位甜品师。"

"你们两个前阵子嘀嘀咕咕的，吃的那些东西也都是她做的？"

林隽说："是我从容小姐的甜品屋预订的，她可以快递送过来。不光我和苏苏，办公室里好多同事都挺喜欢吃的。"

唐清辰倚在门口，面色平平，不知道在想什么。

半晌，他一语未置，转身走了。

林隽坐了回去，任谁都能看出他的郁郁不得志。

苏苏拿眼睛瞥他："你这不太好吧？"

林隽抬了抬眼皮儿："怎么？"

苏苏说："你这是处心积虑地想把容茵挖来咱们酒店做甜品师啊。"

林隽双臂一抱，看她："难道你不想？"

脑海里突然闪过一道近两天总出现在梦境的身影，苏苏眸光一闪，唇边映出一抹兴味的笑："也可以。"

"可以什么？"

苏苏说："帮你一把，将容小姐挖过来。"

这个小长假，似乎所有人都过得很折腾。

重新回到平城，回到自己的小院，想起这几天的经历，容茵不禁一笑，说到底，真正平静的生活，终究是不存在的。她为了躲麻烦逃离平城，谁能想到，到了雁杳那么一个山高水长的偏僻之所，还能引出那么一连串的麻烦呢？归根结底，这种逃避的心理还是不可取。

做了一上午的饼干和蛋糕，简单吃了点儿午餐，下午 1 点钟，容茵重新挂起了营业的招牌。

很快，便有老邻居找上门，是附近一家餐馆的老板娘。一进门，她便抽了抽鼻子："你不在这几天，我可想死你做的蛋糕了！"

容茵也笑得俏皮："怪我，逃出去躲懒了几天。"

"出去玩玩也好，毕竟你还年轻。"大概真是想了这一口，她几乎每样饼干都称了一些，又让容茵切了一大块草莓鲜奶蛋糕，笑盈盈地拎着东西告了别。

容茵一边和客人们寒暄，一边为他们切蛋糕、称饼干，一下午的时间，转眼便又消磨过去。

傍晚时分，她接到了林隽的一条微信："已回平城，不知哪天有空聚聚？"

容茵："我想做一些饼干和蛋糕寄给你，麻烦你帮我转赠给唐先生，算是对害他过敏的一点歉意。"

林隽："好啊好啊。"

林隽又大手笔地预定了十多样饼干，还有一个十四寸的大蛋糕，说要给苏苏庆祝。

容茵的工作量一下增加了许多，但刚从外地回来，这种迅速陷入工作的忙碌反而让她感到心安。

这天晚上，她一直忙到深夜，倒也一夜好眠。

第二天，收到甜品的林隽满脸笑意，吓得好多人见了他都绕着走。

谁不知道，林秘书向来老成持重，突然间满面春风，实在让人民群众很不适应。

林秘书敲了三下门，拎着容茵准备的甜品走进去："唐总。"

推门进去，唐清辰面前放着手机，免提开着。

既然让他进来，就代表这么听着电话也是无妨。林隽听到电话那头传来唐父有些急躁的声音，默默地站在一旁。

"殷家那个丫头已经来了有一阵了，前些日子你去临安洽公，没遇上，这我没什么可说的。这两天，殷筱云本人也会来，你再是之前那个态度……"

"君渡在什么城市开设酒店，有自己遴选的标准，苏城暂且不在考虑范围内，具体原因我也跟您聊过。别说今天是她殷筱云来，就是殷家那位老太太亲自来了，我也是一样的话。"

半晌，电话那头唐父才开口："清辰，你年纪也不小了，婚姻大事，你就一点不做考量？"

唐清辰答得顺溜："这个事，不是不可以考虑，但怎么考虑，也跟殷家没关系。"

唐父那头传来杯子落地的声音，紧跟着，便是唐父的声音："我那天的话都白说了吗？你这孩子怎么油盐不进呢！我就生了两个儿子，怎么一个更比一个不省心，我……"

"殷家对唐家有恩，我妈当年答应过殷家老太太两家结姻之事，这话我和唐律从小听到大。老爷子，您先别动气，那天咱们爷儿俩说这事儿的时候，我在临安，说话也不方便，今天我就跟您正经论论这个理。您说殷家对咱们唐家有恩，我问一句，这份恩情，具体到谁？您说我妈和殷家有结姻缘的意思，是和殷家老太太吗？老爷子，我真是您亲生的吗？这些事儿我要是不弄清楚，您这么蒙混过关坑自己儿子，真的有意思？"

过了好一会儿，唐父才说了句："殷筱晴已经死了。"

“她死了，她女儿呢？”唐清辰跷着二郎腿，转椅半转，说话时眼眸半垂，望向窗外景色，说话的语气听起来固执，却又透着那么点玩世不恭的意思，“您如果坚持咱们家必须报当年那份恩情，那咱们就把人找准了。这件事，不对殷家，不对他们老太太，只针对殷筱晴和她家人。”

“可殷筱晴——”

“正因为殷筱晴生前已经和殷家划清界限，那恩人的选择，就是我们行事的原则。”他顿了顿，鲜见地说了一句俏皮话，“人家殷筱晴若是地下有知，您也不怕把人气得掀了棺材板。”

“什么乱七八糟的！”唐父怒斥，“林隽呢？他前两天说你对……对什么花过敏？你是不是脑子坏了，有你这么跟长辈说话的吗？”

林隽适时地出声：“我在呢，老爷子。”没有外人在的时候，林隽也跟着一块儿称呼老唐总“老爷子”，“唐总已经痊愈了，他现在身体非常健康。”

唐清辰瞥了他一眼，再度开口：“老爷子，这件事上，您的那点私心，我都清楚。要我说，真犯不着。您要是想要他们那个苏式甜点的招牌，商业合作上有的是途径，怎么也不至于把您亲儿子卖给殷家当上门女婿。”

唐老爷子的声音听起来痛心疾首：“我这不是替你结婚的事儿着急嘛！”

“着急，也得找对人。”唐清辰说，“殷筱云母女此次来平城，作为东道主，我会让人安排好一切事宜。但除此之外，没别的事，行吗？”

那头，老爷子嘟囔了两句，不甘不愿地应了一声。

唐清辰借口事忙，哄着自家老爹挂了电话。

转过脸，就看见林隽那副面无表情的样子：“想笑就笑，憋出毛病，公司不负责报销。”

林隽面皮轻轻抽动了一下：“没，老大，我没想笑您。”

“那你是想笑老爷子？”

林隽走上前，将手里拎的东西放在桌上："我是觉得，咱们家老爷子也挺有意思的，这都什么年代了，还兴报恩那一套，而且……"他忍了又忍，还是没忍住，强忍笑意吐出后半句话，"您又不是个大姑娘，老爷子怎么还要整救命之恩以身相许的套路啊？"

唐清辰点了点他："下回见了老爷子，你就这么说。"

林隽一脸惶恐："老大，这不合适吧！"

唐清辰一扬下巴："你这是怎么个意思？"

林隽连忙将东西往前推了推，将容茵在微信上的话原封不动复述了一遍，又说："唐总，您过敏这个事儿，我看容小姐确实挺愧疚的，您尝尝容小姐的手艺，这件事，咱就不记仇了吧？"

不再对着自家老爷子插科打诨，唐清辰又恢复了平常在下属面前的扑克脸。他瞥了一眼桌上的甜品，眉都没抬，说了一句："你说她在微信道歉，在哪儿？"

林隽一愣，连忙从兜里掏出手机："在这儿。"

唐清辰抬眸，缓缓地说："她做了伤害我的事，跟你的微信道歉？"

林隽："……"这话从他们家向来雷厉风行的老大嘴里说出来，怎么听着这么别扭呢？

不过这话细一品，好像又挺是那么一回事儿的。

唐清辰掌心朝上，修长的食指一勾。

那头林隽已经双手将自己的手机递了过去。

唐清辰打开微信，翻到林秘书和那位容小姐的对话，也不知是被什么内容吸引了，寥寥几句对话，他竟看了许久。随后，他点了两下林隽的手机，之后又拿起自己的手机，在林隽近乎震惊的视线中，打开了从他手机上分享过来的那个名片。

直到拿着自己的手机走出办公室，林隽还有点儿回不过神。

这好像是第一次吧，唐总从他的手机微信里，分享一个女人的名片……他怎么突然就跟不上老大的节奏了？！

办公室里，唐清辰发出了好友申请，等待着那边的回复。

而刚将给一位顾客调好的果茶送到桌边的容茵听到手机响了两声，摸出来一看，一条好友申请，上面写着：“险些被你毒死的唐某”。

容茵手一抖，托盘险些砸在地上。她一路走回自己的位置，很想问一问林隽，他是怎么传的话。

他们唐总这个架势，是打算跟她秋后算账吗？

容茵一边给新来的客人打包要带走的蛋糕，一边琢磨对方那个验证信息表达的意思。不管怎么样，对方的意思似乎是说，想加个微信，跟她聊一聊？

毕竟是她的责任。对着开门离开的顾客露出一抹笑容，她深吸一口气，拿起手机通过了对方的好友申请。

另一头，唐清辰看着系统提示可以开始聊天的对话框，又看向面前那个打开的包装盒。

这个容小姐倒是诚意十足，送来了满满一袋子各式饼干和甜品。他打开最上面的一只包装盒，只见里面盛了三只小巧的脆皮面包。烤至金黄的表皮洒了一些白芝麻，他捏起一个，掰开看了看里面。没有馅料，只是面包里点缀着几颗不大不小、黑黢黢的果子，他眯眼看了一会儿，好像是野葡萄？

正是下午两点钟的光景，忙碌半晌又跟亲爹打电话扯皮半天的唐总突然来了兴致，拨通内线要了一杯埃斯梅拉达。

十分钟后，就着新鲜的咖啡，他慢慢将面前的三只野葡萄脆皮小面包吃完。

脆皮小面包没有甜味，相反，甜品师别出心裁地放了一点盐，吃起来略有一点咸，野葡萄烤熟了之后吃起来格外甜美，果皮的些许微涩感让面包的整体味道相当平衡。就着浓醇的咖啡，这餐由小面包构成的下午茶不仅没有半分甜腻，而且让人相当享受。

唐清辰用纸巾擦了擦手，拿起手机发出给这位容小姐的第一条微信："作为一名职业西点师，用甜点来表示歉意，是不是有点儿欠缺诚意？"

 Chapter 05

萨芭雍

第一次约会

水是各处可流的，火是各处可烧的，月亮是各处可照的，爱情是各处可到的。

——沈从文《边城》

容茵望着手机屏幕上显示的两行字，半晌，她硬着头皮敲下几个字：“那唐总的意思是？”

在容茵心里，这位唐总实在不是一个好相处的主儿，总喜欢将事情的主动权掌握在自己手里。既然自己为表歉意所做出的努力对方不甚满意，那最好的解决办法，就是让对方来决定道歉的方式。

另一头，唐清辰看到对方发来的问话，唇角绽出一抹志得意满的笑容。

唐清辰：“请我吃个晚餐，地点我定，时间你定。”

容茵吁了一口气，这个要求还算简单，一顿晚餐，无论唐清辰口味如何刁钻，她总还是请得起的。而且以她对这位唐总的了解，此人固然不好相处，但也不像以势压人的权贵名流，总不会让她包个双人往返机票跑去国外消费一顿晚餐。

容茵痛快地回了一个“好”字。

唐清辰反应也快，手指微动，很快打上去一行地址。

容茵蹙眉琢磨了一下近几天的时间安排，问：“周四晚上可以吗？”

唐清辰：“不见不散。”

容茵撂下手机，长舒一口气。和这位唐总交流，隔着手机屏幕都能感觉到压力重重，好在总算了却一桩大事。傍晚，容茵接待完最后一拨客人，接到了某个陌生号码打来的电话。

那头传来年轻女子略显沙哑的声音，语气颇为亲昵："容小姐，还记不记得我？"

容茵每天见识往来客人无数，对于人的相貌和声音自有一番好记忆，听到这声音只略微愣了一下，便反应过来："苏苏？"她随即笑，"你下班了？"

"还没有。上次去临安那个合作项目有点麻烦，最近忙得很，正中场休息，吃着你做的黑森林蛋糕，突然想起应该给你打个电话。"

苏苏平时便擅长言谈，开口便是一长串话，自带暖场属性，连带着容茵也不自觉地放松下来。

她顺手关上房门，找了一把椅子坐下来，说："也不清楚你喜欢什么口味的，照着从前林先生习惯订的做了几种。你若有偏好，可以告诉我，以后做给你尝尝。"

"好呀。"苏苏的声音听起来雀跃了几分，旋即又叹息，"本来想这周找时间请你吃饭的，谁知道我们老大塞给我和林隽一大堆工作，现在我这桌上堆的资料简直比我人还高，恐怕我要一路忙到顺利签约之后了……要不是你的蛋糕，真觉得生无可恋。"

苏苏说得情真意切，简直闻者伤心听者流泪，容茵强忍住到嘴边的笑意，思及下午和那位唐总的约定，不禁好奇："这么说，你们所有人这段时间都要很忙？"

那头苏苏抿了抿嘴巴："应该是，不过忙得最惨的人准是我。"

容茵明白过来，眼看着手底下的人个个儿忙得像只陀螺，对方自然能够功成身退，还有心思压榨只有一面之缘的陌生人，让她请一顿晚餐。

转眼便是与唐清辰约好共赴晚餐的日子。

容茵对着空荡荡的衣橱思虑片刻，她摸不准唐清辰喜欢的餐厅会是哪种类型，但她在国外待的时间够久，琢磨着以唐清辰的性子，总不会随随便便地选路边摊来让她“还债”。面对着衣橱里的寥寥几套衣物，她最终选择了最保险的一套，黑色波点衬衫搭配白色九分裤，配一双裸色方跟皮鞋。身上除却一只老古董腕表，没有任何多余坠饰。这样的打扮符合她一贯的偏好，看起来干净利落，又别有一份优雅。容茵爱惜地摩挲着表盘，略一思量，从储物柜里取出一支回国后友人相赠的香水，在脖颈处喷了少许，拎上背包出了房门。

一路按照导航将小车开到距离餐厅最近的停车场，直到走进大厅，容茵才隐隐觉出不对劲。

她环顾左右，虽然相隔一段时日，而且不是从同一个大门进来，但这个地方，好像就是上次林秘书领她来的那间酒店……

换言之，唐清辰让她在他自家的地盘做东，请他吃饭。

容茵徐徐吐出一口气，她真是高估了这位唐总的气量，他这何止是记仇，是非常记仇。

让她荷包大出血、白吃她一顿晚餐还不够，还要将这笔钱赚入自己的口袋。这笔账，算得可真精啊！

“容小姐。”声音由远及近，让人耳根发酥。若不是容茵已经识得来人的身份，站在客观立场点评一句，这位唐总的声音倒是十二分的低沉好听。有句古诗形容琴声铮铮然动听，说“泠泠七弦上，静听松风寒”，乍一听到唐清辰的嗓音，不知怎么的，这句话已浮现在容茵的脑海。上一次在雁杳，两人交谈寥寥，也不知道是不是那天他说的话实在太少，容茵发觉自己竟不记得当日对方的嗓音是否有这般惊艳。

容茵循声转过身，脸上已带上礼貌的浅笑：“唐先生，晚上好。”

唐清辰近水楼台，直接从自己办公的楼层下到酒店一层大厅。虽然已是初夏，但酒店全天开着中央空调，他便也穿着整齐的西装皮鞋，连领带都打得一丝不苟。落在容茵眼里，自然免不了落一个“太过端着”的印象。奈何此人皮相着实出众，哪怕确实有点儿“端着”，那也是让路过的女孩子看一眼就舍不得移开视线的“端着”。

容茵一笑，露出白净整齐的八颗牙，看起来非常亲切友好：“唐先生，您的主场，麻烦带路吧。”

唐清辰定住脚步，他在远处便看到她环顾四周的模样，看起来她并不茫然，该是认得这是什么地方。但不知道为什么，感觉她周身隐隐有些怒气萦绕，唐清辰一时想不明白。尽管容茵笑容温柔灿烂，但他早过了凭对方表情判断心情的年龄，一眼看出对方此刻心情着实不愉。

一缕淡淡的清香吹拂到鼻端，唐清辰略做停顿，开口：“容小姐有别的事？”

容茵一愣：“没有。”她扫了一眼唐清辰没什么表情的脸，又解释说，“平时这个时间我也差不多关店了，今天提早一点关，挂上了牌子，往来的顾客都能看到。”

唐清辰见她一开口说话，先前那股怒气似乎烟消云散，想来应该与自己无关，便也不做深想。手略一提，指尖向前：“那请吧。”

容茵虽然认得地方，但并不熟悉酒店餐厅的方向。

好在唐清辰虽然心思霸道，行为倒十足绅士，一路都保持着领先她半步的距离，每到拐弯的地方，都让她知道下一步的方向，又不至于太过落后显得狼狈。

唐清辰极尽体贴，容茵却越发不自在。两人一路走来，收获注视无数，有工作人员的，也有看起来是宾客模样的。容茵摸不清状况，只能将此种情形全部归罪在唐清辰身上，毕竟平日只有她一个人时，无论在哪儿，都不会引起这么多关注。

容茵实在不喜欢这种万众瞩目的感觉，坐下来的瞬间，发觉这是一处绝佳的安静之所，又方便临窗赏景，心里总算安稳下来。

服务生是个五官俏丽的女孩子，为两人递上 Menu，又无声退下。

容茵大致翻了翻，发现这君渡酒店的菜单很有意思，一本是地道的中餐，一本是各式西餐。她朝对面伸一伸手：“今天是我请客，唐先生点菜吧。”

唐清辰抬眸瞥了她一眼：“看来是这家餐厅的 Menu 不入容小姐的眼。”

“我请唐总吃饭，是为道歉，为表诚意，自然要让您点餐。”容茵失笑道，“况且唐总家大业大，唐氏集团旗下的五星级酒店遍布国内外，餐厅的 Menu 怎么会不好呢？”

唐清辰翻过一页：“容小姐旅居 F 国多年，又先后为几家顶级酒店烹制甜品，是见过大世面的人，说话不用这么拘谨。”顿了顿，又补充一句，“道歉这件事，诚意全在心里，不用总挂在嘴边。”

容茵发觉，自己曾经的判断十分正确，这位唐总实在不好相处。跟这位说话，堪比慢刀子拉肉，不经意间就让你疼一下，缓片刻，又疼一下。若不是因为自己行为不谨慎导致对方引发严重的过敏，她还真不愿意搭工夫在这儿受刑。

唐清辰见容茵沉默不语，说：“容小姐是喜欢西餐，还是中餐？”

容茵本来想说随便，一抬眼，正对上唐清辰的双眸，她实在怕一句话没说好，又惹来这位的长篇大论，开口说：“中餐西餐都喜欢，不过既然来了君渡最好的餐厅，就试一试这儿的特色菜吧。”

“好。”对于容茵的这个回答，唐清辰似乎很满意，招来刚刚递菜单的服务生说，“本月新上的特色菜，让主厨看着搭配。开一瓶九二年的罗曼尼康帝，再多做几道甜品，容小姐大概喜欢吃。”说完，他特意朝容茵投来目光。

容茵连忙说：“也不用做太多，招牌甜品就可以了。”听到唐清辰说要喝红酒，她其实心里不大乐意，自己是开车过来的，待会儿喝了酒，虽然可以打车回去，可她的小皮卡怎么办？想起来都怪麻烦的。

唐清辰问："怎么了？"

"我今天开车过来的……"容茵发现，在这位唐总的注视下说话，哪怕自己占理，气势上也要短一截，"喝酒的话，怕有点儿麻烦。"

唐清辰面色稍霁："不麻烦。待会儿我帮你叫个代驾。"

这不失为一个解决办法。容茵笑了笑："我刚回国，对于这些不太熟悉，让唐总见笑了。"

说话间，服务生端上两盏茶，又为两人摆上茶点，一扇轻巧的花鸟屏风挪过来，恰到好处地隔绝了此处与外间。毕竟两人不是密友，初次同桌吃饭，在完全封闭的雅间总有些尴尬，而彻底敞开的大厅则有些喧嚣。难得唐清辰想得如此周全，用一扇屏风解决了难题，既得了清净，又不至于过分亲近。身畔是素雅的苏绣花鸟屏风，头顶一盏玉兰花宫灯洒下柔和的光，从落地窗望出去，刚好看到外间的小花园，几丛黄的、红的月季开得 正盛，金色的夕阳余晖为这些娇妍的花涂抹上一层天然的金粉，整个花园更添了几分富丽堂皇。

容茵掀开杯盖，见是上好的白毫银针，上面还浮着两朵雪白的茉莉，不禁一笑："好多年没喝这个了，想不到唐总也喜欢喝这口。"

浮在鼻端的清雅花香忽而模糊，忽而清晰，唐清辰未及多想便开了口："和容小姐今天用的香水很相宜。"

容茵一愣，随即有点儿不好意思地笑了："是一位朋友送的，我这人恋旧，以前用惯了的味道。"

唐清辰说："倒是和容小姐给人的印象不太一样。"

"我给人什么印象？"

唐清辰双手交叉置在桌上，说："那天被送到医院，我睡了大约三个小时，醒来后对当天的一些事记得模糊，可还是清清楚楚地记得，当时容小姐对我吼的那声‘闭嘴’。”他神色淡然，看起来一本正经极了，可话里却透着浓浓的调侃意味，“当真是振聋发聩，难以忘怀。”

容茵这回是真的忍不住笑了：“原来让唐总记仇的地方在这儿。”唐清辰不再端着架子，她也跟着放松许多，“那天其实我不是吼你，我是生自己的气。大家从前都不认识，头一次聚在一起吃饭，吃的还是野味，我本应该多注意一点。如果事先多问一句，也不至于害你过敏。”想了想，她略一偏头，看着唐清辰说，“你那天也太逞强了，人都要晕过去了，还说自己没事，只是敏感……”

恰在此时，一个人影出现在屏风边上，唐清辰和容茵一同扭过头，和急匆匆赶过来的林隽对个正着。

唐清辰：“……”

林隽：“……”他现在退后还来得及吗？他想说他什么都没听到，老板会相信吗？为什么每次这种倒霉事儿都要他来扛？林秘书欲哭无泪，面上还要装得特别淡然、特别专业。

容茵：“……”这两个人都不说话，脸上神色平淡得跟水一样，她实在判断不出，到底是她刚刚说错话了，还是出了什么别的岔子。

唐清辰问：“什么事？”

林隽看了容茵一眼，低声说：“抱歉打扰二位用餐，唐总，是那边的事。”

林隽很聪明，语气只在“那边”上微微加重，两人一个对视，唐清辰便知道林隽的意思。

唐清辰眉峰略一压：“你代为安排吧。该怎么说你知道。”

林隽微一颔首：“好的。”他往后挪了两步，站在屏风边上，语气已经恢复如常：“容小姐，抱歉打扰。唐总很重视今晚跟您的约会，我会打点好一切，不让其他事再来烦扰唐总。祝您用餐愉快。”

容茵慢半拍地点了点头，刚想说点什么，林隽已经退了出去。除了两人因为工作的事初次见面那次，林隽跟她说话均是彼此平等的朋友关系，有时还有套近乎的嫌疑。像这样仿佛下级和领导汇报一样的说话语气，实在让她有点儿不知该如何反应。

收回视线，正对上唐清辰似有深意的目光，容茵反应过来，连忙摆了摆手：“我刚刚不是故意的……”说着，唇角泄出一丝笑，“我和林先生还算熟悉，如果唐总需要，我可以跟他具体解释一下当天的情形……”

唐清辰将茶碗的盖子一掀，刮了刮茶水，说：“岂不是越描越黑？”

他说话的语气淡淡的，神色也淡然，越是如此，越让人想笑。

容茵这回终于忍不住，扑哧一下笑了出来。

唐清辰说：“容小姐笑得这么开心，应该是想好要怎么诚心跟我道歉了。”

容茵秀眉一挑：“这顿晚餐不算赔罪？”

唐清辰学着她的样子挑一挑眉，眸光向方才林隽站的方向一转。

容茵明白过来，不由得摇了摇头：“要照唐总这么算，新仇旧怨，我大概还不清了。”

唐清辰说：“慢慢还，总能还得清的。”

这人说话慢条斯理的，偏偏还特别气人，让容茵气也不是，笑也不是，只能说：“那依照唐总的意思，我应该怎么偿还才算有诚意？”

唐清辰向后靠向椅背，跷着二郎腿，腰杆笔直，却又姿态松弛，显然容茵这句话实打实地问到他心坎里去了：“我听林隽说，他也算三顾茅庐，可容小姐并不愿意出山。”

说到正事上，容茵也换了态度。她品了口茶，在心里感慨唐氏的大手笔。她虽然喜好白毫银针，但味道如此清正的极品白毫，真是这辈子头一回尝。清鲜爽口的茶香在口腔里滚了一遭，她用舌尖勾了勾上颚，浅浅一笑说：“想不到我一个小人物，还能劳动唐总为我费心。”

唐清辰说：“从前林隽说了几次，我没那么放在心上。”他说得这么坦诚，倒是勾起了容茵的好奇。见容茵看向他的目光中透着讶异，唐清辰一笑，悠悠然说："不过前几天下午尝了你做的甜品，我倒是改主意了。"

容茵把玩着茶碗的盖子，说："换一个吧。"

"嗯？"

容茵说："唐总换一个要求。这一点，我如今确实做不到。"

唐清辰说："林隽说你在郊区经营甜品屋实在屈才，我也是这样想。所以容小姐不是做不到，而是不想做。"

容茵点了点头："是。我从前在酒店和餐厅工作过，选择回国开一个甜品店自负盈亏，是我自己深思熟虑的结果。所以，唐总如果对我有要求，还是换一个吧。我这人，不喜欢改变自己的初衷。"

"不改初衷。"唐清辰重复了一遍，似乎是在把玩这四个字的深意，正想说什么，隔着屏风传来服务生的声音。

是上菜的时候了。

菜肴一道道端上来，容茵看在眼里，赞在心里。不愧是五星级酒店的大厨，又兼今日是大老板特意要求，每一道菜肴都极尽精致，色香味俱全。有了唐清辰提出的代驾方案，容茵彻底放松下来，享受着面前的美食美酒。

一餐饭毕，容茵也不得不承认，唐清辰此人，若是冷若冰霜，任谁都要熬不住俯首称臣，可这人若是想，也能让人分分钟生出如沐春风之感。他说话风趣，气势自若，带一点冷幽默，举手投足间不会过分亲昵，却也绝不让人觉得疏远。容茵与他杯盏相迎，一边在心里暗暗想，幸亏自己也算多有历练，放在五六年前，恐怕自己也要与那许多的年轻女孩子一样，一餐饭下来，就忍不住对这位唐总怀上不一般的心思。

甜品端上来时，容茵露出一抹笑，她指着其中一样焦糖布丁说："我突然想到一样报答唐总的方式，相信一定能让唐总你满意。"

唐清辰挑一挑眉毛："愿闻其详。"

容茵说:“我相信贵酒店的甜品师一定是业内超一流水准。但有时候，不一样的人，总能吃出不一样的体会。我尝一尝今天这三道甜品，若是能提出些许不一样的建议，让贵酒店的甜品师聊做参考，也算是我为唐总帮上一点忙吧。”

唐清辰勾了勾唇角，终于绽出一抹笑:“那就请容小姐开始吧。”

三道甜品依次是焦糖布丁、萨芭雍和勃朗峰栗子蛋糕。容茵刚开始品尝时，唐清辰就朝服务生挥了挥手，让人去后厨请人。

甜品师赶过来时，容茵刚将三种甜品每样都尝了一块。

容茵用餐巾擦了擦唇角，刚要抬头，突然迎来对方一个超级热情的拥抱。

容茵蒙头蒙脑地被对方拉起来，待她费力地从这个过于热情的怀抱中抽出身，看清对方的容貌，也发出一声惊呼:“Pavel！你怎么会在这儿？！”

容茵说的是法语，对方回答的却是流畅的中文:“茵，真没想到你也来了平城。”

容茵一愣，也跟着切换回了中文:“你现在中文这么好了！”

帕维尔朝她眨了眨眼，琥珀色的眼珠里透出愉悦的光:“我可是跟随着你的步伐，来到伟大的中国。茵，在这儿见到我是不是特别惊喜？”

容茵忍不住摇头笑，一转脸，正对上唐清辰若有所思的目光，解释说:“想不到Pavel做了贵酒店的甜品师。我在F国一家餐馆工作时和他认识，一起工作了差不多一年。算起来，我们也有三年没见了。”

帕维尔那句“追随着她的步伐”的谎言不攻自破，可他一点都没流露出异样的神色,依旧摩拳擦掌,十分兴奋:“我听说今天唐总要招待贵客，还特别点名要我做几道招牌甜品,早知道是你,那我什么都不做就是了。”

唐清辰恰在此时插了一句:“这话怎么说？”

帕维尔揽住容茵的肩膀，笑得别提多灿烂了:“因为当年，茵是我的启蒙恩师啊！”

容茵此刻只庆幸身旁还有一扇屏风挡着，否则以帕维尔激动时的嗓门，恐怕要吸引不少宾客看热闹的目光。

她推了推帕维尔的手臂，重新坐回自己的座位，换了一种语言对帕维尔飞快地说了几句话。

如果容茵继续用法语，唐清辰可以毫不吃力地听个一清二楚，或者英语、西班牙语，都不在话下。可这位小姐实在狡猾，唐清辰仅凭从前在国外与人交流的经验判断，又扫了一眼站在原地人高马大的捷克小伙，心里很快有了答案，容茵说的应该是帕维尔的家乡话。

也不知容茵说了什么，帕维尔的神情终于正经起来。他本来就高，此刻更是站得笔直，还向容茵行了一个绅士礼：“中国有句老话，恭敬不如从命，那我就听一听茵小姐的点评。”

容茵笑了笑，说：“点评谈不上，既然是当面交流，说是‘切磋技艺’比较恰当。”

说到“切磋”这个词，她飞快地切换回法语词汇，帕维尔露出了然的神色，唇边的笑容更深了一些，说：“好的，茵小姐。”

当着帕维尔的面，容茵又尝了一口焦糖布丁，唇角弯弯，笑的时候，左侧唇畔显出一个小小的梨涡：“这道焦糖布丁实在无可挑剔，如果刚刚不是还要尝另外两个，这份布丁我肯定早吃得一点不剩。”

帕维尔听着，回以一个灿烂的笑容。

说话间，容茵竟真的吃光了整只布丁，随后又用叉子轻轻戳了戳旁边那份萨芭雍：“三样甜品里，最不成功的要属这份萨芭雍。”说完这句，她抬首，看向唐清辰，“唐总尝尝看，味道如何？”

唐清辰向来不喜甜品，但听了容茵的请求，竟然也拿起叉子，插下一块送入口中。片刻后，他点评：“酒香浓郁，味道不错。”

帕维尔说：“萨芭雍源自意大利，是一道典型的宫廷甜品，传统的萨芭雍最显著的特点就是酒香浓郁。”帕维尔知道面前这位老总熟悉法语，索性直接用法语讲解，“不过我做的这款，算是有一点创新，加入了少许咖啡，吃在口中既有甜酒的醇，也有咖啡的淡淡苦涩，再加上巧克力的香浓和甜奶油、乳酪的浓香，整道甜品在整体的口感上达到一种新的平衡。最上面这一点樱桃的微酸，吃在口中应该算得上画龙点睛吧。”

说完这一长串，他朝容茵眨了眨眼睛，一副邀功的俏皮相。

容茵见状一笑，说：“味道确实无可挑剔。”不等帕维尔挺起胸膛，她又添了一句，“我觉得稍逊一筹的，是这道甜品的口感。”

“口感？”帕维尔重复道。

连唐清辰和候在一旁的女服务生也看向她。

容茵将自己的盘子往前一推，示意帕维尔不妨尝一尝。

三年前，帕维尔在西餐厅后厨给容茵做学徒时，便对这位本事大、脾气也大的东方小妞钟情不已，三年后他就职于唐氏集团旗下的君渡酒店，并在后厨凭借一双巧手和一张甜嘴站稳脚跟，哪想竟然又在这儿与他的梦中情人重逢。帕维尔踌躇满志，觉得这真是天赐之缘。见容茵对他也不像昔日那般不假辞色，反而含情带笑，心中越发笃定平城是他的幸运之城。他弓着身弯着腰，笑吟吟地接过盘子，拿起容茵之前用过的那只小叉子，正待与容茵来个间接亲吻，就听耳畔响起另一道低沉的男声——

“餐厅就这么节省刀叉？”唐清辰目不斜视，看着帕维尔手里的甜品，话却是对身旁的服务生说的：“去拿一副新的餐具来。”

容茵倒是没考虑这么多，听唐清辰这样说，也没有多想。倒是帕维尔唇角一弯，笑容无瑕：“我和茵是多年的好朋友，我不介意。”

唐清辰面不改色：“每年春夏地温上升，平城总是容易衍生各类传染病，还是注意点个人卫生比较好。”

唐清辰这话说得实在大义凛然，连容茵都被感染，曾经当医学生时的洁癖也跟着抬头，点头称是："还是唐总考虑周全。"说着，她从帕维尔手中拿过自己用的那副餐具，放在一旁。

年轻娇美的女服务生脚步轻盈，很快折返，水汪汪的眼睛瞧着帕维尔，将吃甜品用的整套餐具并一张餐巾递了过去。

帕维尔尝了一口自己亲手制作的甜品，原本舒展的眉头渐渐皱紧。

容茵说："吃出来了？"两人都是专业人士，容茵点出关键所在，帕维尔一口便尝出问题也不稀奇。但旁边还有两位求知若渴的观众，容茵不得不仔细解释："这道萨芭雍的味道确实非常可口，如果非要鸡蛋里挑骨头，我要说的就是，这里面蛋糊的部分有些烤过火了。无论是传统还是新式做法，萨芭雍最重要的两个特点，一是酒香芳醇，二就是口感甘润。这个问题说大不大，说小也不小。若是普通的客人来吃，应该吃不出什么不妥，也可以算是我吹毛求疵了。"

帕维尔目光深邃，如同一束聚光灯，笔直地打在容茵的面庞："这不是吹毛求疵，哪怕是普通的宾客，如果是萨芭雍的忠实爱好者，也会吃出这里面的蛋糊处理不当。茵小姐说得没错，口感的问题，说起来是大问题。"

说完，他似乎陷入了某种深思，直到容茵再度开口，才回过神来。

"勃朗峰栗子蛋糕，法语的原名是 Mont Blanc，意思是白色山峰，这道甜品在 F 国和 Y 国当地流传甚广，从前 Pavel 在 F 国的时候应该也做了无数次，各方面都应该无法挑剔。"说到这儿，容茵似笑非笑地看了帕维尔一眼，"不过我猜，你最近大概有点儿上火了，舌头对于甜味不够敏感，因此这道甜品，如果在专业的舌头尝来，甜度超过了那么一点儿。"

不光唐清辰，就连年轻的女服务生都不禁担忧起来。半晌，帕维尔突然笑了，他微一躬身，牵起容茵的手，在她手指的指尖落下一个轻吻，随即站直了身体："真是什么都瞒不过你。前两天我有些发烧，请假休息了一天，今天感觉不错就提前回来上班了，你说得对，甜品师的身体状况与甜品甜度的把持息息相关，是我大意了。茵，谢谢你，即便过了这么多年，你仍旧是我的老师。”

容茵也站起身：“你过誉了，我可当不得你的老师，过去我们是最好的同事和朋友，想不到今天会在这儿跟你重逢，还吃到了你做的美味甜品。”她主动伸出手，与帕维尔握了握手，“你现在可比我厉害多了，君渡能够雇佣你，是唐总的幸运。”

她说这话的时候，言辞恳切，神态真诚，帕维尔知道她这是在唐清辰面前为自己说好话，感动之余，对容茵的那点小心思浮浮沉沉，险些一个忍不住当场倾洒而出：“茵，我……”

“我先去一趟洗手间。”容茵朝唐清辰回一个微笑，“你们先聊。”

她走得轻快利落，若不是随身的背包还放在椅子上，在场的两个男人都以为她要这么一去不返。

在帕维尔，是因为曾经那次不愉快的经历，容茵便是这么挥一挥手，不见踪迹。在唐清辰，则是他早从林隽那儿听说了这位容小姐，看似温温柔柔，实则举止潇洒。用林隽的原话说，简直像条滑不溜手的鱼儿，一不注意就溜没了影。

唐清辰示意服务生撤下餐盘：“上果盘吧，再沏一壶茉莉香片来。”

屏风后只剩下两个男人，唐清辰问：“你和容小姐一起工作过的餐厅，叫什么名字？”

对于这点，帕维尔倒是坦诚：“是一家不大的西餐馆，叫‘家的时光’，就在巴黎玛莱区的玫瑰街上。”

唐清辰眉心微动，玫瑰街这个名字，哪怕翻译成了中文，也带着一番香韵。记忆中那一点模糊的氤氲，如同夏日夜晚打在玻璃窗上的雨珠儿，刚开始只有一点点，渐渐那水渍便连成了片，迷蒙的玻璃映出窗外真实的景儿来。

容茵介绍帕维尔时，曾经说过一句“三年前”，三年前春天的巴黎玫瑰街……唐清辰抿着唇角，那些日子，对他实在称不上好的回忆。

帕维尔却似乎来了兴致，主动攀谈：“Boss，有件事，您真要感谢茵小姐。”

唐清辰抬眸，就见帕维尔弯身，凑近他耳边低声说：“今天这道萨芭雍口感失衡，若不是茵小姐提醒，我还没有留意到，是我们的烤箱出了问题……”

唐清辰抬了抬眉，对于后厨琐事，他一概不通，但他也知道，工欲善其事，必先利其器。工具上的一点错失，可能会造成失之毫厘、谬以千里的后果。听帕维尔细细解释完，他略一点头，说：“晚点你让赵经理来我办公室，重新采买一批专业的烤箱，牌子和类型你来做主挑选。”

帕维尔点头表示记下。

容茵回到餐厅，看到的便是这副情形，坐着的那位唐总看起来心不在焉，帕维尔则摩拳擦掌，眼神发亮。

果盘和茉莉香片很快便上了桌，容茵闻到茶香，不由失笑。唐清辰乍看是一个极为冷静克制的人，可相处不久，便发现并非如此。在他划定的安全区域内，他会极尽可能地放纵。就如他今天闻到她身上的茉莉香水味，从餐前的白毫银针添上两朵新鲜茉莉，到餐后茶香馥郁的茉莉香片，他觉得能投她所好，便极尽可能地去满足她的偏好。

两人性格刚好有些相反，容茵习惯了去克制自己的偏好，就如她多年来都喜欢这支阿蒂仙的绿夏清茶，却不会每天都喷。因为工作性质和环境的缘故，多数时间，她身上都沾满了面粉和糖粉的气息，而这一点茉莉清茶的幽香，尽管是发自内心的珍爱，她也只在极少数自由的私人时刻，才会放任自己去享受。

后厨还有不少工作，而帕维尔厚着脸皮留在原地不肯走，是为了等容茵回来多跟她说两句话，顺便留一个联系方式。

容茵也落落大方，从包里取出名片盒，递了一张印有甜品店名字和电话的名片过去："我自己的店。有空的时候，欢迎光顾。"

"甜度。"帕维尔念出上面的中文，细细一品，便笑了出来，"还真是茵的风格。"

容茵与他握了握手："知道你还有工作，去忙吧，回头再联系。"

帕维尔早看出大老板面色不虞，得了容茵的联络方式，又知晓了她如今的工作地点，自然是志得意满，翩然而去。

留下容茵和唐清辰相对而坐，后者神色不明，半晌没说一句话。

容茵见他大概在想事情，也乐得清静。就着一杯茉莉香片，享受这难得的餐后静谧。

"容小姐今年大概行桃花运。"

唐清辰不说话则已，开口就是这么一句，打了容茵一个措手不及。

她品了品这话，随即一笑："如果这桃花是指客似云来的话，那就承唐总的吉言了。"

做生意的人都知道，不仅异性缘称桃花，好人缘也同样称为桃花，因此不仅急着婚嫁的年轻人愿意求桃花运，但凡敞开门做生意的，无不愿意求一个热热闹闹的桃花运，保佑自己一整年宾客盈门、热热闹闹。

容茵这招太极打得漂亮。唐清辰瞥她一眼，索性挑明："帕维尔喜欢你，林隽也总念叨你好话，我看容小姐恐怕过不了多久，就要添一位男朋友了。"

唐清辰这话说得直白，容茵的反应却更落落大方。她尝一口热茶，眼角眉梢都跟着温软，显然很享受这茶香："短时间内没这个打算。一餐饭下来，唐总跟我倒是熟悉不少，都开始关心起我的人生大事了。"

唐清辰一愣，说："容小姐真是潇洒，令我羡慕。"

容茵这才听出，唐清辰并不是多么关心她，而是感怀自己，不禁莞尔："唐总看起来最多也只有三十出头吧？"

唐清辰闻言，蹙了蹙眉："我一眼看上去就像三十出头了？"其实他今年刚刚三十岁整，容茵这话说得轻巧，可听在他耳朵里，怎么都觉得不是滋味儿。

容茵哈哈一笑："容貌看起来不像，不过你太稳重了，怎么看都不像二十几岁的样子。"她接着之前的话题接着说，"男人三十可是黄金年龄，怎么唐总一副恨娶的忧愁样？"

"不是我，是家里长辈。"难得见到容茵这样的女人，性格绝对说不上粘腻，也不是苏苏那样的豪气干云，硬要做个评价，唐清辰心里只生出"春风拂面"四个字。又因为帕维尔提及的那间餐馆，让他心里生出一点美好的希望的影子，不自觉的愿意对容茵多说两句："我本人对于结婚没什么想法，现代社会，婚姻已不是生活的必需品，没必要为了一个已婚的身份，将两个本来没感情的人捆绑在一起，硬去培养感情。"

"我同意。"容茵说，"宁缺毋滥，没有合适的，就这么单身过一辈子也蛮好。"

唐清辰端起茶盏，与她碰一碰杯子："容小姐是知音。"

容茵朝他一笑："既然是知音，就请唐总原谅我的过错，吃过这餐饭，接受我诚心诚意的道歉吧。"

也不知道是不是两个人方才说了几句体己话，这回唐清辰竟然答应得挺爽快："好。过敏的事，就此翻篇。"他拿手指点了点容茵，"不然我怕你要宣传得满世界都知道了。"

 Chapter 06

百吉饼

·

暴风雨

大雨冲刷了一切，大雨也冲刷不了一切。

——沈从文《边城》

因容茵席间喝了一些红酒，回家自然不适宜开车。唐清辰让林隽约了代驾司机前来，且格外体贴地找了一位女司机。

容茵猜想唐清辰应该有事要忙，见他转身接电话，她和林隽打了声招呼，便起身离开。接近酒店旋转门时，突然瞥见一个人影儿。这回不像那天下雨，隔着玻璃，距离也远，辨不清容貌。只一眼，容茵就看清对方高昂的脸庞。尽管已经四十开外的年纪，她的肌肤却如羊脂玉般白皙光泽，狭长的凤眸精光内敛，一身精致妥帖的藕荷色套裙，烫着精致小卷的乌发在脑后挽成发髻。耳珠和颈间的紫罗兰翡翠，哪怕隔着一段距离，仍是数年如一日的光华流转。身旁跟着的是一个年轻女孩，与她母亲一般的凤眸，皮肤白皙，粉唇盈盈，一头乌发及肩，衬得姣好的容貌愈见清纯。

容茵看清年轻女孩子的容貌，心头剧震的同时，唇角不自觉地挂出一丝笑。原来那天不是自己眼花，更不是认错了人，她们母女两个，确实来了平城。

似乎有所感应，年轻女孩子略一偏头，也朝这边看来。

容茵不敢逗留，拎着背包拔足狂奔，转眼便冲出旋转门旁的侧门，头也不回地钻进了自己那辆小皮卡。

女司机受了嘱托，将车子从停车场一路开到门前，见一个人影不管不顾地冲进来，先是吓了一跳，可见容茵的脸色比自己还差，也说不出责备的话。

容茵朝她笑得勉强："突然想起有急事，所以跑得急了。咱们走吧。"

女司机点一点头，见容茵摸出手机要开软件，说："这条路我倒是熟，不用开导航了。"大概是见她脸色差得出奇，她说，"你要是不介意，我这保温壶里有热茶，喝一点，解酒。"

"谢谢，我刚喝过，酒劲已经过了。"容茵神情苦涩，声音低得近乎呢喃，"我只是……还没做好心理准备。"

……

另一边，唐清辰挂断电话，一转身，正对上林隽懵懂的面容。

唐清辰脸色微沉："人呢？"

"已经到门口了。"林隽答得迅捷，可一看唐清辰的脸色，愣了一下才反应过来，自己是答非所问了，"您说容小姐？她刚才见您打电话，说不打扰您工作，就先走了。"

唐清辰看了一眼手机，容茵这时候大概已经坐上返程的车，却连一个告别的消息都没发过来。片刻之后，他抬起头："走吧。"

有些事，明知道说出来肯定会惹大老板不高兴，可林隽作为贴身秘书，仍旧要说，而且要说得一清二楚。他紧跟在唐清辰后面，追了一句："唐总，老爷子的意思是，今晚要您陪殷女士和殷小姐一起吃晚饭。"

唐清辰停下脚步，神色讥诮："怎么，为了陪她们母女，我还要一晚上吃两顿饭？"

这头是自家大老板，那头是大老板的亲爹，林隽夹在这二位中间，有些话说起来真是两边不是人。可林隽自始至终都很拎得清，左右逢源这种事，不可能发生在唐清辰和老唐总之间，他只需要对唐清辰一个人忠诚，就足够了。

因此他低声解释道：“您也知道老爷子最近的身体，有些事不能硬拗着说。我跟老爷子说，您今晚在跟一位年轻小姐约会，老爷子听了，有点儿转性了。不过今天和殷家这个晚饭是老爷子一早答应的，不好推。”

唐清辰瞥了林隽一眼，林隽恰到好处地垂眸。

“你倒是越发会说话了。”唐清辰甩下一句，“临安那边的合作有点儿进展，我先去接个电话。你在这儿替我陪着。”

唐清辰已不是第一次用这招，林隽对着唐清辰软和，可对着底下和外面的人，那也是位独当一面的人物。他微一颔首，估摸着唐清辰走远，唇角才泄出一丝笑。

看这样子，他们老大还挺喜欢容小姐的。

他原本只是打着把容茵挖来唐氏做甜品师惠及大家，可若这位容小姐能更进一步，顺带解决一下他们唐总的个人问题，那可真是替唐氏上上下下解决了一个千古难题。

唐清辰到雅间的时间掐得刚刚好，二十分钟刚过一点儿，殷筱云母女两个已经吃了一些东西，也不至于等得太不耐烦。

眼见门口折进来一道人影，殷筱云朝女儿投来一个心照不宣的眼神。

殷若芙连忙用餐巾拭了拭唇角，她一头秀发清汤挂面，白色露肩娃娃裙衬得她锁骨纤细，玉肤无瑕。她微微歪着头，故作不经意般抬眼一瞄，这一眼有没有浑然天成地让对方为她惊艳，尚不知晓，但那一瞬间，殷若芙听到了自己越发清晰的心跳声。

她早从殷筱云口中听说过唐清辰的种种，料想对方年过三十就已事业有成，又见始终陪着的林隽容貌称得上清俊，那么唐清辰本人的容貌气度也都不差，可没想到对方竟然生得这样好。

唐清辰坐下前，与殷筱云握了握手，随即在自己的位置坐下：“不好意思，刚才有一个紧急电话，耽搁了一点时间。”

殷筱云眸光流转，似笑非笑：“不打紧，我和你父亲也算是老熟人了。咱们之间说话，哪儿用得着这么客气？”

唐清辰翘了翘唇角，拿起林隽替他添的红酒：“我来迟，自罚一杯，您随意。”

这一天对唐清辰而言实在有些漫长。手底下人忙，他这个大 Boss 也不轻松。早晨五点起床到下午五点半与容茵见面，连午餐都吃得潦草，大概是真饿了，又或者是容茵这个饭友有点儿意思，直到刚刚上楼去打那个电话，唐清辰才发觉自己晚餐竟然吃得比寻常多了不少。

他腹中熨帖，对着殷筱云母女更加提不起胃口，只能多喝两杯红酒算是作陪。

哪知道殷筱云此人实在精妙，笑吟吟地抿了一口红酒，便拍了拍自己女儿的手：“你这孩子，你和唐总又不是头一次见面，害羞什么？”

殷若芙抬眸，目光盈盈，在唐清辰面庞兜了一圈，这才露齿一笑：“清辰哥。”

唐清辰咳了一声，看向立在一旁的林隽，仿佛才发现他一直站着：“也不是没你的座位，一块儿坐。”他看向殷筱云，语气温文，“忘了介绍，这位是我的贴身秘书林隽。他也跟着我忙了一天，饭都没吃一口……”

殷筱云抿唇一笑，瞥向林隽的目光里透着亲切：“是啊，林秘书刚才光顾着张罗我们，自己都没怎么吃呢。”

林隽乍然成为关注焦点，面带微笑，举止得体：“多谢 Boss。殷夫人太客气，您和殷小姐是客人，自然一切要以您二位为先。我做的这些都是分内的事。”

殷筱云朝殷若芙偏一偏头：“若芙，你年纪最小，去帮唐总和林秘书添一些酒。”旋即又笑，“这孩子在我身边养得太娇气了，平时做事都没个眼力见儿。这回带她来平城，放在唐总手底下历练一番，我也放心。”

唐清辰举着筷子的手微微一滞，他原本没打算进食，拿着筷子只为佯装。听到这话的第一时间，他便瞥了林隽一眼。

两人飞快地交换了一个眼色，唐清辰知道，并不是林隽汇报不及时，这件事，要么是殷筱云的临时起意，要么就是家里那老头儿知情不报。

林隽既然作为唐清辰钦点的爱将，陪殷家母女一同用餐，说起话来也多了几分随意："诶？殷小姐也要来咱们君渡上班？"他故作惊讶地看向唐清辰，"事先倒是没听咱们唐总提过。"

唐清辰笑容清淡，眸光投向殷筱云："这件事，我们家老爷子还没跟我打招呼。"不等殷筱云变脸，他又接了一句，"老爷子近来身体不好，记性也不大好，有什么事儿忘了也正常。"

殷筱云眉心微耸，看起来惊讶极了，她沉默了片刻，似乎有些不知所措地看向殷若芙："那……"

林隽问："殷小姐看起来真是年轻，还在上大学吧？"

殷若芙笑容温甜，说起话来倒是极肖其母，半点也不含糊："下周回学校参加毕业典礼，然后就毕业了。"说着，她看一眼唐清辰，"不过我从小就跟着寄味斋的老师傅学手艺，寄味斋的生意，终究还是要靠我撑起来的。"

说到传统中式糕点，平城有京派，苏城有苏派，而寄味斋则是苏式糕点的集大成者。据说那招牌迄今已有近百年历史，上面的字还是民国时一位知名才子兼老饕所书。这位才子后来成为苏城大学的校长，桃李满天下，而经他题过字的寄味斋也凭借自身无可替代的口味优势声名远播。殷家先后几代女子作为寄味斋的掌门人，不仅将苏式糕点发扬光大，也书写了一段段传奇人生。

殷若芙模样娇甜，说起话来倒有着不同于同龄人的成熟笃定，唐清辰不免多分了一份注意在她身上。

"这么说来，殷小姐想来君渡工作，纯粹是为'历练'一番？"唐清辰神情似笑非笑，“毕竟照殷小姐的说法，你将来无论怎么都要回到寄味斋，继承家业的。”

殷若芙一呆，她平时也不是这样花痴，可面对唐清辰的模样，她只觉得自己平时纵然八分玲珑，今天在诸人面前也只展现出五分。话说着本来不错，可不知道怎么的就被唐清辰绕了进去。

殷筱云不以为意地一笑：“时移世易，寄味斋到了若芙这一代人的手上，经营方针和策略也都要变一变了。”她看向唐清辰，“有关这件事，我母亲曾经和唐老先生有过交流，唐老先生的原话是，这件事还要看唐总的意思。”

唐清辰沉吟片刻，淡淡一笑：“这事来得突然，我倒是没想到，殷女士此来平城，不是为游览观光，还带着任务来的。”

殷筱云笑了：“无事不登三宝殿。如果不是有正经事要谈，我们母女俩也不会专程来这儿叨扰你这位大忙人了。”

唐清辰也是一笑：“今天这顿饭是为您和殷小姐接风洗尘。正事咱们改日再谈，也不迟。”

殷筱云举起酒杯：“那我就当唐总会好好考虑了。”

唐清辰：“我会。”

自打唐清辰出现，殷筱云一改只有林隽作陪时的静默温和，一桩事接一桩，言辞间颇有些步步紧逼的意味。眼见唐清辰的神色晦暗不明，林隽心里也捏了一把汗。这位的脾气，外人不知道，他是最清楚的。且不说唐清辰和家里老爷子之间本就有些心结，单看他平时的行事作风就不难知道，这位平生最讨厌的，就是受制于人。殷筱云或许真是外柔内刚的商界女强人，可这套着老交情“挟恩图报”的做派，绝对已经在唐清辰心里记了一笔。无论是面前这位看着温软好嚼的殷小姐，还是他们家那个烫手山芋一般的寄味斋，哪怕原本心里还有点儿想接的意思，有了今天这场鸿门宴，唐清辰也绝不会接手了。

林隽正在心中兀自为殷家母女哀悼，殷筱云又开了口：“还有一件事，要麻烦唐总帮忙。”

唐清辰：“您说。”

林隽以手撑了撑额头，难道就没人发现，他们家大老板不开心的时候，最明显的特征就是面带浅笑彬彬有礼的同时惜字如金吗？

殷筱云说：“我和若芙初来乍到，对于平城还不大熟悉，想找一处公寓居住，也不知道什么地段比较合适。”说着，她笑得温文，“我们在苏城过惯了，一来到平城这样的大都市，处处熙熙攘攘，还真有些不习惯。公寓，是我和若芙两个人住，地方不用多么大，但是小区环境尽量清净一些，安全问题还是要注意的，最好离咱们酒店近一些。价格不是问题，我也知道，如今平城寸土寸金，小小一间房也金贵得很。”

唐清辰说：“这个事就交给林隽来办。您如果不嫌麻烦，我让林隽带您多转转，多看几处房子，毕竟是您和殷小姐住，你们二位满意最重要。”

林隽连忙答应下来。

唐清辰的手机恰在此时响起，他瞥了一眼屏幕，站起身朝殷筱云微微颔首：“突然有些急事，今晚不能多陪您说话了。”说着话，他一扫桌面，“让林隽陪您多吃一些，一定吃好。”

殷筱云笑吟吟的，神情没有透出一点不满意：“都说了，不用这么客气。你忙你的。”

唐清辰将电话凑近耳边，一边说：“房子的事，我让林隽尽快解决，今晚就暂时先住酒店吧。”他喊林隽，“你先出来一下。”

殷筱云点头称好，连殷若芙都悄悄松了一口气。

眼见林隽跟在唐清辰后头去外面说话，殷若芙小声对殷筱云说：“吓到我了，我见唐先生笑容越来越淡，真怕他当场发脾气。”

殷筱云笑容不变，也悄声回：“唐总那么好风度的人，怎么会？”

殷若芙摇一摇头：“妈，我觉得你今晚太急了。”，说到关键处，她声音更小，“而且您不是说，把我安顿好，您就回苏城吗？怎么变成您要和我一起住下来了？”

殷筱云睨了她一眼：“只留你一个，你能搞定姓唐的小子？”

殷若芙脸色微红：“妈……”

“来的路上还一千一百个不愿意，一见到真人，知道妈没骗你了吧？”

殷若芙悄声说：“您到底是什么打算，跟我交个底。”

殷筱云目光微凝，一小时前在酒店大堂的惊鸿一瞥，她不认为是自己认错了人。如果那丫头也来了平城……她在国外这几年都学了些什么、做了些什么，她也有所耳闻。今时不同往日，如今大家都是端同一碗饭的，那么平城的这池水，就浑了。她侧过眼眸，揉了揉殷若芙的脸颊，朝爱女微微一笑：“你急什么？待会儿回了房间，妈妈把这些事仔仔细细地跟你分析一遍，到时你不好好听还不行呢！”

殷若芙乖巧地依偎着殷筱云的手臂，低声说：“妈，我觉得平城挺好的，我想在这儿定下来。”

殷筱云低头看着她，目光温柔：“好啊。”

有时候一个人和一座城的缘分，来得突兀又浅薄，没那么多前因后果，也来不及做什么深思熟虑。仅仅因为一道目光，一个人，就让人心底生出无限的勇气和憧憬，用尽一身力气，费尽心思也要在这座城市扎下根来。

唐清辰已经有好几年没自己开过车了。

也不是没有过开快车兜风的时候，细想起来，却发现连那时坐在自己身边的人的面容都模糊了。年少时候的热恋，莽撞得如同慌不择路的羊，遇上一些难事儿，一味只知道用头角去冲撞，到头来却发现，其实连身边的人是圆是扁都没了解清楚。

细究起来，当初那段恋情还是家里老爷子亲手折断的。许多人都以为他一直在心里怨老爷子，包括林隽和弟弟唐律，甚至老爷子可能也这么想过，不然也不至于近来越发频繁地提及与殷家结婚的事。可他怨老爷子什么呢？如果那人真是值得的，有点儿难关算什么？忍一忍，熬一熬，再不济使点手段，怎么都能过去的。家里那老头儿，看人的眼光也毒，兜里连张支票都没揣，和那女孩喝了一杯咖啡的时间，就把他们两个给挑拨离间了。

说穿了，真正让唐清辰耿耿于怀的，不是任何人的为难或软弱，而是自己的识人不清。

也不知道怎么就将车子开到郊区来了。他将车子停靠在路边，下车，唇间叼了一根烟，手指摩挲着打火机的外壳，看一眼小院里那间房，手指就摩挲一下。半晌，他还是走了进去，看似沉重的木门一推即开，抬起的目光刚好在半空中与一个人相遇。

容茵一句“欢迎光临”说到一半，看清来人，也是一怔。

看到容茵不大自然的笑容，唐清辰心间一松，原本端着的那点不自在瞬间烟消云散。他将烟拿下来，捏在指间：“怎么，不欢迎？”

容茵一笑，指指他的手：“不好意思，我这儿只有一层楼，如果需要吸烟的话，在小院里解决。”

唐清辰顺手将烟放在结款台上：“不用，也挺久没抽了。”

容茵引他到一处最僻静的位子坐下，卡座挨着几排书架，进门时充溢在鼻端的那股子饼干面包的奶香味淡了许多，反倒能闻到某种沉静老旧的气息，是书香和老式木柜子混合的香气。

留意到某位老客人投来揶揄的目光，容茵不自在地捋了捋发丝，将手里的 Menu 放在桌上：“想喝点什么吗？”

和那天的西装革履比起来，唐清辰今天的穿着颇为朴素。他好像很喜欢黑色，和两人初次见面时一样，黑色 Polo 衫，发灰的水洗牛仔裤，手上腕表换了一块，仍然价值不菲，但对于他这样身份的人来说，这样一身打扮算是相当低调了。

他将太阳镜折在手上，捏着眼镜腿转了一个圈，抬头看向容茵："能喝酒吗？"

容茵发现，这人看着成熟稳重，但只要一开口，就是一个刺儿头。她扭头看了眼店里的时钟，轻声说："现在是下午四点半，唐先生如果想喝酒，再过半小时，吃晚饭的时候喝一点，比较合适。"

唐清辰看着她："在这儿吃，你做？"

合着这位今天不是来吃甜品的，是来蹭饭的。容茵弯起唇一笑："那你得再多等一个小时，我六点钟关门。那之前，我还得工作。"

唐清辰一点头："你去忙。"

容茵问："要不要吃点什么？"

"你看着安排。"书架上的书引起了他的兴趣，唐清辰站起身，往旁边那几排书架去了。

容茵也不再多话，捣鼓了一阵，挑了几款小甜品并一杯绿茶过来。

她记得那天唐清辰安排的晚餐，餐前餐后都有茶，他应该是喜欢喝茶的。店里的客人不多，她给自己也沏了一杯，切了一块芒果芝士蛋糕，一块儿端了过来。

唐清辰面前的桌上放了几本书，也不知他是一时兴起，还是真的爱好广泛，几本书什么内容都有。有一本科幻小说，一本财经杂志，一本叔本华的《人生的智慧》，还有一本是容茵自己近来经常翻看的甜品方面的专业书籍。

容茵将几样甜品放在他手边，说："不知道你的口味，甜咸酸软酥都有，请自便。"

说完，她端起自己那杯绿茶，吹了吹浮在水面上还未舒展的茶叶卷，轻啜了一口。

唐清辰问："什么茶？"

"雁杳村的村民种的茶，他们当地人都喝这个。"容茵说着一笑，"我觉着还挺好喝的，就从村民手上买了一斤。聂医生也买了两斤，说他的老师也最爱喝这个。"

容茵用来泡茶的水不算太烫，唐清辰吹了吹，尝了两口，说："倒也清甜。"

容茵看他的表情就想笑："你喝不惯就别喝了，这儿有气泡水，我去给你倒一杯。"

"谁说喝不惯了？"唐清辰一脸认真地看她，"我是在想，要怎么说，你才会同意分半斤给我。"

容茵乐了："分半斤给你？咱俩可还没这交情。唐总要是真想要，那就买吧。"

唐清辰叹了一声："看来我上回说原谅说早了。"

"是啊，现在后悔也来不及了。"容茵唇畔含笑，开起价来却毫不含糊，"这么着吧，半斤茶，要你五百块，不算多吧。"

唐清辰端着玻璃杯，又喝了一口茶，问她："你先说说，你这茶多少钱收的？"

"十块钱一两。"容茵笑得一双大眼弯成了月牙，"不过他们对外也不是这个价格，我这是借了聂医生的面子，友情价。"

唐清辰居然点了点头，一点不生气："这个价格差还算合理。"说完，他拿起手机，翻到和容茵的聊天界面，发了一个红包过去。

容茵听到自己手机叮的响了一声，打开一看，就见红包上写着一句话："来容茵处吃茶半年。"

容茵"呦"了一声："五百块吃我半年的茶？唐总您这笔账算得可够精的！"

唐清辰展颜一笑，他平时很少笑得这样开怀，看在旁人眼中，倒是很有些惊艳之感："点心钱另算。这五百块是茶水费。"

容茵朝他面前的碟子一伸手："那就请吧，唐先生，先试试口味。"

唐清辰没急着动刀叉，说了一句："上一回你做那个野葡萄小面包，味道不错。"

"那个啊，也就吃个新鲜。"思及那野葡萄的味道，容茵也有点儿怀念，"咱们这边没有，用市面上卖的葡萄做来不是那个味儿。"

"这是什么？"唐清辰用叉子打开一块切成两半的圆形小面包，一边说，"想摘野葡萄，也不是难事儿。说得像我们平城没有山一样。"

容茵不是平城人，听了这话有一瞬间的茫然。

唐清辰笑着说："看来你住在这附近，每天就忙着烤面包了。这里往北四十公里就是雾灵山，你若是感兴趣，找一个周末，叫上苏苏和林隽，咱们一块儿去逛逛。"

"好啊，我还没去这附近爬过山呢！"容茵意识到自己光顾着聊天，忘了介绍甜品的名字，连忙解说，"这个是贝果面包，如果按照英语翻译过来的名字，应该叫'百吉饼'。我今天做了两种口味，黑芝麻和肉桂，配了两种果酱，还有黄油，你喜欢涂哪种就涂一点。"

"都是什么果酱？"也不知道是不是因为容茵答应得痛快，唐清辰明显心情颇佳，居然还有心思研究起果酱来。和那两位手下不一样，他向来对甜品这种小玩意儿不感兴趣，若是让林隽或苏苏看到他居然能耐下性子跟容茵聊百吉饼的口味，肯定惊得下巴都要掉下来。

"黄色的是杏肉酱，纯冰糖熬的，其余什么都没放，酸甜口味。"容茵又指向另外一个偏棕褐色的酱料，"这个……说果酱不恰当，其实是香菇酱。但我在里面放了一点儿山苹果平衡口感，是咸鲜味的。黄油就是普通的黄油。"

唐清辰先尝了一块涂抹着香菇酱的百吉饼。香菇酱并不是很咸，虽然容茵说放了点儿山苹果，但吃不出甜味，只是口感更为温润，而且香菇的口感如同小牛肉一般，柔韧扎实，令人胃口大开。百吉饼看起来只有小小一块，咬上一口才会发现，虽然外皮很脆，内里却是意外的敦实有嚼劲，而且有一股很纯的麦香，芝麻香并不太过浓郁，不至于喧宾夺主。总而言之，这东西看着小小一颗，其貌不扬，放一点香菇酱夹在里面，却是既可口又顶饿。

容茵见他接连吃了两个夹香菇酱的百吉饼，又想起他主动提起野葡萄脆皮小面包，有点儿猜到了他的口味。这位唐先生并不太喜欢甜味，而是偏好咸口且口感扎实的点心。这一点倒是挺务实的。

吃完第二颗百吉饼，唐清辰竟然又拿起一颗肉桂口味的，这一回他选择涂了一点杏肉酱。杏肉酱没有想象中的甜腻，相反，正如容茵所说，酸甜可口。那股酸味非常天然，尝在口中如同清泉一般，让人精神一凛。肉桂的味道淡淡的，却给人温暖的回味，和杏肉酱搭配在一起堪称天作之合。

吃罢三颗百吉饼，唐清辰擦了擦手，喝起了清茶。

身后有客人招呼结账，容茵起身去招待，回来时干脆拎了一只水壶，放在两人的手边。

窗外的太阳渐渐被掩映在胖嘟嘟的云朵后头，而云朵则渐渐从软糯洁白转成了灰扑扑的厚重。若是注意天气的人看了，便知道又有一场风暴在空中酝酿。可容茵的甜品屋竹帘半掩，坐在桌前的两人聊得正在兴头，谁都没去留意外间天气的变化。

桌上已经换过一杯新茶，唐清辰喝了一口，说："听林隽说，你和聂医生是大学同学？"

"是。"

"这么说，你以前也是学医的？"难怪那天帮苏苏解蛇毒时她一反之前的文静温暾，连聂子期都被她指挥得团团转，喊他那声"闭嘴"更是霸气外露，颇有点儿杀伐决断的气势。

容茵笑容浅淡："是。"

"不喜欢当医生？怎么就想到改行做这个了？"

突然被人问及这个问题，容茵愣了一瞬。有些事她长久以来一直刻意规避，可在这一刻她突然意识到，既然选择回国，那么就不可能再像从前那样把脑袋夹在胳膊底下过日子。国内就这么大点儿地方，她虽然不会回家乡发展，但平城是大都市，又是首都，无论出游还是洽公，那些人来此是再正常不过的事。

她的逃避只能画地为牢，却管不了他人的行为举止。

容茵愣了片刻，唐清辰发觉她的异常，却没有换话题，仿佛在等着听她接下来的话。

容茵清了清嗓子："以前学医，是为了我爸爸。"许多年没有跟人说过当年的事，如今对着一个近乎陌生的人提起，除了一开始的迟滞，说到后面，容茵发现也没有想象中的困难，"我上中学时，家人出了一场事故，我妈妈当场过世了，我爸被送到医院后抢救了过来，但身体瘫了，需要常年躺在床上。后来医生发现，他身体的一些器官也开始有了衰竭的迹象……我那时觉得，只有当医生，才能帮我爸，帮这个家……"

容茵没有说完，但唐清辰很聪明，以一般成年人的经历和智慧，都能猜到接下来会发生什么。

会让容茵这样的女孩子在大学毕业后彻底放弃从医的路子，唯一的原因就是，当初支撑她做这个选择的支柱彻底消失了。

"大学临毕业前，我爸过世了。本来我也没想过放弃，毕竟已经学了好几年，有的同学已经进医院开始实习，再过一段时间就可以跟着我们各自的老师考虑工作去向的事了。"说到这儿，容茵顿了顿，说这些的时候她的手一直握着玻璃杯，直到这时，才发现微微有些颤抖，"我爸给我留了一封信，说了一些以前家里的事。后来我也想明白了，有时候，一个人应该去做的，和他发自内心想去做的，是两回事。"

“我爸是这个世界上对我最好的人。我能过上今天这样的生活，得感谢他，是他点醒了我。”

唐清辰听出容茵中间几度的停顿，省略了许多关键内容，但两人称不上熟识，容茵的有所隐瞒，恰恰在情理之中，因此更让人觉得她很真实。

唐清辰帮她往杯子里添了一些热水：“你父亲很了不起，你也很了不起。”

容茵飞快地一笑：“我爸是平城人。当年他赶上最后一批上山下乡，到了我妈家乡那边的乡下，后来返程时，阴差阳错地认识了我妈妈，就留在苏城那边了。”

所以她才会选择来平城定居。唐清辰的目光停顿在她微垂的眼眸，她的肤色说不上白皙，却很均匀，面容微微有些丰腴，尤其这样垂着眼眸时，有一种近乎孩童的天真。帕维尔曾说，容茵长得很甜，可性子却泼辣。“不好追”，这是他的原话。容茵这个女孩子，只有这样静静颔首时，才让人觉得温驯。她若抬起头，哪怕什么都不说，光那一双眼里的不逊，便足以让任何男人为之侧目。

也难怪她这么招桃花。一个聂子期加一个林隽还不够，如今又来一个帕维尔。

思及此，他突然想起进门时看到的那张招聘启事：“你要招人？最近缺人手？”

容茵点头称是：“我一个朋友，最近有一个餐馆开张，我和她说好，开业之后我这边每天定量供应甜品。店里杂事也多，如果不雇一个人，我一个人没法兼顾……”

“是什么样的餐馆？”

容茵笑得有点儿狡黠：“这个说起来也算商业机密吧。店还没开起来，我现在不好说。”

唐清辰说：“我是想说，这样的合作方式，我们唐氏也可以，什么样的餐馆竟然这么得容小姐青眼？”

容茵失笑：“唐总真爱说笑。我又不是多了不起的大师，开这样一家店，小打小闹，混日子过罢了。和唐氏合作，哪儿哪儿都不匹配啊。”

“都哪儿不匹配了？”

唐清辰问得认真，容茵一怔，随即一笑道：“唐总，说老实话，您今天会来这儿，跟我喝茶，还说待会儿要一起吃饭，就够叫我意外的了。说真的，如果不是上一次雁杳的那个意外，您和我的生活，就是两条平行线，压根不会有交集。”

“你是数学学得不好，还是语文学的不到家？”唐清辰神情挺严肃，说的话却让人想笑，“如果真是两条平行线，那确实不会有相交的时候。但你和我的交集，除了在临安，难道林隽不是？还有你那位好朋友，如果不是你给她做甜品，恰巧唐律又拍了照片，我怎么会让林隽去找你帮忙？我们之间的交集，比你以为的要多得多。”说完这话，他点了点桌沿，告诫容茵，“还有你这跟谁学的毛病，跟我说话怎么总‘您’啊‘您’的？咱们怎么也算是同龄人吧,你以后见了我们家老爷子这么称呼还差不多。”

容茵被他给说乐了，可唐清辰的目光实在认真且纯挚，让她想笑都觉得不好意思。

这回轮到她给唐清辰满上茶水：“刚才算我说话不恰当。不过，没想到是你让林隽来找的我，我还挺惊讶的。”

唐清辰斜了她一眼，那意思很不满：“照片是我在唐律的手机里看到的，难道还能是林隽看到的？”

唐清辰越是认真，容茵越是想笑：“好吧，看来对我有知遇之恩的人是唐总，不是林隽，是我之前误会了。”之前林隽也说过类似的话，但她都以为是托词。人与人之间社交，一般谈及正事，总习惯说“我们老总说”或者“我们领导说”，时间久了，她也习以为常，没想到林隽说的竟然是实话。

最后一桌客人也起身离开，容茵结完账送人出门，这才发现外面竟然阴云密布，空气里漂浮着水汽的味道。她扭头看向最里面的卡座，隔着十几张桌子，她的声音听起来有些飘忽：“唐先生，外面要下雨了。你恐怕一时走不了了。”

唐清辰的声音微沉，却清澈如同松间风、石上泉：“我不急。难道容小姐有急事？”

容茵也笑了：“那麻烦稍等，我马上做晚饭。”

容茵突然记起院子里有一些晒着的果脯和食材要收，丢下这句话便冲出了屋。一室静谧里，唐清辰一个人坐着，将容茵的这句话品了又品，突然觉得，他原来挺喜欢听这句话。

听着寻常，又婉转亲昵。

唐家父子三人都爱好美食，在吃上有着不一般的挑剔和讲究。父子三人感情很好，尽管近两年他的工作越发忙碌，也尽可能多地聚在一起共同进餐。然而唐家本身就是开酒店起家的，在这方面有着天然的便捷，家人进餐，往往不是在酒店，就在自家餐馆，哪怕在家，也有大厨轮换着出现在自家小厨房。“我马上做饭”，这种大概只会出现在家人身上的话，对于唐家人来说，是一种奢侈。

容茵抱着第一只笸箩冲进来时，唐清辰反应极快，立刻起身走到门边，追在容茵后头奔到了院子了。

风已经很大了，吹得垫在木板上的塑料布猎猎作响，唐清辰看清东西的摆放，跟在容茵后头，一下抱起三只笸箩，赶在容茵前头走回屋，将东西放在就近的桌面上，又很快折返回去。

容茵晾晒的东西可不少。气象台事前也没有预报，谁都没想到这场暴风雨会来得如此突然，豆大的水珠子随时可能砸得人一身一脸，吐息间处处可以嗅到泥土混着水汽的浑浊味道，却不那么让人讨厌。

唐清辰最后一次冲进房门时，双手抱了满怀，压根来不及将门带上。

大雨撵着他的后脚跟，“哗”的一声倾盆落下。

容茵一个箭步冲上前，将门堵严，脸上分不清是汗水还是顺风扑来的雨珠儿。

她扭头，正对上唐清辰微微气喘的面容，“扑哧”一下笑了。

她递了一块新拆的毛巾过去，唐清辰见她笑得肩膀都在抖，沉沉吐出一口气，手反撑着往身后桌子一倚：“有那么好笑？”

容茵摆了摆手，手抚着胸口，总算喘顺了气。她总不能说，唐清辰这一款，放在时下年轻女孩子那里，怎么也算得上男神级的人物，跟她一块儿抢救晾干的食材这种农活，和他一贯的风格还真是不太搭调。更别说他刚才明明累得够呛，却不知道是平时一本正经惯了，还是格外好面子，气喘成那样还要憋着慢慢吐气。

唐清辰见她脸颊潮红，额头鼻尖都有一层汗水，形象实在不怎么好，却比寻常时多了几分鲜活气儿，目光也跟着柔和不少：“怎么，是我哪儿表现得不够专业，露怯了？”

容茵转身找来常用的毛巾擦了擦汗，然后倒了一杯气泡水递给唐清辰：“唐总，你想多了。我是那么不知感恩的人吗？”

唐清辰接过水，叹了口气：“这也说不准。”

容茵撸起袖子，拧开水龙头，边洗手边说：“那我今晚就洗手做羹汤，以表谢意。”

唐清辰走过去，看着她打开冰箱，从里面一样样取出食材：“吃什么？”

容茵看了他一眼，眼睛里有笑意，也透着不容拒绝：“我们家的规矩，一向是做什么，吃什么。”

唐清辰一愣，随即失笑：“行。在容小姐家吃饭，自然要从容小姐的规矩。”

冰箱里的蔬菜都是事先清洗好的，容茵又过了一遍水，边切菜边报菜名："煎牛排、鲜虾芦笋沙拉、黑胡椒乳酪焗蘑菇，还有一道意式蔬菜浓汤。"

"没有酒？"

"二楼右拐第一个房间，里面有酒，唐总随意挑。"

唐清辰微微一愣："这么信任我？"

容茵一笑："也不知道你喜欢什么口味，只能在我家现有范围任君挑选了。不过我家没有太昂贵的就是了。"

唐清辰唇角那丝笑意更深了一些。容茵没听懂他的意思，他说的"信任"，指的不是容茵相信他挑选酒的眼光，而是她竟然这么大大方方地任由他登上二楼。这种小阁楼的格局他很清楚，通常来说，二楼是她的私人空间。

可他没有半句反驳的话，老老实实地听了容茵的指示，登上通往二层的楼梯。

上楼右拐第一间是储物间，唐清辰扫了一眼走廊的墙壁，准确找到灯的开关，摁下，推开门。储物间与他想的一样，又有那么点不一样。里面整整齐齐地码放着各类食材，一面墙壁的架上则摆着各式洋酒。整齐到近乎苛刻的分类方式，与他印象里的容茵不谋而合。令他觉得有意思的是，房间里的各类物品，本质上是分成两大类摆放的。简单来说，容茵将烘焙用的材料，与她的私人物品完全分开。所以储物间也分成了明确的两块，一块儿整齐细致近乎呆板，一块儿自由随意，明显个性化了许多。比如，酒的摆放似乎是根据她个人喜好来的，再比如，有一个箱子上还放着两个小熊娃娃。看起来都是有年头的东西，很可能是她儿时的玩具。

唐清辰揉了揉其中一只棕色小熊的耳朵，虽然上面的毛绒都被磨平了，但仍然保持得很干净，触感软软的，离近了，一股熟悉的幽香浮在鼻端。他不自觉地笑了，又揉了一下小熊的鼻子，从容茵摆在最外面的那一排酒柜里，选了一支干红和一支香槟下了楼。

容茵很聪明，唐清辰和她一起坐下来用餐时，再次意识到林隽的点评丝毫不虚。她选的这几道菜都是快手菜，时间短，味道荤素搭配又甜咸浓淡兼备，虽然不比他平时在自家酒店吃的精致，却得了“讨巧”二字。

窗外雨水潺潺，容茵打开一旁的老式唱片机，低沉婉转的女声响起，如燕语呢喃，丝毫不扰人清净。牛排和蔬菜浓汤冒着热气，黑胡椒乳酪焗蘑菇的香气扑鼻而来，容茵为他夹了一些沙拉：“唐总，尝尝味道如何。”

香槟在酒杯里冒着愉快的泡泡，一如唐清辰此刻难以言说的心境。他执起酒杯，轻尝了一口，说：“容小姐要是不介意的话，我们以后就互相称呼本名好了。这么先生小姐的，也挺拗口的。”

容茵倒是挺快开口：“好吧。唐清辰。”

她这么坦率，唐清辰不由得笑了：“容茵。你选的这款香槟，挺不错的。”

容茵催促他赶紧拿起刀叉：“我做菜的手艺更不赖。”

她这么不谦虚，却一点不惹人讨厌。唐清辰将所有菜尝了一遍，发现自己要收回之前点的评价。她做菜的手艺，可绝不是“讨巧”两个字可以概括的。无论牛排还是焗蘑菇，甚至是沙拉里的芦笋和鲜虾，火候都恰到好处，调味也很有她的个人风格。

唐清辰慢慢咀嚼着牛排，感慨地说了句：“我突然有点儿后悔了。”

容茵实实在在地忙了一天，如今有了饭伴，她又做了三菜一汤，喝了一小杯香槟正开胃，听到唐清辰这句话，也只是“嗯”了一声，连头都懒得抬。

“当初没听林隽的话把你挖来唐氏，实在是我的损失。”

容茵全副注意力都在食物上，压根没留意到他话里的主语，用餐巾擦了擦唇角，说：“你怎么又来了？人家都说‘话说三遍淡如水’，一开始我听了受宠若惊，再听一遍心里感激，听到现在，我都要麻木了。”

唐清辰见她这副云淡风轻的样子，语气里透出几许不服输的味道："容茵，我以朋友的身份问一句，要怎么样，你才会来唐氏工作？"紧跟着，他又接了一句，"看在我今天帮忙搬东西的份儿上，可别再说我们还算不上朋友这种话跌我的面儿。"

容茵忍不住乐了，她点了点自己面前另一只空杯子，唐清辰为她添了一些红酒。容茵边切牛排边说："我已经对我的生活做了选择和取舍，至少眼下，我需要的东西，唐氏给不了。所以唐……"她抬眸，正对上唐清辰有点儿深沉的目光，她连忙换了称呼，"清辰，不是我这人固执难缠，实在是咱们两个目前供求不对等，所以真的抱歉。"

她吃一口牛排配一口红酒，举止没有一般女孩的优雅娇怯，反而如西方电影中的异国女郎那般，大方中透着豪爽。唐清辰眸光渐深，突然发现自己胸口仿佛要溢出来的那种久违之感，是难以忽视的欣赏和……喜欢。他说不上来，这种喜欢到底是男女之情，还是个体对个体的单纯欢喜，可他能明确的一点是，他是真的喜欢和她一起说话、吃饭，甚至是就这么看着这个人，都觉得挺顺眼。

他吸了一口气："那能说说，你现在的职业诉求是什么吗？"他说，"我看了你最近常翻的那几本书，里面都夹着书签，你看书的习惯很好，每一个书签上都写着最新的日期，还有一些简短心得。你说唐氏满足不了你的需求，但我也不认为，这间小店就能满足。它充其量只是你的一个过渡。"

容茵没想到这人动作这么快，从他进店到她沏茶切好蛋糕端过去，没多久他们就开始聊天了。可这人竟然还有工夫把他从书架上拿的那几本书都翻了个遍，而他桌上放的那几本，恰巧是她最近频繁翻阅的几本书。

她一开始以为是巧合，听了他的话才发现，并不是。

遇上一个聪明人的好处是，两个人说话都不费力。

可不好的地方恰恰在于，有些问题，面对聪明人的诘问，无从逃避。

这一次，比起谈及那段让她难以启齿的过往，容茵沉默得更久一点儿。半晌，她才开口："其实，我是因为不知道继续在酒店或者餐厅工作，还有什么意义，才选择在这么个地方开了一个甜品店。"容茵环顾着四周，语气有些惘然，"一开始，我对这个地方也不是那么满意，既然是开店做生意，谁不想找个热闹点儿的地段？但来了平城才知道，这里的地价、房价有多高，而我并不单纯是想靠这个赚钱，这里是我经济承受范围内最好的选择。"

容茵说得坦诚，唐清辰也听得认真。

"后来时间久了，我觉得这个地方也不错。至少它很安静，没有那么多客人，也就少了许多不必要的纠纷和麻烦，我也能静下心琢磨一些自己专业上的东西。至少现在，我觉得这儿很好。"

"你那位开餐馆的朋友，跟你订了多大的走货量？"

"每一到两个月换一次餐单，每天三款蛋糕、四种饼干，具体的量我们做了初步预估，开业后会根据客流量及时调整。其他需要现做的糕点，他们后厨有专业的厨师可以做。"

唐清辰点了点头："但你有没有想过，即便雇了帮手，你接下来每天仍有一大部分时间要浪费在重复作业上。"他看着容茵的双眼，说，"你的理想，应该不是做一个每天重复前一天工作的甜品师傅吧？你的书架上除了专业书籍，还有许多中文外文的诗词、文学，乃至哲学书，我听帕维尔说，你在F国的时候，很擅长做自己独创的甜品，没有谁教，也从来用不着向谁模仿。他说，你是拥有自己风格的天才甜品师。一个天才甜品师，如果将自己的才华和灵感放在每天重复日常烦琐上，难道不是一种自我放逐？"

容茵迟疑了片刻，想笑，却发现自己笑不出。

唐清辰这个人，言谈犀利得简直有些刻薄，但经他口说出的话，却常常让人无从反驳。

半晌，容茵才开口："那你觉得，我的才华放在唐氏的后厨，就不浪费吗？"

大的公司体制内，是不允许个性存在的，人们追逐的是集体利益，对个人的束缚往往比小作坊更甚。她正是厌倦了在大型机器里做一颗小小不言的螺丝钉，才会向往外面广阔的大高云淡。她以为自己做的选择是对的，至少比之从前，她多了一份自由和自我，拥有一间自己的甜品屋或许不是最好的方向，但绝对是一定时间内的"The Better One"。可唐清辰用寥寥几句，便动摇了她的信念，甚至让她开始怀疑自己的坚持。

本以为这句反问会让唐清辰老实一阵，哪知道他听了这句话，几乎没有任何犹豫地笑了。

他举起酒杯，在容茵手握的杯上轻轻一碰，玻璃碰撞发出清脆的声响，却远没有唐清辰的一句话来得更掷地有声，连带他的神情，眼神和微笑，都让容茵在很长一段时间无法忘怀。

"相信我，很快你就会发现，唐氏是你最好的选择。"

Chapter 07

雾灵山·诚邀

一个人记得事情太多真不幸，知道事情太多也不幸，体会到太多事情也不幸。

——沈从文《边城》

容茵的小店很快招到了一个得力帮手。

尽管唐清辰从来没提过，但容茵从这位年轻男孩子的言谈之中很快得知，他是林隽从自己信任的朋友之中辗转找来的，而林隽是从何人那里得到授意，自然不言而明。男孩子叫小石，不仅对学习烘焙很感兴趣，且有一身功夫傍身，一米七五的身高，一身结实的腱子肉。

容茵当时听了哭笑不得，直说自己要招的是一个学徒，不是保镖。可唐清辰和林隽帮忙找人时的这份心思，她还是很感动的。毕竟这里地处偏僻，又只有她一个人照料小店，若是遇上什么棘手的事，有一个年轻小伙帮忙镇场子，总让人多一份心安。

好在小石很快用自己学习时的专注认真证明了诚意。用他自己的话说，当年学功夫的初衷是为了强身健体、保护家人朋友，可他对读书不感兴趣，做生意又没那个头脑，如今年纪渐渐大了，想学个一技之长傍身，无意中得知了烘焙这项技能，倒是挺感兴趣。来容茵这儿工作之前，他已经在家附近的一家甜品屋工作了半年有余，也掌握了一些基本功。这正符合容茵的需求。教习起来，容茵发现小石没有说谎，他不仅烘焙基本功还算扎实，而且确实对这项活计很有兴趣，能沉下心来学习钻研，又是沉稳踏实的性子，很快就博得了容茵的喜欢。

一个周末，唐清辰带上林隽和苏苏来此，明面上说如约而至，带容茵一起去爬山，其实也有点儿考察小石这个学徒的意思。可这里面有没有点儿私人的意图，这可就仁者见仁、智者见智了。

车子开入雾灵山景区，停在半山腰的停车场，一行四人，开始徒步。

路上，苏苏借口系鞋带，故意落后几步，拽着林隽的背包带让他慢了下来，悄悄说："我怎么觉得，咱们老大对容茵'过于热心'呢？"

林隽瞥她一眼："一个月没休假，一休假就来爬山，要说你不是为看八卦才来的，我不信。"

"这不废话吗？"苏苏朝天翻个白眼，"不然大周末的我自己干点儿什么不好，爬什么雾灵山啊？"

林隽看着走在前面那两人，说："我觉得啊，你想看八卦，还不如留在公司。"

"为啥？"

林隽叹了一口气："下周一开始，殷家小姐就要来咱们酒店正式上班了。"

对于唐清辰的家事，苏苏不比林隽知之甚深，她虽然爱好八卦，但也知道深浅，大老板的家事，可不是她一个手下员工可以轻易窥探的。尤其像她这样全靠自己本事一拳一脚打拼到这个位置上的，更不想因为知道得太多，一个不小心，自毁前程。

林隽像往常那样，点到即止："殷家，跟咱们老爷子有点儿渊源。那位殷小姐，好像看上咱们唐总了。"

苏苏意味深长地"哦"了一声，过了一会儿，反应过来："那老大不是……"两人大眼瞪小眼，见林隽不解，苏苏慢吞吞地说完后半句，为自家 Boss 的城府之深，深深震惊了，"老大不会是想，把容茵也弄到身边工作吧？"

林隽说：“对啊。”他朝苏苏投去鄙视的一瞥，“难道你不想？”

“我哪是这个意思了！”苏苏跺了跺脚。

俩人一齐抬头，就见唐清辰和容茵不知什么时候停下了脚步。这样的距离，他俩的谈话唐清辰必然能听个一清二楚。

容茵刚挂了一个电话，她摘下耳机，见此情景不禁有点儿蒙：“怎么了？”

唐清辰颇有深意地瞧了两人一眼，说了一句：“没事儿，年轻人爱扎堆，作为年长一点的哥哥姐姐，咱俩得有点儿眼力见儿。”

唐清辰这话不是第一次说，之前在临安，他就因为苏苏和林隽发微信的事儿误会过，此时苏苏再听，吓得魂飞魄散，眼见容茵的笑容也一点点暧昧起来，更是气不打一处来，跳起来就要往容茵身边冲。结果被林隽一把拉回来：“你干吗？”

苏苏急得说话都要结巴了：“我，我得跟容茵解释一下！”

林隽狐疑地看她：“你跟容茵有什么可解释的？”见苏苏呆呆的，他又补充了一句，“容茵又没喜欢我，你要解释什么？”

苏苏欲辩已忘言，半晌才反应过来应该反驳的重点：“那我也没喜欢你啊！”她有好感的人，虽然此时不在身边，可跟容茵熟得很！要是容茵一不小心说了什么，那她可真就出师未捷身先死了！

哪知道林隽看她的眼神更正直了：“我知道啊。”他盯着苏苏的眼神透着探究，“你这么着急，难道是心虚？”

苏苏：“……”

一个唐清辰总爱污蔑她的清白还不够，现在林隽也这样？她身边的男人，能不能有个正常点儿的？

走在前面的容茵回过神，也觉出唐清辰的话不对味儿：“我和林隽好像同岁，还没到‘姐姐’的地步吧？”

唐清辰瞥了她一眼：“非那么较真？领会精神，懂吗？”

容茵琢磨了琢磨，咬着牙一点头：“行。”她又看向唐清辰，“看不出来，你这个当老总的，平时还挺关心手下员工的情感问题。”

唐清辰丝毫没有乱点鸳鸯谱的内疚之情，说起大道理来一套一套的，很令人信服：“情感问题解决不好，容易酿成大问题。他们俩也都老大不小了，要是彼此真有意思，我也不好不成全。”

容茵笑着说：“原来唐总也是面冷心热的类型。”

唐清辰斜睨她一眼：“我也不是对谁都热心的。”

容茵点了点头：“有原则是对的，不然岂不成了中央空调？”

“中央空调？什么意思？”

“中央空调，对谁都暖。”容茵解释，一边瞅了他一眼，“你不像，所以不用费心研究这个。”

唐清辰说：“确实不像，我没那么不智能。”

一路上山，野葡萄没找到，但沿途的景色实在出众。容茵拿着相机连拍了许多张，因为信了唐清辰的“撮合”，她总喊苏苏和林隽合照。苏苏不愿意，但碍于唐清辰的“威势”和林隽的“厚脸皮”，一开始只能忍了。可到了后面，她实在受不了一直和林隽拍双人合影，脑子一动，便主动提出帮容茵和唐清辰合影。

此举引得唐清辰和林隽的极大认可。

林隽怕容茵不自在，一开始还凑在一旁三个人拍，到后来总在关键时刻溜出镜头范围，为容茵和唐清辰人为制造了许多合照机会。

林间时而传来鸟鸣，偶尔还能看到山鸡和松鼠飞快掠过的身影。容茵看得津津有味，突然听到唐清辰说了一句：“有件事，想请你帮忙。”

容茵刚抓拍到一张小松鼠的照片，正对着相机兴奋不已，听到这话顺口答了一句：“别这么客气。小石的事多亏了你，有什么我能做到的，尽管说。”

“过段时间，平城国际电影节会在本埠召开，唐氏作为合作单位，酒店总部，也就是你之前去的那家君渡酒店，会承办部分国际电影节的项目活动。考虑到此次电影节期间一些宾客的需求以及唐氏对外的公众形象，我想邀请你以特邀甜品师的身份到酒店帮忙。我想以你的经验和能力，你做出的甜品肯定能够一鸣惊人。”

容茵放下相机，思考片刻，扭头朝唐清辰露出一抹浅笑：“你这是请我帮忙，还是在帮我的忙？”

唐清辰亦似笑非笑：“双赢，不好吗？”

“电影节什么时间开始？”

“7 月 13 日到 7 月 23 日，为期 11 天。不过考虑到一些实操问题，需要提前至少一个月入驻酒店，帕维尔会尽全力配合你，但后厨的其他人员，还有一些设施摆放，你需要提前熟悉。”

“电影节期间我做好我的本职工作，其他时间，比如晚上忙完，我可以回家吗？”她显得有点儿不好意思，“小石才来没多久，把他一个人撂在店里，我有点儿不放心。”

“这有什么难的？”唐清辰眉毛一挑，神色显出几分自持，“工作之余，你随时可以回这边。我也可以开车送你。”

两人边说边向前走去。隔着一段距离，林隽听到容茵轻软的嗓音：“谢谢你啊，唐清辰。”

他眉毛一抖，险些憋不住到嘴的笑。

老大可以啊！

这么多年没见他们唐总对谁出手，没想到宝刀未老呀，嘿嘿嘿！

“唐总说若是有需要的话，容小姐每天都可以回家，当然，这个是您的特权，其他员工是没有的。”林隽走在略前一步的位置，边走边对容茵解释，“这次的国际电影节对唐氏来说很重要的。当初为了拿下这个项目，我们老大带着苏苏筹备了小半年，光方案都不知道推翻了多少个。

好在终于顺利争取到了，如果能通过这次电影节一鸣惊人，对唐氏接下来一个非常大的跨国合作项目来说，意义非同小可。老大的意思是要打铁趁热，通过这个电影节打响唐氏在国际酒店业的口碑，同时也能赢得F国合作方那边的好感。因此除了您，唐氏还邀请了各行业非常出色的人才，菜肴甜品还有客房服务这些都不用说，就连现场的鲜花摆放也特意邀请了国内首屈一指的专业团队来做。您作为甜品部的特邀甜品师，不管您个人需不需要，按照唐总的交代，都要给您专门准备一个房间。'甜度'那边没什么事儿的话，也不必天天两头跑，太累。小石的为人，这么多天相处下来，我想您心里也有数。”

“小石很好，我主要是怕他遇上什么突发状况，处理不来，不是不放心他本人。”容茵说完，撩了一下脸颊上的发丝，又笑了，“还有林秘书，平时你跟我说话也不是这样的，怎么今天都是'您'啊'您'的，我有点儿不习惯。”

林隽掏出门卡，刷开房间门，一边邀请容茵先一步进入，带上门之后，他似乎才松弛了点，说：“这个还请您习惯。整个电影节期间，或者说，但凡是在唐氏，无论工作场合还是私下，我对您越是客气尊重，别人才越是会高看您。”

容茵往里走了几步，觉出不对：“这是个套间？”

林隽一脸习以为常：“和您一样受邀来的，都是一样的规格。”才怪。

不过，别说唐清辰有特别叮嘱，就算唐清辰不叮嘱，他也愿意在自己能力范围内，给容茵划拨一个朝向布局最佳的房间。

刨除他喜欢容茵做的甜品，这段时间相处下来，他更喜欢容茵的人品。

苏苏和容茵都是他这么长时间以来难得结识的好心眼的姑娘。苏苏性格外向，还有点儿霸道，因此很知道怎么宠爱自己。容茵看着爽朗利落，可私底下熟识了就会发现，她的性格中还是柔软的部分较多。这样的性格放到君渡这种地方，或者说，放到任何一个企业公司里面，都是最容易受欺负的类型。

林隽看似为人沉静冷漠，很少有什么能够打动他，可若是打动了他的，必然会被他放到心里面珍而重之。

容茵点了点头，还真信了。不是她单纯，主要是林隽板着脸说话的时候，太能唬人。

容茵走到饮水机边，打开烧水的按钮，一边说："你刚才说，你对我越是客气，别人越会尊重我。是不是后厨有什么人比较难相处？"说着，她扭头看了林隽一眼，"你要没什么紧要的事儿，坐我这儿歇会儿吧，我给你烧点热水喝。"

林隽刚领着她在整个君渡酒店绕了一圈，在此之前，同样的活儿，他已经跑了好几回，一上午下来，他确实渴得嗓子冒烟。他松松领口，找了一把椅子坐下，说："谢谢了，容小姐。"

"叫我名字吧。"水烧开后，容茵为两人各沏了一杯茶。

林隽说了声好，而后说："后厨不是我的主场，对那些人，我确实了解不多。"他顿了顿，说，"唐总说你从前也在类似的酒店工作过，那么有关人际关系，我想不用我多说，你肯定也领教过一二。但在国内，人际关系有时比国外的环境更复杂，而且，在一些关键性的问题上，这种关系起到的作用也会更大。好或不好，都会被放大。"

容茵点了点头，半晌才说："谢谢你跟我说这些，林隽。"

林隽大概真的很忙。匆匆喝完一杯茶水，又交代了一些，就马不停蹄地赶往下一个地点。

容茵坐在偌大的套房里，边喝茶边发呆。

手机铃声响起，接通后，电话那端传来聂子期的声音："阿茵，我听说你来君渡上班了？"

"你倒是消息灵通。"容茵闻言一笑，"不过不是上班，只是这边有个大型活动，我来兼职几个月，顺便见见世面。”

“外面天大地大都闯荡过了，君渡酒店的这点世面，你还放在眼里？”

聂子期的声音听起来有一丝急切，容茵不免有点儿诧异，但她习惯不去主动点破别人的事，于是说：“也有一阵子没见你了，医院的工作很忙吧？”

“是，接连几台手术，前段时间院里还在开专项研讨会，忙得焦头烂额……”他说了一长串，又戛然而止，大概是突然意识到，他说的那些内容，容茵固然听得懂，但早已经离她的生活太远。聂子期握着手机，站在医院楼下长廊里发呆，半晌，他才说：“阿茵，如果不是我工作太忙，和你离得又远，我肯定天天去看你。”

聂子期这话说得不免有些失了分寸，容茵意识到这一点，下意识地遮掩地笑了一声：“我的店现在生意好得很，不用劳烦聂医生天天砸钱来捧场啦。”

聂子期说：“我听说了，是你一位朋友的餐厅开业，你跟他有合作？”

“是啊。多亏有她，我店里现在都雇得起学徒了。”说着，容茵也反应过来，“你怎么知道得这么清楚？”

长廊两边开满了玫红色的月季，这个季节正值盛放，天气晴好的时候，连蜜蜂的嗡嗡声都听得清楚。可在这个节骨眼，聂子期只觉得那嗡嗡声实在听得人心烦：“之前和苏小姐通电话，听她说起的。阿茵，你……”

“苏苏是不是也请你吃饭了？”容茵的语气听起来颇为轻快，甚至透着一丝调侃，“说起来，你也是她的救命恩人呢。”

“她是说要请你和我一起吃顿饭，我这些天忙，一直没腾出空。”聂子期全无心情。在医院忙碌的这一个月，终于腾出点工夫来，却发现外面的世界已经风云变幻，日月颠倒。他徐徐吐出一口气，又缓缓吸入，生怕呼吸得急了，让那边容茵听出端倪，“阿茵，君渡离我工作的地方不远，如果你今晚有时间的话，不如我们——”

“今天恐怕不行。”容茵看一眼墙上的时钟，“我今天才过来，下午开始就得去后厨那边好好熟悉一下具体情况。”

“当然是你的工作要紧。”聂子期听出容茵语气里的抗拒，陡然意识到，自己今天似乎太急了，他无声地叹了一口气，说，“那等过两天你调整好状态，挑个时间，我再去君渡找你。听说君渡的西餐和甜品都很不错，不如你带我试试？”

说到菜肴和甜品，容茵又入了神，她仔细回忆了一下那天的种种，却突然发现，大概是兴趣使然，除了最后那三道甜品，她已经记不清都吃了些什么了。倒是当时唐清辰的某个眼神和笑容，历历在目，清晰如昨。

“……到时你来点菜，我买单，可以吗？”

容茵回过神，听到聂子期的最后一句话，连忙答：“当然可以了。不过这一阵咱们两个都忙，还是看具体情况再约时间吧。”

手机突然传来嘟嘟的声响，容茵看一眼屏幕，发现是唐清辰的电话。她匆匆和聂子期告别，却未想就这么短短几秒钟时间，唐清辰已经挂了电话。

她摁下拨号键，却没想到这回轮到唐清辰那边传来占线的语音提示。容茵不以为意地一笑，看来这个时间段，大家都很忙啊。在房间稍做休息，她也应该打起精神去自己的主场忙碌一番了！

对于君渡酒店后厨，她也称得上轻车熟路，但这回刚进门就遇上了一个熟人。

帕维尔头上戴着厨师帽，一身白色厨师服纤尘不染，听到门打开的声音他转过身，看清容茵容貌的那一瞬间，他的脸上绽出灿烂的笑容：“茵，真的是你。”

工作间除了帕维尔之外，还有好几个生面孔。容茵朝他一笑，又对几人躬了躬身，笑得温和又妥帖：“初次见面，我是容茵，接下来这段日子要和你们一起工作，请多关照。”

帕维尔在旁边哧哧地笑：“这么多年，你的开场白一点没变呐！”

一个年轻女孩子看着帕维尔：“你们认识？”

帕维尔眨眨眼睛，笑容渐深：“我曾经可是茵小姐的‘最佳助手’。”

说话的女孩子和另外几个人都露出惊讶的神色，那女孩看向容茵的目光透出试探：“帕维尔可是很厉害的。这么说来，你比帕维尔还厉害吗？”

帕维尔琥珀色的眼瞳光泽耀眼，默默地望着容茵，目光里透着愉悦，还有点儿说不清道不明的意味。

容茵弯了弯唇角：“你们认识他这么久了，不知道他最喜欢开玩笑吗？我们以前在F国的时候是同事，帕维尔也帮过我不少忙，说是助手可真是妄自菲薄了。”

容茵这样一说，几个年轻人面上透出了然的神色。为首那个女孩子捶了帕维尔肩膀一下，率先走上前，朝容茵伸出手：“容茵你好，叫我小芹就行。”

容茵和她握了握手：“你好，很高兴认识你。”有了小芹打头，其余几人也都做了自我介绍，和容茵一一认识过。

帕维尔说：“这会儿是午休时间，我们还有一组人，你应该是认识的。莫氏婚宴那天，你和他们有过合作。”说到这儿，帕维尔似乎想到了什么有意思的事，嘴角一歪乐了，“那段时间正好赶上我休年假，后来听人说，林秘那两天找人做Cannoli都要找疯了，真没想到，世界竟然这么小，找了一圈倒把你找来了。”

容茵隐约觉察到帕维尔对她态度微妙的改变，这种东西很难说清，只有身处其中的人才能感同身受。好在这么多年的独立生活，容茵早就习惯了应对各式各样的环境人事。既然帕维尔有话想说，那就让他把该说的都先说清，这样接下来大家也好划分清楚各自的界限，做起事来也简便许多。

“隔壁工作间是做中式点心的。唐总很重视会议第一天晚上的宴会，专门请了两位京城老字号的老师傅坐镇。好在君渡的后厨地方够宽敞，接下来可有的热闹了。”

小芹也说：“我听说还有从南方来的糕点师呢！”

容茵问：“那我们这儿还有其他新人参与进来吗？”

帕维尔说：“平时我们和中式糕点两边各做各的，但会议期间应该会变一变规矩。不过啊，有一项规矩是不会变的。”容茵看向他，就见帕维尔朝着她身后的方向倏然一笑，随后躬了躬身，行了个标准的绅士礼，“我们最亲爱的蔓栀小姐来啦！”

容茵转身，就见一位穿墨绿色套裙的女子推门而入。容茵想起自己推门而入时帕维尔的反应，心里轻轻动了一下，对于一些事上的判断一时间更笃定了。

帕维尔走到容茵和蔓栀之间，低头浅笑：“让我来为二位介绍一下。茵，这位是柯蔓栀，也是统管我们这儿和隔壁的‘大管家’。蔓栀小姐，这位是容茵，林秘介绍来的。”

柯蔓栀面部的肤色有些暗沉，但这不妨碍她出众的五官，看来年轻时也是个精致的美人，只是眼角的细纹和略微松弛的脖颈泄露了时间掩埋的秘密。容茵判断她的年龄大约在三十五到四十岁之间，能在后厨做到类似“行政总厨”位置上的人，差不多也需要这个年纪。容茵朝柯蔓栀微一颔首：“蔓栀小姐。”

柯蔓栀瞥了她一眼，下巴一直微微昂着：“不用这么客气，叫我柯总就行。”

所以蔓栀小姐还是帕维尔一人的“专用称呼”了？容茵心里微微好笑，从善如流：“柯总。”

帕维尔说：“刚刚茵问起，除了她是不是还有新来的朋友，我们大家伙儿也都挺好奇的。”

柯蔓栀大约是真的很喜欢帕维尔，听他说话时神色不变，可目光落在他身上，隐约有星点光芒浮动。容茵早发现帕维尔在君渡女性员工间的“吃香”，对此情景并不多么吃惊。

“我来就是通知你们，半小时后 111 房间，所有人都要到场。大家熟悉一下，接下来我们有不止一场硬仗要打，你们各自平时的工作内容和模式全都放下，我有全新的安排。”

半个小时的等待，容茵也没闲着，一边通过和几个年轻人的交谈熟悉场地，一边接连看了几场好戏。111 房间很大，是专门供内部员工开会用的。容茵唇角含着笑，挨着小芹身边坐下来，帕维尔刚好坐在小芹的另一边。两人被隔开，这家伙还故作遗憾地咂了咂嘴，眸光含春，朝她投来颇惋惜的一瞥。

简直是戏精！容茵在心里暗自摇头，可她并没有多讨厌帕维尔。像他这样的男孩子从前在国外她也没少接触，大概是文化背景使然，讨好和恭维女性简直是他们的本能。尽管帕维尔既不是法国人，祖上也没有意大利血统，可他平时的言谈举止简直结合了这两个民族男性天性中的优势，举手投足尽是温情款款，体贴入微。国内的女孩子大概少见这样的异域风情，这不，被迷昏了头的何止小芹一个？

工作人员陆续落座，门又一次打开时，容茵下意识地抬头，却在看清来人的一瞬间，唇角凝住一抹笑。

来人穿一件白色短 T，水洗七分牛仔裤包裹着修长双腿，一头乌黑的长发披肩，发丝间别一支珍珠发卡，看起来青春洋溢。容茵隐约听到不远处几个年轻男孩子发出轻微的呼声，就连小芹都小声嘀咕了句：“这谁啊，走错房间了吧！”

柯蔓栀将门带上，拔高嗓音说：“人来齐了，那么我来介绍一下。”她亲昵地将手搭在年轻女孩的肩膀，“就从殷小姐开始吧。”她声音低一点，听起来很和蔼，“殷小姐，你和大家做个自我介绍吧。”

小芹的脸上透出几分难以置信：“殷？难道她就是这次苏城殷家派来的糕点师？这么年轻？！”

帕维尔不知是看到了什么，眼神朝容茵这边瞟了好几回，嘴巴上也没闲着：“又来了一位‘殷’小姐啊……”

小芹反驳说：“同音不同字啦，她是姓殷，和容茵不一样，容茵的‘茵’字是她的名字。”

帕维尔“哦”了一声，目光在容茵的面庞漂浮不定。

容茵的笑如同一层薄冰，凝在脸上，她来不及挪开目光，对方也在逡巡整个房间时看到了她。

只见她浅浅一笑，唇角绽春：“大家好，我叫殷若芙，来自苏城寄味斋。很高兴能来到君渡学习工作，希望能与大家教学相长，共同筹办好这次会议的甜品部分。”

柯蔓栀拍了拍她的肩，朝旁边最近的位置一指：“过去坐吧。”

自我介绍轮了一圈，最后到容茵，她的位子和殷若芙是斜对角，两人的目光在空气中打一个交锋，又各自错开。容茵开口：“我是容茵，很荣幸能有这次机会结识在座的各位，请多指教。”

几乎所有人自我介绍都会自报家门，来自哪儿、擅长的是什么，有人还会喜欢讲一讲自己从前的履历，参加过什么比赛，获过什么奖项，有过什么成绩之类的。容茵说得简略，反倒引起了许多人的好奇。

有个看起来五十开外的瘦长脸男人念了一遍容茵的名字，问：“不知道容小姐都擅长些什么？”

在座众人纷纷将目光投向她，就连殷若芙也不例外。容茵笑了笑，说：“家里从前是做中式糕点的，我后来去 F 国蓝带学院拿了高级西点师的证书，在那边工作了一段时间，最近刚回国。”

她不是刚入职场的小姑娘，深知这些同行间谈话的用意所在，之前说得简略，不过是没打算花时间在自我吹捧上。可既然被问到头上，索性把该说的都说一说，也免得被人小瞧而引来麻烦。

果然，之前问话的那个男人瞬间闭嘴。

倒是另有人开口："容师傅家里是做什么糕点的？"

容茵循着声音看过去，发现是个坐在角落里的老头儿，头发斑白，没留胡子，看起来应该是整个房间最年长的。这问题倒没有之前的那么尖刻了，反倒有点儿闲话家常的味道。可这个问题却让另一个人变得异常敏感，隔着长桌，容茵不用看都能感觉到桌子那头的某人目光一瞬间看了过来。

容茵不觉一笑："我母亲家里从前是做苏式糕点的，但她爱好广泛，什么样式都喜欢尝试做一做。我也学她，不拘南北东西、中式西式，但凡感兴趣的都愿意尝试。跟在座各位前辈比起来，我其实算是业余选手了。"

她说得轻松又活泼，最后又将在座所有人恭维一番。没人不爱听好话，又是初次相见，本来也没人会刻意为难，她这么一说，在座的倒是有好几个人笑了起来。

气氛显得轻松不少，连柯蔓栀都主动出声："这次会议的初衷就是让大家互相认识一下。"她让人给众人发了一份资料，"这是日程安排，有关各位的具体职位和工作内容也都在这上面。老员工都知道，我们君渡在许多方面都很尊重员工意见，所以，如果诸位在具体安排上有什么意见或建议，可以找我私下沟通协调。"

容茵拿到自己的那份资料，大略翻过日程表那几页，看到有关自己的工作内容时，就见第二行的分组写的是"C 组"。她扭头，发现小芹也在盯着她的资料瞧。她看向小芹手上的那份，见相同的一页上，标的是"A1"。

两人面面相觑，小芹率先嘀咕起来："你这个 C 组……这么说你跟我们不是一起的？”

容茵看向帕维尔，他的那份资料是纯英文的，但不耽误小芹迅速找到分组那一栏，上面写的是 A2。

小芹显然有点儿反应不过来，追着帕维尔问分组的原则。帕维尔耸了耸肩，说：“这个我也不太清楚，应该是随机的吧。”他探过身，在看清容茵的分组时，也皱了皱眉，“C 组……”

容茵看他的神色，直觉他应该知道点什么，她轻声问：“C 组怎么了？”她故意用了帕维尔家乡的语言，哪怕小芹坐在两人中间，什么都能听见，此刻也只能干瞪眼。

帕维尔沉默片刻，朝她神秘一笑：“今天和我一起吃晚饭，我就告诉你，怎么样？”帕维尔用的也是一样的语言。

这回轮到容茵笑了，她朝桌子另一边的方向偏了偏头：“别太明显，我可不想吃那位柯总的排头。”

“吃排头”这个俚语，还是当初帕维尔教给她的，听到她用这个词，帕维尔“扑哧”一笑就乐了：“好吧。”笑过，他看向容茵，眼波有些深邃，“茵，不开玩笑，我有一些正事想跟你说。”

容茵也一本正经地回答：“我也一样。”

小芹先受不了了：“你俩到底在说啥？”

帕维尔笑吟吟地瞧了小芹一眼，说：“容茵刚才夸你呢。怕当你面说，你会不好意思。”

容茵还没来得及作反应，就见小芹突然反手抹了一把脸颊：“真的？”

发现小芹连耳朵根都悄悄红了，容茵也不好再说啥。帕维尔哄女孩子这套真是百试百灵。既然他一句话就把小芹说得这么开心，她何必再说扫兴的话？

不过帕维尔这家伙今天的态度真是，相当微妙啊……

众人针对这份工作安排，三三两两都在说话，容茵抬起头，只见已经有两个人找到柯蔓栀，看情形似乎是这两个人想对调一下位置。容茵目光旁落，只一瞬间，那道视线已经迅速收了回去。她看了一眼对方的面庞，柔顺的黑发轻拂过微微尖瘦的脸庞，有一种不假修饰的纯真。身旁许多人的目光陆陆续续落在她身上，容茵看得清楚，这不仅仅因为殷若芙的美貌和“寄味斋”在业内的声名，更源于今天柯蔓栀对她的另眼相待。

看这个情形，唐氏和殷家应该确实有点儿不寻常的接触……甚至是合作。再联想到之前那两次与殷家母女的邂逅，当初侥幸以为是意外，现在看来，殷家哪会平白无故来平城游历？尤其以殷筱云的性格，又哪是会无的放矢的人？

容茵听着众人喁喁交谈，面上习惯地挂着浅笑，心思却已经飘到远方。

这个世界很大，可行业的圈子却很小。既然选择重新做回这一行，就应该知道，有些人和事，避无可避。看刚刚殷若芙的样子，似乎比她还要紧张。想都不用想，她今天在会上说的那些话，殷若芙大概会原封不动地“传话”给殷筱云听……容茵不禁悄悄地攥紧了拳。

Chapter 08

桂花杏仁豆腐·见面会

生活的戏剧化是不健康的。像我们这样生长在都市文化的人，总是先看见海的图画，后看见海；先读到爱情小说，后知道爱；我们对于生活的体验往往是第二轮的，借助于人为的戏剧，因此在生活与生活的戏剧化之间很难划界。

——张爱玲《童言无忌》

唐清辰走到餐厅外面，顺着工作人员指的方向，一眼就看到了坐在某个角落的两个人。帕维尔的为人他很清楚，做甜品有一手，但距离大师级水准还有相当一段距离，但此人嘴巴特别甜，人缘也好，可以说是在君渡酒店混得如鱼得水的“一尾活鱼”。若不是他多少有点儿真本事，处事也知道分寸，从没在后厨乱搞过男女关系，大概早就被点名开掉了。

如今这条活鱼坐在容茵身旁，眉飞色舞地不知道在讲什么，一副使出浑身解数讨人欢心的模样。听说他在女人堆里一向无往不利，连向来刻板冷漠的柯蔓栀，乍见到他都能露一个笑模样。

唐清辰盯着容茵看了一会儿，见她一直没说话，面上虽然挂着笑，但那笑只浮在面上，显然礼貌成分大于实际意义。

他从口袋里摸出手机，又盯着容茵的脸看了片刻，才拨通通讯录最上面的那个号码。

手机那端响了三声，就见那端容茵似乎终于听到什么一样，从随身的包里摸出手机，没有任何迟疑地当着帕维尔的面接了起来。

“对不起，这边很吵，你的上一个电话我没听到……”

唐清辰敏锐地发现她没有称呼自己，话倒都是实话。

“是有什么急事吗？如果你时间方便的话，待会儿我给你拨回去。”

“不急，你先吃饭吧。”唐清辰顿了顿，说，“是有点儿正事。”

怎么今天所有人都有这么多“正事”？容茵侧眸看了一眼帕维尔，说：“二十分钟后，我给你拨回去，好吗？”

唐清辰说：“少吃点，待会儿带你出去吃。”

唐清辰电话挂得利落，容茵连反驳的话都没来得及说，那边就传来嘟嘟的声响。她撂下手机，正对上帕维尔探究的眼神。

“看来我还有不少竞争者。”他嘟了嘟唇，眼睛里却含着笑，那样子既性感又透着几分孩子气的不满，要是一般女孩子，早被他这副模样勾得晕头转向。

容茵放下筷子，端起饮料喝了一口，说：“帕维尔，我们也算得上是老朋友了吧。”

帕维尔一愣：“当然。”

容茵偏过头，突然朝他粲然一笑：“那看在老朋友的面子上，说说你为什么对我忽冷忽热的行吗？”

对付帕维尔这种家伙，迂回战术根本不管用。容茵一记单刀直入，直接把他戳在当场，过了片刻，他露出稍显尴尬的神色。这样的神色在他脸上实在罕见，容茵却看得舒服极了。虽然少了点帅气，却比他平时那副油腔滑调的样子真实可爱多了。

他捋了一把头发，似乎是在琢磨应该怎么说：“茵，其实上一次在餐厅跟你重逢，我是真的很开心……”

容茵点了点头，帕维尔当时眼睛里的惊喜毫不作伪，而且这件事他也没有必要扯谎。

帕维尔抿了抿嘴唇，最终在容茵坚持的凝视中败下阵来，他撑着额头，看着容茵的眼神透着无奈：“这个国家很好，这座城市很好，这个酒店，还有唐这个老板也很好，这一切都很完美，和你的重逢也很美，但，茵，从林秘那里听说你要来酒店常驻，老实说，我心里有点儿不是滋味。”

容茵挑一挑眉毛，帕维尔的这个理由在她意料之中，但她没想到，竟然真的就是这么简单的理由。她不禁啼笑皆非：“你忘记我上次给你的名片了？我有自己的店面，怎么会来这儿常驻？”

帕维尔烦躁地扒了扒头发：“其实你来，我既高兴，又觉得很不安。能每天见到你，这样的机会简直像做梦一样，好像我们又回到了从前玫瑰街的那家小餐馆。可是茵……”他的眼睛在手掌的遮挡下看向容茵，深色的眼珠里透着几分无奈，“你是天才，和天才共事，对于我这种资质的人很辛苦。我不想……”

容茵听懂了，他是担心自己的位置会“被取代”。

容茵拍了拍他的手臂：“你真的想多了。”她微微低首，露出天鹅般修长的脖颈，“我不知道怎么说才能打消你这种疑虑，但我来这儿，其实是为了学习和体验，而不是日后留在这里工作。帕维尔，我追求的东西不在这儿，你应该能明白。”

帕维尔沉默片刻，突然垮下肩膀，扁着嘴说：“我以为你会安慰我说，你其实算不上天才，而我其实也是精英。”

容茵哈哈笑出了声：“我刚才的关注点不在这儿。你说得没错，帕维尔，我其实算不上什么天才，而你如今，已经迈入我们这个行业的精英阶层。”说完，她学着帕维尔一贯的样子，朝他眨了眨眼。

帕维尔也笑了。

半晌，他点了点头，说：“我明白了，是我想得多了。”他看向容茵，眼睛里透着湿漉漉的光，“今天你进工作间的时候，我对你的态度不大友好，你能原谅我吗，茵？”

“有吗？我怎么不记得？”

两人相视一笑，帕维尔看着两人面前的餐盘，脸色晦暗：“是我帮你拿的食物不好吃吗？我看你都没怎么动。”

“我得说声抱歉，刚刚的电话是一个朋友打来的。他约我待会儿出去一起简单吃点儿。”容茵也显得有点儿为难，“咱们今晚会不会临时有其他安排？我怕出去太久耽误正事。”

“应该不会了。”帕维尔说，“你不是加了我和小芹的微信？如果有什么紧急情况，我们俩会赶紧通知你的。”

容茵心里有正事牵挂，并不打算旁顾左右：“有关那个 C 组，是有什么不对劲的地方吗？我看你当时神色不太对的样子。”

帕维尔的脸色显得有点儿微妙：“还是瞒不过你。”

“怎么说？”

帕维尔耸了耸肩：“我知道的也不多，只是听蔓栀小姐说，A 组是西点，B 组是中式糕点，但 C 组的意思是 Creative。上面既然安排了这个分组，应该会有点儿非常规的内容。”

容茵朝他笑了笑：“谢啦。”她站起身，朝他一挥手，“先走一步。改天我请你吃好吃的！”

帕维尔目送她的身影消失在食堂门口，唇角的笑渐渐归于虚无。他的演技大概真的不错，至少没令她起疑。可难道在她心里，他就是这么肤浅的人？会为了所谓的“怕被取代”而给一位老朋友难堪，会在同事间拉帮结派，甚至要在她面前示弱，主动承认自己技不如人来认？他或许不是什么所谓的天才，但绝不甘于平庸，更不会随便青睐普通的女孩子。他心心念念这个女人这么久，正是因为在她身上看到与他人不一样的特质。

男人都喜欢美丽的女人，可他喜欢的是美丽又非常优秀的女人。

只是在此之前，他有一点障碍需要去铲平。

容茵拨通电话的一瞬，突然看到不远处唐清辰的背影。他站在酒店一层的大堂，往来尽是步履匆匆的宾客，他一身休闲打扮，光看身影的话并不起眼。容茵略一迟疑，就见对方已经接起了电话。

“喂？”隔着人群，容茵听到手机听筒里传来他的声音，低沉，不张扬，没有帕维尔那种充满男性荷尔蒙的性感音色，却如暮鼓晨钟，沉沉入耳。

“啊，我好像在你身后。”说到这儿，容茵忍不住笑了一下。

唐清辰转过身，对着手机说：“没想到你这么快就结束了。走吧。”

大堂里的人潮在此时突然多了起来，容茵等了几拨人，才走到他面前，她望了望外面的天色，惊讶道：“下雨了啊？”

“嗯。”唐清辰说，“走吧，我开车，带你去吃东西。”

坐进车子里，容茵系好安全带，端详他的脸色：“你有心事？”

唐清辰唇角轻牵：“是有点儿烦心事，不过不重要。”他将车子开出停车场，雨这时有些大了，噼里啪啦敲在车窗，车里一时只能听到雨声。

容茵轻嗅着车内的皮质香气，说：“怎么突然想起来喊我一起吃饭？”

“我以为以我们的交情，打电话约顿饭是挺寻常的事。”

容茵将手撑在额头，似笑非笑地调侃了一句：“能和唐总搭上交情，不胜荣幸。”

唐清辰一脸正气，语气淡淡：“毕竟是‘过命’的交情，也不是谁都有这个运气不是？”

容茵被噎了一下，有点儿啼笑皆非：“唐总可真记仇。”

唐清辰瞅她一眼：“记仇也记恩。我以为我表达得挺明显了。”

容茵摇了摇头：“我说不过你。你和你家那个弟弟，口才都不是一般的好。”

唐清辰说：“想不想知道，在我们这几个人心里，对你是怎么样的评价？”

车窗外雨水涟涟，尽管开着雨刷，却似乎连前路都看不真切。下雨天本该是让人心生惆怅的天气，可容茵却觉得心里原本那股隐藏很深的愤懑被什么东西一点点化解开了，还冒起了愉快的起泡泡。她弯着唇角，说："洗耳恭听。"

唐清辰说话向来一针见血，点评人事简洁老辣，许多人大概要说他刻薄，就连亲弟弟唐律有时都受不了亲哥这张嘴。难得容茵一脸的气定神闲，完全没有半点要被抨击的自觉。

唐清辰说："唐律说你，专业强，性格看着软，捏一下才发现捏不动，还硌手。"

容茵听了一乐："唐律还好意思说我，他的性格难道就好相处了？"

唐清辰继续说："林隽说你外圆内方，为人很善良，说你其实是很好相处的人。苏苏说她迄今为止吃过最好吃的甜品，都出自你手。"

容茵听得津津有味，只听唐清辰最后说："我觉得你，看着没什么架子，也不挑剔刻薄，其实最不好相处。"

容茵偏过头："这话有依据吗？"

唐清辰叹了一口气："容茵，想讨好你，不是一件容易的事儿。"

容茵一愣，就见唐清辰的目光突然看过来。这样有点儿幽暗的光线里，他的眼睛里仿佛有碎星闪耀，容茵还没来得及多想，突然觉得脸颊有点儿发烫。

唐清辰笑了笑，又挪开视线："拐过前面那个路口就到了。"

容茵留意到这一片是老城区，附近的房子都是从前的老四合院，隔着水渍淋淋的车窗，依稀可以看到有的门前挂着照明灯，也有的挂了老式灯笼，心思恍惚间，仿佛回到了儿时盛夏的傍晚，一家三口吃晚饭纳凉时，听父亲讲的老平城那些旧景往事。

车子停下，唐清辰率先下了车，等容茵反应过来，车门已经被他从外面拉开，头顶撑着一把伞。他的肩膀和衣服前襟都打湿了，额前的发丝也湿漉漉的，浑然不似平日人前那副精英装扮，反倒小了好几岁的模样。容茵迅速抽身而起，抓起随身的背包带上车门，一边在他臂弯的庇护里朝眼前的房子走去。

唐清辰口中吃饭的地方，也是之前路上看到的那种老四合院。仿佛只活在父亲记忆里的情景就这样乍然出现在眼前，容茵有点儿怔愣，更多的是好奇："这里面是餐厅？主打什么的？"

唐清辰没说话，两人绕过影壁，空气里除了草木和水汽的味道，另一种热气腾腾的香气已经说出了答案。

容茵抽了抽鼻子："是火锅啊。"

"不喜欢？"唐清辰问，言语里却有点儿淡淡的自得，"本来想着今天有雨，带你来吃火锅比较应景。"

"回国后还没正经吃过火锅。"容茵说，"这家是四川火锅还是什么？"

"是一个朋友开的，没什么流派，"进了房间，唐清辰将伞递给服务生，接过毛巾，自己没用，直接递给容茵，"就是味儿好，带你来尝尝。"

容茵身上几乎没什么水渍，接过毛巾无非是擦擦手，反观唐清辰就比较狼狈了。他穿一件浅色T恤，前襟后背几乎湿了个透，站在一旁的女服务生脸颊飞起红晕，凑到近前又递了条毛巾过去。唐清辰没接，对容茵说："你先坐，我去换个衣服。"

房间是一个套间，看唐清辰轻车熟路的样子，明显是常来，外间吃饭，里间大概用来休息娱乐。此时唐清辰在里面换衣服，容茵也不方便进去看个究竟，索性研究起餐厅的陈设来。

女服务生走得悄无声息，紧接着门帘打开，换了一个男服务生走进来："女士您好，您想喝点什么？"

容茵想起唐清辰走前的嘱咐，说："热茶吧，绿茶。"

"唐先生最喜欢喝我们这儿的碧螺春，女士您呢？"

"一样。"

"好的。"

不一会儿工夫，两盏冒着氤氲热气的碧螺春端上来，唐清辰也换好衣服出来了。

他看一眼桌上的茶，又看向容茵："怎么没要你喜欢的茉莉花茶？"

男服务生也在一瞬间看过来。容茵不由得失笑："喜欢也用不着顿顿喝啊。我听说你最喜欢他们这儿的碧螺春，唐总这么有品位的人，喜欢的东西肯定差不了，我就让服务生也给我上一杯尝尝。"

唐清辰沉默片刻，看着她的神色有点儿离奇。

男服务生一语不发，可房间里安静得很，彼此的距离也近，容茵清晰地听到他偷偷地松了一口气。

直到点好菜，房间里只剩下两个人，唐清辰才开口："第一次见你说这么多话，还是为了一个不认识的人。"

容茵知道他说的是自己刚才为那男服务生打圆场的事，她沉默片刻，才开口："其实也不是为了谁。"她笑了笑，说，"大概是自己也有过被人为难的时候，有意无意地都有过，有时候就很希望能有一个人站出来帮忙说一句话。"

唐清辰端起茶尝了一口，说："看来你在国外这几年，也受了不少委屈。"

容茵愣了愣，随即一笑，那笑容绽得太快，落在别人眼里难免有刻意的嫌疑。唐清辰看得清楚，并不说破，心里却知道，自己这句话是戳到点子上了。

容茵说："受委屈也正常吧。人离乡贱，在外打拼的人，哪有不受委屈的？"

唐清辰说："但你熬过来了。以你的天资和阅历，完全可以凭本事过自己想要的生活，用不着再受谁的委屈。"

容茵有了一瞬的迟疑："是吗？"

唐清辰朝她看了一眼。菜陆续端上来，他往锅里夹了几片切的极薄的羊肉，一边慢悠悠地说："远了不敢说，在平城，我说出口的话，还是有点儿分量的。”

容茵想起下午在会议室瞥见的乖巧面容，心间涌起淡淡的酸楚，可唐清辰话里的维护之意那么明显，又令她忍不住一阵心悸，一时间不知道该说点什么来应对，只能珍而重之地说了一声“谢谢”。

唐清辰说：“工作安排你应该收到了吧？”

“收到了。”容茵沉吟片刻，问，“我被分到了C组，但问了几个人，都不知道C组具体是负责做什么的。”

热气腾腾的白雾间，隐约可以看到唐清辰舒展的眉心，和从容不迫的侧颜：“明天开始C组的负责人应该会开始给你们安排工作了。到时候你就知道了。”他侧眸，看向容茵的眼睛里含着些许笑意，“有我坐镇，你还有什么不放心的？”

唐清辰挟了一块羊肉到她碗里：“尝尝。这家的肉都是从内蒙古运过来的，一点也不膻，师傅的刀工也好，纯手工切片。”

容茵尝了一口，确实鲜嫩非常，丝毫没有膻味，特调的蘸料也有特色，咸香微辣，又不会喧宾夺主。窗外雨声哗然，房间里却暖烘烘的，窗台上摆着几盆浅粉色的月季，绽出幽幽怡人的香气。

容茵是真的饿了，唐清辰忙了一天下来，也没正经吃好饭，大概见容茵吃得香甜，他也来了兴致。两人各自换过三个蘸碗，竟将满桌牛羊肉和蔬菜消灭殆尽。末了，容茵捧着一杯青梅酒啜饮，一边说：“要说这种自酿的果子酒，我那个朋友酿的最好喝。不过这家店的也很不错了。”

唐清辰不甚在意，“哦”了一声，说：“对今晚这顿火锅还算满意？”

容茵睨了他一眼，也不知道是一顿热意腾腾的火锅拉近了两人的关系，还是酒劲上头，她的神情看起来比平日多了两分慵懒：“反正比那天在君渡吃得舒坦多了。”唐清辰不自觉地蹙眉，容茵笑着继续说，“吃喝管够，不用付账，还没考题等着我，自然吃得爽了。”

唐清辰不由得笑：“看来上次是我招待不周。那次……”他神情略有不豫，“有点儿突发状况，没来得及跟你道别，转过身你已经不见人影了。”

容茵觑着他神情：“唐总今天也有突发状况？”

她还记得那天唐清辰接到电话时的神情，和此刻近乎一样。这话脱口而出，就见唐清辰目光如炬，朝她看来。

容茵自觉失言，连忙用酒杯抵住唇，眼珠转向另一边。

唐清辰却直盯着她：“是，今天和那天是同一桩事，不是什么大事，但让我很不痛快。”

容茵可没打算和唐清辰做什么深入交流，可话说到这份上，她如果继续装傻，也显得做人太不诚恳。她沉吟片刻，说：“能让你心里不痛快的，大约不是工作上的事。如果是家里的事，许多时候很难说清谁对谁错，往往到最后就成了一笔糊涂账。”

唐清辰换了话题：“说起来我朋友这家店，不仅火锅做得好吃，还有一招鲜。”

唐清辰喊服务员进来，低语几句，那男服务生点点头，飞快地朝容茵瞥了一眼，目光里透着谨慎的好奇，转身出了房间。

不多时，有服务生进来，撤掉桌上杯盘碗碟，另换了一壶清茶上桌。成套的甜白瓷碗碟次第端上来，容茵目不转睛地看着，发现这回上桌的是各式各样的糕点。

她不禁乐了：“这还叫一招鲜？”粗略看去，桌上摆着的没有十样也有八样，这位甜点师懂得可不是一点半点啊。

唐清辰伸了伸手，示意她先尝尝。

容茵端起离自己最近的一盅，半凝固的乳白色颤巍巍，看着如同奶豆腐一般，上面点缀着一小撮金黄的桂花。容茵舀起一勺送入口中，意料之中的桂花香瞬间充满整个口腔，杏仁和淡淡的米香味儿意外柔和，口感不比奶豆腐细腻，微透着凉意，细小的颗粒感咬在唇齿之间，别有一种满足感。容茵尝了一口，忍不住又接连吃了两口，才停下来。

唐清辰笑着问："怎么样，他家的这道'揉破黄金'还有点儿意思吧？"

容茵点点头，神情若有所思："很好吃。"

唐清辰也尝了一口，又说："这道甜品就是他们家的一招鲜，好几年了，老客来了必点。"

容茵又端起另一盏，浅绿色的磨砂玻璃盏，捧在手里翠意盈盈的，里面的液体却是淡淡的胭脂红，当中还放了两颗去核樱桃，光看着就让人食指大动。

唐清辰说："这叫'浅碧轻红'，是最近才推出的。听介绍说，搭配刚才那道杏仁桂花豆腐吃最好。"

容茵看他神情似乎别有深意，问："浅碧轻红也和桂花有关？"

"'何须浅碧深红色，自是花中第一流。'这句诗写的是桂花。'揉破黄金万点轻'，写的也是桂花，而且这两首诗全是出自宋代女词人李清照之手。"

容茵这才懂了，一个是浅碧轻红，一个是揉破黄金，这个 CP 还挺别致的。她以手支颐，歪着头看唐清辰："想不到唐总对唐诗宋词也这么有研究。"

唐清辰一脸正色："对我了解越多，越会发现我这人优点多得很。"

容茵"扑哧"一下乐了。她端起玻璃盏尝了一口，胭脂红色的液体酸甜微涩，令人味蕾一振，嚼着去核的新鲜樱桃，多了一点甜味。容茵仔细辨别，一边说："樱桃、香蕉、百香果，好像还放了一点酒……口感平衡做得真好。"

容茵又去看桌上另外几碟点心，这下她看出了一些名堂。除了刚才这两盅甜品，其他糕点无一例外都是传统中式糕点，但又有别出心裁的巧思。比如说有一盘里盛着的四只点心，一看就是用同样的方法做出来的，但又颜色形状各异，依次是桃花酥、荷花酥、菊花酥和梅花酥。酥饼色泽艳丽，酥层清晰，形态非常拟真，馅料也是依照外形的样子来搭配的。

一般的店铺做这种点心，都是一样一碟，这家的糕点师倒是别有心思，一盘点心将一年四季的鲜花囊括其中，好看、好吃，又别致，光是这么看在眼里，都让人满心喜欢。容茵拿起一只尝了尝，发现味道也无可挑剔。

唐清辰见她的神色渐渐严肃起来，在一旁说："你如果对中式糕点的制作感兴趣的话，待会儿我可以帮你引荐一下这边的糕点师傅。"

其实刚才的火锅，容茵已经吃得很饱，但看到这一桌点心之后，她一边研究，一边品尝，每一盘的点心她都仔细吃进肚子里，一边在心里默记着发现和心得。听到唐清辰这样说，她先是眼前一亮，随即又摇了摇头："我今晚还是得早点回去，明天开始就要正式工作了，我得多做点准备。"过了片刻，她又捉住唐清辰手臂问，"这家餐厅，我以后还可以来吗？"

唐清辰心中暗想，鱼儿终于上钩了，脸上却一副云淡风轻的样子："当然了，想什么时候来都可以。"

容茵想起刚才进出房间的那些服务生态度谦恭的样子，看向唐清辰的目光有一丝迟疑："进出这里……是不是需要什么 VIP 卡？"

唐清辰嘴巴上说这家餐馆是"朋友"开的，可看那些人的样子，唐清辰恐怕得是这家餐馆的"VVIP"，她刚才那个要求是不是提得有点唐突了？唐清辰一笑："就一家普通的火锅店，哪儿用得着这个？"

容茵摇了摇头："但这家餐馆的甜品师傅可不一般。"

唐清辰挑眉看她，似乎不信的样子："比你厉害？"

容茵沉吟片刻，说："做中式甜品，比我厉害。"她边思索边说，"而且他有一些想法和创意，不是说多稀奇，而是许多甜品师平时忽略或者不敢想的。"

唐清辰说："难得见你对一个人评价这么高。"

"比我牛的人大有人在。"容茵也有些感慨，"就像这家火锅店一样，平城果然是卧虎藏龙呐！"

两人赶回酒店，已经是晚上十点钟。唐清辰送她到房间门口，这家酒店内部的房型布置他熟稔在心，不用进去就知道林隽给她安排的房型是什么样的。

容茵见他的目光从门牌号上一扫而过，神情有一丝腼腆：“林隽说大家都是这个房型，今天下午开会的时候我见那些师傅和专家都比我资历老，跟他们一样的待遇，有点儿受之有愧的感觉。”

唐清辰说：“实在受之有愧，要不给你换个房间？”

容茵神情有一丝呆滞：“啊？换去哪儿？”

“我隔壁。”

容茵见他神色轻松，分辨不出他这句话是认真还是开玩笑，正要说话，就听唐清辰握在手里的手机又响了起来。见他看手机屏幕上眉心微凝，猜想是正事，便指了指门轻声说：“那我先回房间了。你忙。”

唐清辰觉得晚上气氛不错，本来打算着和容茵一起进房间继续待一会儿，可看到屏幕上显示的名字，心里那点开怀兴致顿时烟消云散。他朝容茵点点头，示意她先进去，看着门从里面合上，这才转身接通电话。

距离君渡酒店不远的一间高级公寓里。

“你才到唐氏，就赶上电影节这个项目，这可是一个好机会。”殷母递过一颗剥好的荔枝，“快来吃点水果。看你第一天才去就这么忙，怎么样，甜品部的那些员工好不好相处？”

殷若芙接过荔枝，迟迟没有放进口中。

“怎么了？”殷母端详着女儿的神色，“遇上什么事情了？跟妈妈说说。”

殷若芙抬起头，迟疑地问：“妈，你是不是……早就知道表姐也来君渡工作了？”

殷母眉心一皱：“你说什么？”

殷若芙心里微微松了一口气：“妈妈也不知道啊。”

“你把话说清楚，什么叫‘也’来工作？”殷母掐住女儿的胳膊，神情透出一丝冷厉，“她在哪个部门工作？什么职位？她来君渡工作多久了？”

殷若芙往沙发里面缩了缩，一边拉扯着殷母的手：“妈，你这么激动干吗？我今天才第一天上班，哪儿知道那么多啊……”

殷母松开手臂，旋身到一旁的单人沙发坐下，端起茶杯，又放下：“我听说今天下午你们开完会就没事情了，你怎么这么晚才回来？”

殷若芙不满地嘟了嘟嘴：“妈，你能不能别管那么细？我也不是小孩子了，我现在都工作了，好多事情我有我自己的考量。”

殷母绷紧了唇角：“咱们家的情况和别家不一样。囡囡，你应该知道，妈妈费尽心思安排你进唐氏工作，也不是让你像普通员工一样每天朝九晚五的，你有你的使命。”

“妈——”殷若芙拖长音喊了一声，母女俩对视片刻，最终还是她败下阵来，“开完会是可以自由安排，可我要尽快熟悉环境吧。我得打通各层的关系，那个柯总，还有君渡常驻的几位甜品师，还有我们组的组员和组长，和这些人打交道都需要时间啊。”说到这儿，她埋怨地瞅着母亲，“这些事情您过去也没少教我，我心里都有数，您就别问那么多了。”

殷母听她这么说，神情多少松弛了一些：“你能想得这么周全，很好。”她眼珠凝在殷若芙的脸庞，“柯总说会将你安排进C组，一切都稳妥吧？”

“稳妥，稳妥。”殷若芙捻着一绺发丝，将乌黑的发缠绕在指尖，嘟着嘴说，“我今天倒是打听到不少消息，不过有关表姐，没什么人知道她是受谁邀请来的。我听她在会议上自我介绍，说之前在F国待了几年，最近才回国。就是这样了。”

殷母说：“这么说来，她并不是君渡的常驻甜品师了。”

“肯定不是呀。”想起下午的情形，殷若芙唇角绽出一丝笑，“对了，柯总好像还挺讨厌她的呢。今天在会上，就有人质疑她的专业资质。其他人做自我介绍的时候，都没有这样。”

殷母笑了声：“这就对了。”

殷若芙忍不住问：“妈，表姐当时出国，为什么都不跟咱们讲一声啊？”

殷母眉毛一挑：“你问我，我问谁去？她的眼里从来就没有家里这些长辈。”

殷若芙小声说：“好像连外婆都事先不知道的……”

殷母说：“好了，一个外姓人，你管她那么多做什么？”提起容茵的名字，殷母的眉头就没舒展过，“她从小就跟我不亲，跟你外婆也不亲近。这孩子心思重，虽然跟你是表姐妹，但你们两个从小就没怎么在一起玩儿过，说起来还不如你和你那些同学相处得好。”

殷若芙想辩解什么，话到嘴边，看到殷母眉眼间的厌恶，又咽了回去。

每次提起容茵家里的事都是这样，无论是母亲还是外婆，大家会被闹得很不开心，久而久之，仿佛连这个名字都成了殷家上下的禁忌。在殷若芙的印象里，自从这位表姐径自出了国，身边好像就再也没有提起她的声音了。

“若芙，虽然你们是表姐妹的关系，可实际上她跟咱们家里人也不亲近，平时见了她，你也用不着多说什么，点头之交就行了。”

殷若芙难以置信：“当作不认识？”

殷母白了她一眼：“你们俩有很多话要说吗？”

“没有……”殷若芙撇嘴，片刻之后她点点头，“我知道了，平时没事情的话，我不会主动找她说话。”

殷母递给她一串葡萄：“赶紧吃点水果，吃完去洗个澡，早点休息养足精神。那个林秘书给咱们挑的这个房子，虽然离君渡酒店不远，但大都市每天早高峰都堵车堵得厉害，明天还是要早起的。”

“知道啦。”

Chapter 09

天涯客 • 品鉴会

要做的事情总找得出时间和机会，不要做的事情总找得出借口。

——张爱玲

第二天的日程安排从早八点开始。早晨七点半，容茵准时出现在员工餐厅。早餐是自助式，中西兼具，种类丰富。容茵向来乐得尝个新鲜，取了一碗皮蛋瘦肉粥并几碟甜咸各异的小菜，又从广式早茶那一排取了几只小笼，回到自己的位子上吃得香甜。

笼屉里有虾饺、烧卖和花生流沙包，每一份里面只放了小小的两只，口味做得地道，分量也不大。容茵就着粥和小菜吃完桌上这些，仍觉得不够饱，环顾四周，很快寻到了果汁和司康饼，便起身去拿。回来时，发现自己位子对桌坐了一个女孩。柔顺的长发及肩，发间别了一枚熟悉的珍珠发卡。

容茵觉得嗓子干涩，站在那正犹豫着要不要过去，就听到一个熟悉的嗓音："茵，怎么站在这儿不动？"

帕维尔来得不算早，手里端着一份三明治和一杯黑咖啡，眼神里透出几分玩味。

他这么一出声，不远处的殷若芙也转过头。她看见容茵手里拿的东西，再一看自己桌对面，顿时明白是怎么一回事。

餐厅里的人渐渐多了起来，空位也少。帕维尔自来熟地在殷若芙旁边坐下，朝她笑得灿烂：“你好，我记得你是殷小姐。叫我帕维尔就行啦。”

殷若芙朝他甜甜一笑：“帕维尔你好。我也有英文名字，叫Fiona。”

“好的，Fiona。”帕维尔瞟一眼坐回原位的容茵，又笑眯眯地看向殷若芙，“你们两个认识啊？老相识？”

容茵目光落在殷若芙的脸上，殷若芙摇一摇头，想说“不认识”，可话到嘴边，怎么都说不出口。殷筱云的严词叮嘱犹在耳边，可要当着对方的面谎称不认识，这感觉实在太别扭了。

容茵瞅了帕维尔一眼，说：“帕维尔见到漂亮的女孩子，总喜欢刨根问底。”

殷若芙点了点头，喝一口杯中的果汁，偷偷抬起眼看了容茵一眼。

她拿的是苹果汁，从小她就觉得，橙汁太酸牙齿，桃汁又太甜腻。她记得年纪比较小的时候，经常和容茵在一起玩儿，自己曾经说最喜欢苹果汁甜中带酸，喝了感觉润润的，很舒服。这一抬头才发现，容茵手里拿的也是苹果汁。

两个人的目光触在一处，记忆中的短暂画面和容茵脸上的浅笑融在一起，殷若芙不自觉也露出一个笑容。

帕维尔的目光在两个女孩子之间来回逡巡，说：“你们两个都喜欢喝苹果汁啊。”

容茵将盛着司康饼的碟子往中间推了推：“我多拿了两块。”

旁边的碟子是黄油和几种口味的果酱。殷若芙迟疑片刻，拿起一块，她见容茵涂的是黄油和蓝莓酱，也跟着抹了一样的口味。

容茵见状，微微一笑，并不多话。

帕维尔也拿起一块，边吃边嘟囔道：“口味也这么像啊。”

后半顿早餐在略显诡异的氛围里用完。

C组的工作间在A组隔壁。帕维尔走在两个女孩子中间，因为有这么一个活宝在，倒不会显得沉默。到门口时，帕维尔突然略低下头，朝容茵耳语了句：“听说那个怪老头儿是你们的 Leader，祝你好运啊茵！”

容茵抬起头，这家伙已经朝自己的房间去了。不远处，柯蔓栀着一身经典的黑白套装昂头挺胸地走来。容茵和她的目光在半空中对上，对方投来的视线里透着明显的敌意。

容茵略一回想，便知道是帕维尔这家伙惹的祸。她不敢多作停留，直接推门进了屋。

不多时，大家都到齐了。容茵和殷若芙毗邻站立，但因为有了那顿早餐，两人间似乎没有初见时那么僵硬了。

最后进房间的是一个头发斑白的老者，看起来约莫是知天命的年纪，没留胡子的四方面孔透着刚毅，一双眼似古井无波，扫过整个房间，最后在容茵所在的方向略停顿了片刻，开口说：“在座各位都有所擅长，每人限做三种，开始吧。”

有人提出疑问：“如果大家做的甜品有重复的怎么办？”

很快，这位在众人的目光中发现自己问了一个傻问题。眼下为了最大限度地刺激大家伙儿的积极性和创造力，把活动期间的 Dessert List 确定下来，那自然要挑选最优最好的，有重复的更简单，挑选口味更好的那位上阵就是了。

因为头一天在柯蔓栀的带领下熟悉过环境，殷若芙挑选材料的动作是所有人中最快的。老者的目光在她身上停留片刻，随即又看向下一个人。

容茵目光扫过整个房间，C 组的人并不多，不算老者，一共五人。她的记忆力还算不错，依稀记得昨天自我介绍时，这五个人里面，除了殷若芙之外，有两个人擅做中式糕点，她另外一个擅做西式糕点。有意思的是，五个人都很年轻。

容茵收回目光，看向自己的双手。回到平城后，无论是受邀为君渡酒店的贵宾筹备婚礼糕点，还是在自己的那家甜品店，她所做的都是自己过去五年间在F国所学。可没有人知道，她其实也会做中式糕点。她看向已经在流理台开始忙碌的殷若芙，甚至，连自己这位表妹也不知道。

其他几个人陆续开动，唯独容茵仍站在原地。

头发斑白的老头儿这时说了句："忘了自我介绍，我姓汪。"

仿佛是自动自发地，另外几个人都开始自报名字。轮到容茵报完自己的名字，汪老头扫了她一眼，说："一个小时后，我来检验各位的成果。"

出了房间，柯蔓栀连忙迎上来："汪老……"

汪老头朝她点点头："柯总有什么指示？"

柯蔓栀语带笑意："我哪有这个资格指示您啊？！"她做了一个"请"的手势，"早就听林秘说了，C组这边的事情都不用我管。A组和B组这边要么是我们的员工，要么是从前有过合作的糕点师傅，沟通起来很方便的……"

柯蔓栀说完，偷眼觑着汪老头的侧脸，见他半点没有要接话的意思，心里多少有些懊恼。

没走几步，汪老头突然说："年纪大了，忘记嘱咐一件事。"也不管柯蔓栀是什么表情，汪老头健步如飞，转身就往回走，一边还飞快地朝后摆了摆手，示意柯蔓栀先走。

明知道汪老头这是托词，可人家的年纪和资历摆在那儿，柯蔓栀也无可奈何。她唇角微微向下撇了一下，目光从汪老头的背影收回，转身向电梯方向走去。

工作间里，哪怕没有汪老头在，五个年轻人也没有任何交谈。倒不是他们不想八卦，只是只有一个小时的时间，要做三样自己最擅长的甜品，从思考、遴选到制作、摆盘，工作量实在不算小。

容茵已经选好了材料，在自己的工位面前站定，准备动手。

汪老头进房间的脚步很轻，他在房门口的位置静静地站了一会儿，又出去了。不一会儿，老头儿拿着一杯颜色深浓的热茶折了回来。细长玻璃杯，带杯盖和拎手的便携样式，乍一看和每天清早到公园锻炼的老头老太拿的那种一个样。殷若芙抬头瞟了一眼，暗暗咋舌，这老头看着不起眼，衣着穿戴都很寻常，可拿的便携玻璃杯竟然是最近流行的某个R国的网红牌子。

容茵的工位在最靠里面的位置。她本来动手就晚，压根顾不上关注周遭的动静，突然听到有人说话时，险些吓得跳起来。

“这个是什么？”汪老头不知道什么时候已经站到她身边，一开口，见小姑娘肩膀猛地一耸，不禁有点儿想乐，却还是那副扑克脸，“这是你自创的？”

容茵点点头，这已经是她做的最后一道甜品了。她看一眼腕表，还有三分钟，她低头完善摆盘的最后一点细节，然后才开口：“这个我取名叫‘Snow Yard’，中文名字叫‘雪园’。”

“你说英文也可以，我听得懂。”

容茵有点儿不好意思，转过头看向汪老头：“我第一次做这个甜品时是在国外，所以取的是个英文名字，但最初有这个构想的时候，是受中文诗词里的意境启发。”

汪老头点点头。他从上衣口袋里掏出怀表，看一眼时间，然后说：“时间到了，就从……容茵这儿开始吧。”

汪老头显然对容茵做的Snow Yard兴趣最大，见众人都围过来，他也不多说，拿起甜品叉在小房子的窗棂上轻轻一敲，只见乳白的液体瞬间溢出，那黑白分明的小房子瞬间倒塌，随之显出的是一朵鲜红的梅花。汪老头叉起那朵红梅沾了一点周遭的乳白，送入口中，细细咀嚼之后说：“构思倒是不错。不过这红梅徒具其表，山楂味儿的梅花，未免有点让人失望。”

旁边一个年轻的女孩子直接笑出了声。

汪老头瞧了她一眼，又看向容茵面前另外两道甜品。一道是经典的法式甜点可露丽，一道是传统的中式甜品杏仁豆腐。汪老头先尝了一口可露丽：“经典口味，没有做任何改变。”

容茵的思绪还停留在他对 Snow Yard 的点评里，突然听到他这么说，下意识地点点头：“是的。”

“不错。”听到汪老头这句点评，离得最近的一个戴眼镜的男生也拿起甜品叉，切下一块送入口中。

眼镜男生咽下口中的食物，神色复杂地看了容茵一眼，什么也没说，直接将叉子递给同伴。

在场几个年轻人仿佛有了默契一般，接下来汪老头品尝和点评的每一道甜品，大家都一人一口尝过味道。

最后，每个人都有至少两道甜品入选，唯独容茵，只入选了一道经典可露丽。

汪老头宣布完结果，又下达了新指令：“一个下午的时间，做出一道独创性的甜品，原创标准参照刚才容茵那道 Snow Yard。晚上七点半，我们正式开始评选。”

之前听汪老头点评容茵甜品时偷笑的那个女孩子此时举起了手，她昂着头：“汪老师，对于这次的分组和安排，我个人有点儿疑问，希望您能帮我解答。”女孩子一张口就是平城本地人的口音，说话也带着北方姑娘的冲劲儿。

汪老头看向她：“你有什么疑问？”

“我们都是受邀前来为这次电影节筹备甜品的。虽然我们几个是所有甜品师里面比较年轻的，但不代表我们资历浅、不专业。A 组和 B 组分别是做西式甜品和中式糕点的，我不明白分个 C 组出来做什么。我更不明白为什么我们做出来的甜品还要受你的指点。你的意见就一定专业吗？你一票否决，我的甜品就直接不用上场了，我觉得这不公平。”

女孩的质疑仿佛说出了在场几个年轻人的心声。

眼看着所有人的目光都汇集到了汪老头身上，老头儿既不生气也不慌，他指一指门口，说：“这个简单。如果你们觉得跟着我没意思，可以去跟柯总申请调到另外两个组。”

那女孩子眼睛瞪得圆滚滚的，看了汪老头一会儿，马尾辫一甩，竟然真的扭身出了房间。

另外一个年轻男孩子本来有点儿迟疑，眼见女孩子出了门，汪老头也没说什么，朝老头儿微微颔首，也转身出去了。

C组一时间只剩下三个人。容茵，殷若芙和那个看起来三十出头的眼镜男生。

汪老头看一眼怀表上的时间，说：“你们自由安排时间吧。晚上七点半在这儿聚齐。”

殷若芙眼睛亮闪闪的，跟在汪老头身后，一路追到走廊，声音清脆说：“汪老师，我有一个问题想跟您请教。”

汪老头走得不算快，听到殷若芙这样问，干脆拧开杯盖喝了口茶：“你说。”

“您刚才说我做的玫瑰小方糕有点儿干，我自己尝了，觉得你说得很对呢。”她捋一下发丝，笑得腼腆，“不知道汪老师有没有什么窍门，能让小方糕保持原有特色的同时，润而不干，甜而不腻？”

汪老头拧好盖了，瞧了她一眼：“什么都要别人来教，这糕点师当得还有什么意思？”

说完，老头把杯子往胳膊底下一夹，加快脚步头也不回地走了。饶是殷若芙这样向来说话软糯、彬彬有礼的女孩子，也被气得不轻。

她走回工作间，之前她走得匆忙，没将房门带上，刚好留了条缝。她正要推门进去，就听到男生说：“哎，你知不知道，这汪老师是什么来头？”

殷若芙心间一紧，手不由得攥紧了门把手。

接着传来容茵的声音："我刚回国没多久，不大清楚。"

眼镜男生的声音里透着得意："国内甜品师里面，他就是这个啊！"就着门缝，殷若芙看到他朝容茵比了个大拇指，"老头儿早些年在欧洲待了好些年，年轻时蝉联过国际比赛冠军，连女王和首相都对他的手艺赞不绝口呢！"

容茵的声音慢半拍地响起："他是那个 Albert？"

"对啊，他英文名叫 Albert，本名叫汪柏冬。刚才走那两个傻子要是知道他是谁，还不得哭着喊着想回咱们 C 组？看来这回唐氏是真打算下血本啊！"大概是看容茵木讷讷的，房间里也没别人，男生打开了话匣子，"你知道为什么会有这个 C 组吗？A 组、B 组那些甜品师，要么本来就是君渡的员工，要么是临时搬来的救兵，平时跟君渡的关系也不会差到哪儿去。但留在 C 组的人，有汪柏冬亲自调教，是打算留着和这间君渡酒店直接签约？明年代表唐氏去参加国内首届甜品师大赛的！"

容茵此前已听林隽说过唐清辰对此次电影节的重视，可听到这男生的一番解释，才如醍醐灌顶一般恍然。此次林隽在唐清辰的授意下诚邀各路精英，一方面是为唐氏在国际酒店行业打响名声，从而在以后与国内同行竞争类似活动时大大加分；另一方面则是要借此良机招兵买马，将一批极具潜力的年轻人挖掘到自己麾下，从根本上壮大唐氏。如果说此时的唐氏承办活动还需主动伸出橄榄枝，邀请各路人马加盟，那么日后的唐氏，哪怕特殊情况需要外聘人才，这谁求谁的立场恐怕也要调个个儿了。

眼镜男生侃侃而谈，仿佛突然想到了什么，问："哎，你是叫容茵吧，我叫杜鹤，仙鹤的鹤。"

容茵点点头："我记得你的名字。"之前大家做自我介绍时，容茵就对他这名字印象很深刻。

杜鹤说："刚追出去那女孩叫什么来着？我记得她姓殷，是苏州那个殷家吧？”

容茵说：“殷若芙。”

杜鹤摇了摇头笑：“看来殷家是真不行了。她那个玫瑰小方糕，口味和二十年前我在苏州吃到的可差远了。只有一个俏模样，魂儿早不知道跑哪儿去了。”

杜鹤一口京腔，说话又快又犀利，典型的嘴贫，让人听了想不笑都难。

杜鹤见她笑，又说：“不过你做的那个 Snow Yard，我觉得有点可惜了。古典庭院，有雪有梅花，意境好，味道也好，不过那朵红梅的味道，除了汪老，我们其他人可都没尝到是什么味儿。我觉得他就这么把你这道甜品给否了，有点儿……”他摇晃着脑袋咂摸着嘴，说，“当时我一尝，这味道他都没看上，还以为我做的东西也悬了，没想到我运气不赖，第一关总算过了。”

容茵说：“你做的京式糕点很地道，枣泥酥、豌豆黄和门钉肉饼都很好吃。汪老师要求严格，又力求公允，所以才只让你通过了两道。”

杜鹤乐了：“现在好多女孩子都不吃门钉肉饼，嫌腻歪。我看你当时一整个都吃了，你真觉得我做得好吃？说起来你是哪儿的人啊？听你口音听不出来。”

容茵说：“我爸爸是平城人。我在南方长大，从国外回来，就选在平城定居了。”

杜鹤问：“你真喜欢吃门钉肉饼？”

容茵抬起眼看他：“挺好吃的，而且也不腻。”

杜鹤拊掌大乐：“那好，以后我做了好吃的，都请你吃！还有，我看日程安排，后天下午咱们能有半天假，我请你回去吃我师父做的京派点心，怎么样？”

容茵没想到在后厨还能收到邀请，不由得惊喜一笑：“那我就厚着脸皮跟着杜师兄去蹭一顿好吃的了！”

容茵本来就长得面嫩，五官也偏甜美，杜鹤见她粲然一笑，颇有惊艳之感，有点儿不好意思地摸了摸鼻子，却忘记自己刚刚顺手摸完白案上的面粉，给自己鼻梁来了一抹白：“小姑娘嘴巴真甜。得啦，就冲你这声师兄，接下来这段日子有我罩着你！”

门外，殷若芙的目光在容茵唇边笑靥停留半晌，最终缓缓松开门把手。她正准备放轻脚步转身离去，突然听到房间里杜鹤又开了口：“容茵，下午的自创糕点你打算做什么？”

容茵蹙眉：“还没想好。”

杜鹤道：“要不你接着做你那道 Snow Yard 得了。汪老头儿只是说红梅做成山楂味儿不妥，又没否认你整道甜品，而且他刚才布置作业时不是还拿你这道甜品举例子来着？”

容茵面上显出几分为难：“其实这个问题我早就想过，可是红梅的气息本来就难以模拟，哪怕真能做出红梅的清香气，喜欢吃甜品的人吃到嘴巴里不会觉得奇怪吗？说不定弄巧成拙……”

杜鹤摸了摸下巴，思索状。他这么一摸，下巴上也添了几道白。容茵忍住笑意，从旁边架子上拿了一块干净方巾递给他，一边指了指自己鼻子和下巴的地方：“面粉。”

工作间就有镜子，杜鹤接过方巾走到镜前一照，自己先哈哈大笑起来。

容茵：“……”她之前见杜鹤在那两个人走后才道出汪柏冬的身份，本来觉得这人城府颇深，现在她却觉得自己似乎判断有误。这位笑点这么低，就算有城府，也不是心机深沉的人。

杜师兄笑完，拧开水龙头，一边擦一边说：“容茵，我刚想了一下，你应该是误解汪老头儿的意思了。”

容茵抬起头，就见杜师兄转过脸，朝她笑得一脸得意：“我说的这个点子要是帮到你，你可得给我做几样你的拿手菜回馈！”

容茵忙说："这个好说。"

杜鹤说："汪老的原话是'山楂味的红梅，未免有点让人失望'。这并不是说你一定要把红梅做成红梅的味道，他的本意应该是让你把红梅的味道和香气调整到更符合 Snow Yard 整体的意境吧！"

容茵听得眼前一亮，随即转身去储物间翻找材料，一边说："杜帅兄，你可能真的帮我大忙了！如果今晚任务完成得早，我给你做两道地道的法式甜品！"

杜鹤笑呵呵地答应："好啊！"他放下方巾，目光却陡然一转，看向门的方向。

门开着手掌宽的缝，从杜鹤的角度应该是看不到人的，可门外的殷若芙却吓了一跳。她第一次做这样偷偷摸摸的事，杜鹤一个眼神扫过来，心脏瞬间跳到嗓子眼，拊住胸口下意识地向外侧身。她担心杜鹤就此追过来查看，不敢再多犹豫，蹑手蹑脚地小跑离开了走廊。

房间里，杜鹤唇角泄出一个并不明显的笑弧，转身看向容茵背影："容茵，加油。"

容茵还没找到自己急需的那味材料，听到杜鹤这样说，她停下动作转过头朝他一笑："你也是，杜师兄。"

汪柏冬给的时间还算充裕。有人如容茵在工作间忙得满头细汗；有人如杜鹤回到自己房间，边喝咖啡边在纸上不慌不忙地勾画灵感；也有人如殷若芙，一门心思跑回家寻求帮助。

殷母对于她中途跑回来倒是颇有微词，敦促她去卫生间洗去一脸油光，埋怨道："有什么事非要这个时间跑回家一趟？平城空气可不比苏城好，你这一来一回，皮肤不知要晒黑多少。"

殷若芙用毛巾擦干脸上水渍，深吸一口气，说："妈，你知道杜鹤这个人吗？"

“谁？”殷母蹙着细眉，琢磨片刻摇摇头，“没什么印象。这个人怎么了？”

殷若芙嘟着唇，一想起此人在工作间和容茵有说有笑，却吐槽自己玫瑰小方糕做得“没有灵魂”，顿时脸颊浮起又羞又恼的酡红：“不知道哪里来的，戴个金丝眼镜，人长得倒是不难看，但嘴巴刻薄得要死，还知道不少内幕。”

殷母将全部注意力放在最后一句，觉得这才是重点：“他知道什么内幕？”

殷若芙自小娇生惯养，最爱惜自己一身白皮肤，一边往脸上敷涂抹式面膜，一边将杜鹤所说的话复述了一遍，末了瞪着镜子里一脸灰色泥浆的自己，忍了又忍，还是没忍住将憋了许久的那句话问出口：“妈，我做的玫瑰小方糕，你觉得怎么样？”

“囡囡，你先等一等，妈妈去接个电话。”殷若芙看到殷母拨号码的动作，知道她这不是要接电话，而是给什么人打电话，刚想喊住母亲就之前的事问个究竟，可转念一想，殷母在这个节骨眼上打电话，肯定也是为了自己的事。她拧开水龙头，洗去指尖的黏稠，一边将已经涌到嗓子眼儿的那口气慢慢咽了回去。有母亲在，她就有最大的依靠，小方糕味道做得不好，她可以改；原创甜品拿不定主意，她可以问。遇上任何难题阻碍，她都有一个无条件支持她爱护她的长辈为她护航，和容茵相比，她实在拥有太多胜算。

不知怎么的，她又想起汪柏冬对那道 Snow Yard 的评价，饶是脸上敷着厚厚一层面膜，她也没忍住，“扑哧”一声，对着镜子笑了出来。

另一边，君渡酒店总部大楼，容茵房间对门，被一群人念叨了一下午的汪柏冬捏了捏耳垂儿，说：“下完这盘，不下了。”

他的面前，黑子白子参差落了半张棋盘。

棋盘对面，执白子那人眉峰一挑，未语先笑。

汪柏冬一看他那神情，有点儿不自在地咳了一声，端起一旁的茶灌了一口，咕哝了一声：“这茶太浓，你这么年纪轻轻的，就喝这么浓的茶。”

一旁林隽已经站了半刻钟，听到这话也出声：“就是就是，您也劝劝我们唐总。平时我们别人谁说的话，他都听不进。”

汪柏冬朝他挤了挤眉毛：“那我说的就听了？”

林隽一脸诚恳：“那是自然了。您看我们唐总，一有空就嚷嚷着要跟您下棋讨教几招呢！”

提到棋，汪柏冬脸色闪过一丝不自然。林隽看不懂棋，又向来嘴巴甜得如同抹蜜，汪柏冬也不怪他乱说。可面前这小子，他手里那颗白子落或不落，这一局棋胜负已定。他又何必在那正襟危坐端个谦逊样子！

想到这儿，汪柏冬哼了一声，越发气不打一处来。

唐清辰眉眼含笑，在汪柏冬看似不在意实则非常在意的目光里，将那颗无辜的白子高高举起，轻轻抛掷在了手旁的棋篓里。

汪柏冬见状，闷头喝了一口茶，暗地里徐徐吐出一口气。

唐清辰扫一眼林隽，开口：“这局是我输了。”

汪老头这口气总算顺了。老头儿抚抚自己胸口，抬眼瞅了瞅唐清辰的面色，哼了一声。

林隽在旁边敲边鼓：“汪老，我听说您这组只剩下三个人了？其他组倒是还有人想调过来呢，您看……”

汪老头一哂：“三个人还不够你们唐总挑的？”

林隽露齿一笑，格外乖巧：“在咱们唐氏这儿，有本事的人自然是越多越好。”

汪老头沉吟片刻，说：“也不用调来调去的，做得好自然就凸显出来了。本来分组也就是个形式，这形式太过，也就失了本真。”

唐清辰此时才开口：“舅公说得对。”

汪老头又哼了一声，这时候知道叫舅公了？之前拿着白子把他黑子围追堵截慢慢圈死的时候，怎么一点都不知道留情面呢？

唐清辰一看汪老头那样子，就知道他是生气下棋的事。不过这老头脾气怪，你凭真本事赢了他，他生气；可你若手下留情故意输给他，那更会让他雷霆震怒。家里人都知道汪柏冬这位舅公，可对这位舅公的脾气，再没有第二个人比唐清辰摸得更透彻了。他抬手将茶壶递给林隽，让他找人去换一壶新的，一边说："你也坐。"

没有外人在的时候，唐清辰对林隽并不摆大老板的派头。林隽答应一声，接回泡好的新茶，为两人各换了一杯，也寻了个位子坐下。

汪老头说："唐家年少一辈里，数你小子心眼儿最多。"

唐清辰听了这话也只是一笑，不以为意。在唐清辰这里，但凡没有触碰到原则性问题，长辈说什么，他都听着，也因为这个，无论唐家的各位长辈还是唐氏董事会那里，唐清辰都有着极好的口碑和风评。大家都觉着这孩子年轻有为，不骄不躁，对长辈特别有耐心，对外又有着雷霆手段，这样的继承人，简直是万里挑一。对他，没人会有什么不放心。

汪老头撩起眼皮打量他，又说："有什么事，就说吧。跟舅公还打谜语？"

唐清辰唇边含笑，将林隽为汪老头倒的那杯茶往对方面前挪了挪。

林隽则开口："汪老，听说您尝过他们几个人的手艺了。您觉着，我挑的这几个人怎么样？"

林隽这话一听就是替唐清辰问的，探讨的也是专业问题，对着唐清辰本人，汪老头儿没有什么不可说的："现在就剩三个。"他比出三根手指头，"那个男孩子是京派糕点杜篆大师的关门弟子，也是他的亲侄子。杜篆没儿子，只有一个女儿，但他女儿没继承父亲衣钵，杜鹤可以说是他的得意弟子。"

林隽问："这杜鹤怎么样？"

汪老头端起茶碗，吹皱一碗碧盈盈的春茶，不疾不徐地说："手艺没什么问题，性子需要好好打磨。”说着，他抬眼看了一眼唐清辰，“这小子符合你的要求，但调教完能不能安心留下来，我不做担保。”

唐清辰说：“如果他是个守成的性格，就一定会走，回到杜大师身边去。”

汪老头品了品这话，又品一品手上的茶，而后点了点头：“你这话有点儿意思。”

林隽问：“那另外两个人呢？”

汪老头说：“殷家那个姑娘，有点儿天赋，但是性子太浮，而且大概从小养得娇惯了，吃不得苦。”他皱着眉寻思片刻，“我如果没记错的话，她妈妈应该是叫殷筱云吧。有那么个性格要强的母亲，也够这丫头受的。”

林隽偷瞄一眼唐清辰的脸色，轻声说：“汪老，您还不知道吧？咱们家老爷子，一门心思想让咱们唐总娶这位殷小姐……”

汪老头刚灌了满口茶，乍一听到这个消息险些全喷出去，末了咽进肚里，一边揉着胸脯一边看唐清辰：“我说你最近是不是应该带你爸爸去复查一下，看看到底是心脏不好，还是——”他指了指自己的太阳穴，“这儿不太好？”

林隽想笑，但实在不敢笑，只能强憋着笑意继续替自家老大诉苦：“我们唐总不愿意，老爷子还成天闹。这不，把这位殷小姐安插进咱们君渡酒店工作，就是老爷子的意思。”

汪老头斜眼瞧唐清辰：“这么说，咱们唐总看上殷家丫头了？”

“那哪儿能呢！”林隽接话接得别提多顺溜了，“还不是念着当年殷家的旧情……”

汪老头嗤笑一声：“殷家哪有什么旧情？当年救你的不是殷家，更不是殷筱云，而是人家殷筱晴！”他看着唐清辰，“你小子，要是诚心想报恩，就让人去找找殷筱晴女儿的下落，给人一笔钱，再有诚意点，就看看人家有没有遇上什么难处，帮一手，不留名，更别提以前的事儿。

你要是不想掺和以前的事，就索性撇开这些陈年旧事别管。殷家现在这个烂摊子，行内谁不知道？你想接盘？”

唐清辰一看汪老头的神色就知道这位舅公是真心替自己着想，他点一点头说：“我之前也是这样答复我父亲的。报恩的事……”

汪老头说，“殷家这些事，你理不清楚也正常。”似乎是想到什么不太愉快的回忆，他厌恶地嘴角下撇，“不说这些了。哪天你若真想理一理这里面的事了，再说也不迟。”

“是呢，咱们话题扯远了。”林隽连忙说，“汪老，您刚点评到殷若芙……”

汪老头说：“是啊，殷家这丫头让家里给管傻了，做起事来太呆板，这其实也是寄味斋越来越不成的症结所在。”他的声音低了下去，最后那句话，只成了一句咕哝，除了他自己没人能听清，“可惜了殷筱晴……”

“那容茵呢？”

汪老头闻声瞅了林隽一眼：“我看你对这个女孩倒是很上心。怎么，这个女孩，你看上了？”

林隽一听这话，险些从椅子上摔下去，他不敢看身旁自家老大的神情如何，只一手扶着桌沿，尽量让自己的神情看起来不那么僵硬：“哪儿能呢汪老！”林隽绞尽脑汁，终于找到个不那么虚伪的借口，“我就是吃过她做的东西，很好吃！我觉得她也挺有天赋的！”

汪老头闻言也来了兴趣：“你吃过她做的东西？都吃过什么？”

林隽记性好，对甜品又是实打实的痴恋，说起自己吃过那些东西的名字味道绘声绘色，不能更生动。汪老头仰头看向天花板，听林隽说完，半晌点点头：“这么说来，她做西式甜品确实很有一手。”

当着汪老头的面，林隽不敢去看自家老大的神色。汪老头年纪虽然大了，可那叫一个耳聪目明，最擅长察言观色，他生怕自己一个眼神泄露了老大的秘密，只能眼观鼻鼻观心地回答：“是啊，而且几个月前莫家公子在咱们这儿办婚礼，莫夫人非要吃 Cannoli，说这道甜品里有和莫先生共同的回忆。我找遍全城的西点师，最后还是这个容茵江湖救急，做出来的 Cannoli 和翻糖蛋糕让莫夫人赞不绝口！”

唐氏在某个方面一直想打通和莫家的关系，莫言沣父亲还在位时，对此怎么都不肯松口，等到莫言沣坐上莫氏总裁的位子，才和唐家有了破冰之势。这场婚礼选在唐氏集团旗下的君渡酒店举办，婚礼方方面面又这么令莫夫人满意，个中意义不言而喻。汪老头虽然做了一辈子甜品，对这些为商之道却也相当精通，听到这儿，他不由得瞥了唐清辰一眼，问林隽：“既然她这么好，怎么早没把她挖过来？她之前在哪家酒店任职？”

“就是挖不过来，这才愁呢！”林隽苦恼道，“这位容小姐做的甜品味道一流，后来莫夫人携几位闺蜜来咱们酒店用下午茶，还打听过她呢。她也没在哪儿上班，从国外回来后，就自己在龙潭风景区附近开了一家甜品屋。”

汪老头倒是听出一点儿味道来：“所以这回能请动她，你使出了什么办法？”

话说到这份上，反而避无可避了。汪老头也不是吃素的，提及这位容小姐时，虽然唐清辰从头至尾没有开过口，可听着林隽三句话不离容茵，却没有一点厌烦的情绪，这里面的意味就很值得探究了。

果然，他这么一问，唐清辰开了口：“是我去请她来的。”

汪老头端详着他的表情，戏谑了一句：“你喜欢的是这位容小姐？”

唐清辰未置可否，反问汪老头：“您觉得她怎么样？”

“她？！”汪老头摇头一笑，“如果说其他人我都知道该怎么教，怎么让他们能够更上一层楼，但这位容小姐，我不好教。”

唐清辰说：“都说教学相长，我看容茵生来就是吃这碗饭的，您也一样。你们两位在一块儿，谈什么教不教的，能各有所得不是更好？”

汪老头哈哈一乐："原来在这儿等着我呢！你早就知道这丫头厉害，专门调到我手下，就为这个？"

唐清辰目光清正，神色坦然："绝不是有意安排。极有天赋的人聚在一起，自然会有一种天然的吸引力。"

汪柏冬沉思半晌，说："她是很有天赋，但性情如何，一时半刻看不出来。天赋能令人脱颖而出，可性情决定了一个人能走多远。"说到这儿，他摸出怀表看了一眼，又看向唐清辰，"你要是有时间，跟我走一趟。"

唐清辰等的就是这句话，答应得自然痛快："好。"

汪老头起身，眼角余光瞥到林隽眼巴巴的样子，不禁被他逗乐了："你也来吧。正好三个人，待会儿一块儿品评一下今晚的作品。"

晚上七点半。

三人端着各自的甜品走进会议间，本以为里面只有汪柏冬一个人，没想到汪老头身边还坐着两个。率先进屋的杜鹤认得林隽，却不认得林隽身旁的年轻男人。但杜鹤为人机敏，又善于观察，看林隽对年轻男子的态度便猜出一个大概。他将甜品递给一旁的服务生，回到自己的位置站好。

殷若芙进门，目光先是落在汪柏冬的脸上，随即看到一旁的唐清辰和林隽，忙碌了一下午的小姑娘顿时满脸绯红，一双盈盈妙目黏在唐清辰身上，又不敢多做停留，便有一下没一下地朝他的方向瞟着。林隽看在眼里，见自家老大一副浑然不觉的样子，心里不禁为眼前这小姑娘捏了一把汗。

容茵走在最后，手里端的那份托盘很沉，服务生接过去时没说什么，倒是汪柏冬出声问询："怎么有两只盘子？"

杜鹤偏头看了一眼，见服务生掀开玻璃罩，里面果然摆了两份，开口说："大概是改良了 Snow Yard 的配方，想让汪老再指点一二吧。"

容茵朝杜鹤投去感激的一瞥。

汪老头却没说话，看向容茵的目光意味不明。

林隽说："既然这样，那就先从容小姐开始吧。"

汪老头瞥他一眼，唐清辰和林隽都坐在他的右手边，他这一侧脸，刚好将唐清辰的神情也看个正着。

汪柏冬："……"偏心也不要偏得这么明显吧？

他不由得瞪了容茵一眼，招呼服务生："按顺序来。"

排在第一的自然是杜鹤。服务生掀开罩子，将甜品送到三人面前。

杜鹤说："事先不知道一共有三位评委，所以这道'斗芳菲'只做了一份。"

汪老头抬眸瞅了他一眼，没说话。杜鹤作为京派糕点杜篆的传人，最擅长做的自然是京派点心。眼前这道"斗芳菲"，名字取得巧，工夫上却半点没取巧。只见四方长盘里，从角落里的一枝孤傲红梅，到富丽堂皇极尽妍态的姚黄魏紫，再到碧绿荷叶上一朵莹白芙蕖并一朵粉色花苞，最右下角，则是一朵初绽放的迎春花，其他如桃、桂、马蹄莲等各色花样不一而足，真是好一幅百花争艳图！要知道传统京派点心虽然也做枣泥酥、莲蓉饼等糕点，但多取其味道，形态不过拟作花朵，普通人看来已算很精巧了。可杜鹤的"斗芳菲"，不仅每一样糕点都做得近似真花，且利用盘子四方结构做了缜密的构图，各色花朵并非呆板地排在一起，而是如同丹青画手所绘的百花图一般争娇斗妍，堪称栩栩如生。只不过画手是以纸笔为工具，而杜鹤是以面粉和各色馅料来"作画"，其心思之巧、功夫之深、手艺之高，实在令人刮目相看。

容茵离得较远，眼看着林隽口中发出啧啧的赞叹，她忍不住凑近了些，看到这道甜品也不禁愣在当场。

且不说盘中搭配的色彩、各色花朵的构图，单这一道甜品中用到的各种制法，也足以当作许多甜品师培训学校的经典教材来使用了。她顾不得多想其他，目不转睛地将整道“斗芳菲”从上到下、从左到右仔仔细细地看了一遍，又将杜鹤做这些点心时用到的各样技法默记心中，直到听到一声重咳，才猛地抬起头。

在场几人都在瞧她。容茵四下一看，才发现自己不知不觉间走得太靠前了，几乎挨在了三位评委的桌上。

汪老瞪她一眼：“回到自己的位置上。”

容茵这回却没乖乖听话：“汪老师，我觉得这对于所有甜品师而言，都是一个难得的学习机会。杜师兄的这道‘斗芳菲’用到的许多传统中式面点技法，都是我从前没见过的。您不让我们看，怎么互相交流学习进步？”

容茵平时话不多，看着温软好欺，在场除了林隽和唐清辰，其他人都没真正领教过这位小姐的脾气。汪老头早先在工作间点评她这个那个，也没见她回一句嘴，没想到此刻因为别人的糕点，她却较起了真儿。

见汪老头瞪着自己不说话，容茵不由得将求助的目光看向唐清辰和林隽。

林隽伸手抚额，心说容茵这个脾气，和他们唐总舅公对上，真是俩怪人碰一块儿了。

唐清辰嘴角微微上扬，正要开口，一旁杜鹤抢了话头：“汪老，我觉得容茵说得对。您让我们做原创甜品，只给一个下午时间，大家肯定有想得不周全、做得不妥帖的地方，互相看看对方的作品，提提意见也是好的。”

汪老暗哼一声，心说人家一句“杜师兄”，就把你给收买了。这丫头倒是鬼精，一下午工夫，就跟杜鹤这“地头蛇”搞好了关系。

杜鹤还不知道，在汪老心中自己已经被贴上了“地头蛇”的标签，兀自朝汪柏冬斯文礼貌地笑着。

这时殷若芙也开口了：“汪老师，我也想学习一下杜师兄的作品。”

她笑容甜甜的，“我眼睛近视，离远了看不清。”

汪老头沉吟：“如果唐总不反对的话……”

唐清辰：“不反对。”

汪老头忍住了侧脸瞪自家孩子的冲动，朝那三人招招手：“过来吧。”

一走近，殷若芙就感慨：“杜师兄这道‘斗芳菲’做得真是太漂亮了。”她瞥一眼唐清辰，轻声说，“这莲花层次分明，花瓣润而透，好想尝尝味道……”

汪老头没好气地说：“看够了没？看够了我们就动叉子了。”

三个人里看得最投入的，要数容茵，仿佛恨不得拿出小本本把眼前的所有细节逐一记下。唐清辰见她那个样子，便觉得好笑。他看了一眼林隽：“用相机拍下来。如果味道没有问题的话，这道就直接入选吧。”

有了唐总这句话，不一会儿就有服务生捧着专业摄像仪器走了进来。

这回连杜鹤都忍不住笑了。

他瞟了一眼容茵，见她还在目不转睛地盯着盘子，唇角弧度更高。

汪老头吃得认真，从叉子切开点心的手感，到拿起时粉渣掉落的情况，再到点心入口的味道，盘子里的每一样花朵点心他都仔细品尝。这副认真劲儿，倒把之前一直笑眯眯的杜鹤看得紧张不少。

唐清辰和林隽就吃得简单多了。唐清辰向来不爱甜食，整道甜品他只尝了一块莲花酥，便搁下了甜品叉。相比之下林隽吃得就投入多了，不过和人家汪老相比，人家内行吃的自有门道，他吃的纯粹是个热闹。

放下甜品叉时，林隽看杜鹤的眼神都热切了许多。

容茵看在眼里，心知杜鹤这道甜品不仅外貌夺人眼球，味道也绝对差不到哪儿去。

汪老逐一品尝完，点了点头说：“不错。”

杜鹤深知这位汪先生最是龟毛挑剔，能得一句“不错”的评语，已经是至高评价。他的嘴角忍不住上扬，看向汪老的目光里透着诚恳：“有几个处理不够细腻的地方，还请汪老师不吝赐教。”

汪柏冬听到这话，深深地看他一眼，没多说什么，只是点了点头。

杜鹤知道自己目前的局限所在，却始终不知如何破除瓶颈更上一层楼。此次来唐氏也是因为自家师父说汪柏冬会来，若能得他几句提点，一定受用无穷，他这才巴巴地赶来。如今得了汪柏冬本人的认可，又能聆听他的指点，自然令杜鹤欣喜若狂。

接下来轮到殷若芙的作品。

她看着服务生掀开盖子，有些不安地绞紧了手指。

只见盘中糕点堆成一座宝塔样式，每一样点心不过龙眼大小，圆润小巧，且都是白色冰皮。透过莹润的冰皮，依稀可以看出里面的馅料颜色各有不同。从宝塔尖上的一点金黄，到最底下的深褐色，其中自有黄、白、桃粉、橘红、水红、碧、褐色七色。汪柏冬一眼便看出这里面的名堂，说：“倒是有心了。”

殷若芙听到这句赞赏，不禁笑得欣喜：“这道是我自创的‘凝脂宝塔’，颜色从上至下，代表从太阳、白云、到花朵、绿叶和土壤，如同万物生长。按照顺序从上吃到下，不仅不会腻，还会觉得很香！”

汪柏冬点点头，用甜品叉和勺取下宝塔尖，因为塔尖只有一朵糕点，他便分成三份，自己尝了一点，留另外两瓣给唐清辰和林隽。宝塔第二层便是三朵，余下各层更多，也就好分多了。

杜鹤伸手从宝塔第三层拿了一块桃粉内馅的，投入口中，而后又从最底下取了一块褐色的。见容茵看他，他笑，轻声说：“是草莓和芝麻。”

容茵点了点头，两人交换了一个心照不宣的眼神。

殷若芙这道凝脂宝塔，内馅还算好猜，容茵本以为里面或许另有玄机，只等汪柏冬等人发掘。没想到杜鹤胆子大，直接自己尝了两块。现在看来，倒是没有什么玄机，是她和杜鹤想多了。

两人相视一笑，倒让在座的另一个人看得稍显不安。

美味当前，林隽少了平时的机灵，错过了身旁大Boss眼中一闪而过的冷淡。

汪柏冬拿起一旁的餐巾擦擦嘴角，说：“我觉得还可以。”

林隽吃甜品向来认真，自从听了殷若芙的介绍，便真的一路从塔尖吃到塔底，倒是比唐清辰和汪柏冬更有发言权：“味道确实不错，而且诚如殷小姐所说，从上吃到下，一点不腻。”

汪柏冬也点点头：“绿色的薄荷内馅很好地中和了甜味。”

杜鹤却在此时发言：“这样一盘糕点摆在那儿，宾客不一定从最上面开始吃啊。”见几人都看向他，他耸了耸肩，“像我这样从中间随便拿一块尝的人更多吧。”

汪柏冬其实也想到了这一层，但他没有当场指出来，是另有考量。

唐清辰压根没怎么尝，他不多说，也是有自己的一层考虑。

林隽按顺序一路吃下来，没想到还有这种说法，倒是听得一蒙。

容茵沉思片刻，说：“倒是有一个办法解决。”

众人都看向她，连殷若芙的目光中也透着问询。容茵笑了笑：“也简单，第一将这冰皮果子尺寸缩小，做成弹珠大小；第二，将这宝塔改为三层，调配三种不同口味搭配，三只小宝塔摆在盘中。食客的选择多了，又见这东西分量不大，自然会从最顶端一颗开始吃起。”

杜鹤思考片刻，点了点头：“可行。而且这样在馅料上能做的花样也更多些。”

汪柏冬说：“那就按照这个法子重做一份。这份甜品，我也先写进单子里了。”

殷若芙答应一声，朝容茵投去一个笑容，只是唇角的弧度凝结稍久，只有非常仔细去看，才能观察出她的不自在。

最后轮到容茵的作品上桌。

众人定睛一看，只见面前摆了两只方盘。林隽一眼认出，这份甜品的风格与容茵此前在莫氏夫妇婚礼上座的翻糖蛋糕如出一辙，都是极具古典意境的蛋糕，色泽典雅，浑然天成，细节处理也极尽拟真细腻。一只盘上依稀是“客舍青青柳色新”，另一只盘上则是“孤舟蓑笠翁，独钓寒江雪”。之前婚礼上的糕点，他是有缘见，无缘尝。如今可算有了大快朵颐的机会，林秘书克制地推了推眼镜，喉结微微滑动。

唐清辰抬眸看一眼容茵，又低头看一眼自己面前的甜品，说：“这算是两份甜品，还是一份？”

容茵实在没想到晚上的品鉴会唐清辰本人会来，想到此次甜品的灵感正是来自他，她有点儿不自然地瞥开视线，将目光凝注在自己的作品上，开口解释：“之前我做过一份名为 Snow Yard 的甜品，汪老师说虽然有白雪红梅的意境，但红梅做成山楂味，未免让人失望。但我自己私心里很希望未来酒店的客人可以吃到这份甜品，下午在研究红梅口味的时候……”说到这儿，她顿了顿，看一眼杜鹤，“杜师兄也给了我一点他的意见。我突然有了灵感，便把Snow Yard改良了一下。我暂时还没想好名字，不过这道甜品的灵感来源于一句诗经，‘昔我往矣，杨柳依依；今我来思，雨雪霏霏’。”

唐清辰并不是今天才知道，昔日在 F 国玫瑰街吃到的那道令他惊艳的甜品，其实出自容茵之手。但此情此景，听她本人娓娓道来，心中倒涌起一份别样的情怀，非要用什么来形容的话，应该说是有点儿“千回百转”的悱恻之感。听到容茵的停顿，他抬起眼，看了一眼旁边的杜鹤，原本将将弯起的唇角瞬间冷凝。好在他的这份心思飞转即逝，这番细微至极的表情变化，在场并没有人觉察。

汪老头用勺子敲了敲，只见原本极尽立体的蛋糕瞬间崩开、融化，嫩绿的柳叶融化后竟然变成一支短笛的样子，而旁边成排的褐色屋舍则变成那短笛的一抹穗子。汪柏冬尝了尝味道，抬起头看容茵时，眼睛里透出一点惊讶。唐清辰也拿起勺子剜了一块，送入口中。

杜鹤十分好奇，见三个尝了的人都不说话，唐清辰神情自始至终看不出端倪，林秘书明显想说什么，可一看旁边两位，又把嘴闭上了，乖乖吃蛋糕。

“是巧克力吗？”杜鹤实在好奇，忍不住问出口。

汪老头这回倒是大方，让一旁的服务生拿了几份一次性餐具给他们。

连容茵本人都分到一份餐具。

汪老头说：“你自己应该还没尝过味道吧。”

容茵确实还没尝过，不是她足够自信，而是不够时间。汪老头给出的时间看似宽裕，但若要做一款完全创新的甜品，反复比较和调整材料配比的时间都不是很充足。杜鹤和殷若芙虽然也使出了拿手绝活，却并不是绝对的第一次演绎自己的作品。比如杜鹤的那道“斗芳菲”，虽然耗时耗力耗材，但里面哪一样点心单独拿出来，都是他从前亲手做过千百回的。让人觉得精妙的，不只是他的精湛技艺，他的巧思和设计也占了相当大的比重。

而对于容茵而言，她相当于将原本那道 Snow Yard 化为整个作品的一半，另一半的“柳色青青”，无论配色、构图还是调味、配比都是全新的尝试。

汪柏冬看她的那一眼透着惊讶，其实是觉得这女孩子看着温暾，实则大胆。

杜鹤拿到甜品叉和勺，立即毫不客气地品尝起来。他细细咀嚼片刻，而后看向容茵，眼神里透出毫不掩饰地欣赏：“绿色的部分是抹茶，但这个抹茶配方是改良过的，口感保留了抹茶的润，调味有中式绿茶的清香；褐色部分是巧克力，但不是直接用了原材料，里面应该有朗姆酒和一点樱桃果酱，还有……”他轻咬住舌尖，皱了皱眉，最后朝着容茵一笑，“你可把我难住了？至少还有几样东西我说不出来是什么。”

汪柏冬说：“应该还有非常少量的薄荷和苏子。”

容茵点了点头。对于汪柏冬能尝出自己的配方，她一点也不惊讶，只有心悦诚服。如果他做不到这点，唐清辰请他来做导师才是怪事。

殷若芙也尝了蛋糕，只是她微垂着头，轻巧地掩去了眼底的神色。

众人又尝起了另外一只盘里的蛋糕。汪柏冬此时也有了一点笑模样："这么说来，这里面肯定不会有山楂口味了。"

一幅"江雪图"融化开来，众人都看向内里的馅料，却发现除了白色奶油和黑色巧克力的部分，只余一点嫣红。而这红色的部分也没做任何雕琢，既不是花朵，也不是什么其他的形状，看起来……倒像是一枚朱砂痣。

朱砂痣是杜鹤的说法，倒是唐清辰开口："一颗红豆。"

林隽露出恍然的神色，边吃边说："容小姐的想法真是妙。"

杜鹤仔细品尝着红豆的味道，虽然一尝就知道是红豆沙，但这里面也存了容茵的一份巧思。煮红豆沙的水里调了新鲜的玫瑰酱，吃在口中有淡淡的芬芳，哪怕不是熟悉玫瑰酱味道的人，也能尝到花香。而知道是玫瑰花味道的人，一道甜品吃到这里，大概心底也能涌起别样的温柔吧。

汪柏冬说："这道甜品意境出众，你们大家帮她想想名字。"

杜鹤说："叫'一点相思'，也挺好的。"

林隽不由得看了这小子一眼，心说这小子看着眉清目秀的，嘴巴倒是挺快，把他的话抢在前头说了。自家大 Boss 的点评，他能不赞好？

两个人投了"一点相思"的票。殷若芙声音轻轻的，透着为难："取名字这事，我也不怎么在行。"

唐清辰又开口："叫相思，意境小了一点儿。'天涯客'怎么样？"天地间一归客，敲开心门，里面藏着的，是"一点相思"。

容茵听得心思一动，将这三个字细细咀嚼，倒是汪柏冬拍板："唐总钦点的名字，那就这个吧。"

三人作品均顺利过关，忙碌半日殚精竭虑，也算功德圆满。

走出房间，殷若芙看杜鹤："杜师兄以前和……"她本来想说表姐，又觉得不妥，一时间想不到合适的称呼，只能含糊带过，"以前认识？"

杜鹤走在两个女孩子中间，看到她眼睛瞟的方向，知她指的是容茵，不由得一笑："和大家一样，昨天初次见面。"

殷若芙拿眼睛瞥他："我看着不像。"

转过走廊拐角，灯光明灭间，杜鹤看着殷若芙的侧脸，只觉她皮肤白皙，不仅年纪比容茵小，保养得也更仔细，越是近看越觉得她肌肤通透，一粒毛孔也看不见，真真儿是个清透水灵的小美人。她这样斜着眼睛瞥人，眼尾微微上挑，嘴唇抿着，虽然不像成熟美艳的女人那般魅惑，却别有一副娇憨的可爱诱人。

杜鹤觉得自己心跳慢了一拍，他看着殷若芙："那你觉得像什么？"

容茵走在杜鹤的另一边，这两个人说话她听得一清二楚，可越听越觉得走向诡异。她正要跟二人告别，就听殷若芙笑嘻嘻地说了句："我觉得杜师兄似乎对容茵很有好感。"

实在不知道怎么称呼才合适，索性就和别人一样，喊她名字。

容茵听到她这样称呼自己，心里已经一沉，听到她话中指向，更是连呼吸都屏住。

她停下脚步，朝两人微微一笑："我还有事，先走一步。"她又看向殷若芙，"殷小姐，我们并不熟悉，开这种玩笑不合适。"

殷若芙小脸皱成一团，看向杜鹤："看样子容茵不太喜欢我。"

杜鹤笑容淡淡的："你说的那句话确实不太合适。"丢下这句，他也走了，紧跟容茵的步伐进了电梯。

殷若芙见电梯并没有在一楼大厅停下，反而一路向上，心里突然生出不好的猜测，她掏出手机，给通讯录里新添加的某位友人发了条微信。

舒芙蕾蕾："其他受邀参与这次电影节活动的工作人员，是不是有员工宿舍？"

柯蔓栀："是的。具体情况由林秘本人安排，我不清楚。"

舒芙蕾蕾："容茵住在几楼？麻烦蔓栀姐帮我打听一下。"

过了好一会儿，柯蔓栀那头才有了回复："我去查这个太刻意了。殷小姐，你们分在一个组，朝夕相对，你问不到她本人，可以问问其他人。"

发完这句，柯蔓栀放下马克杯，坐在旋转座椅上看向窗外的夜色。平城已经连着几天一到晚上就下雨，这时雨已经不大了，往日的万家灯火依旧，在雨雾中显出朦胧的轮廓。

她拿起手机看了一眼，见殷家那位小公主没再发来讯息，嘴角挑起一个嘲讽的笑。

屏幕下滑，看到另一条微信，摁一下听取，便传来帕维尔有些低哑的嗓音："Hey，我这边忙了一天，才找到休息空当就找你了。你呢，工作累不累？"

柯蔓栀眼角眉梢都温软许多，说起话来也没了平时的不耐烦："还好。虽然电影节这个 case 很大，公司也重视，但分到我头上的活儿一向就那么多。"她顿了顿，又开口："就是殷家那边比较烦人。"

大概是不太方便说话，那头帕维尔发来了一段英文：殷家，怎么你还要负责管殷家的事情？他们家是什么来路？

柯蔓栀继续语音回复道："是殷家那边托了我从前的老板从中说情，你可以当作我现在是在……还人情。"

帕维尔：好吧，这很中国式关系。会很麻烦吗？

说到这儿，柯蔓栀叹了口气，回道："麻烦不麻烦，就看殷家那位小公主作不作了。"想到那边嘱托的话，她显出一丝迟疑，"不过……"

帕维尔：什么？

柯蔓栀回：没什么。

帕维尔知道这里面肯定有什么，只是对方不愿意说，他便没有深问，转头聊起别的。

柯蔓栀看着手机屏幕，心思却飘到了远处。这位殷女士还真是不简单，竟然能找到她从前的老板从中说情。既是从前的人情，那自然不得不还。可能走出多远，走到什么位置上，就要看殷家这位小姐自己的本事了。

Chapter 10

舒芙蕾 · 闹心的生蚝

不管你的条件有多差，总会有个人在爱你。不管你的条件有多好，也总有个人不爱你。

——张爱玲《半生缘》

电梯一路上行，杜鹤见容茵沉着脸不说话，便主动开口：“因为刚才那个小丫头说的话不高兴了？”

容茵摇摇头，忙了整个下午加一个晚上，说一句“殚精竭虑”也不过分。汪柏冬高标准严要求，也确实目光如炬直戳重点，她倒是许久没在这样的高压之下拼尽全力赛跑了。直到刚刚汪柏冬让大家帮她为作品取名字，她才真正松了一口气。这一口气松懈下来，才发现整个人已经筋疲力尽，对着殷若芙似有若无的试探，她实在提不起精神应对。

她连头都懒得抬，靠在电梯间吁了口气：“年纪大了，精力比不上年轻人，累得很。”

杜鹤乐了：“你喊我一声师兄，应该知道我比你年长，当着年龄比你大的人说这种话，实在扎心。”

容茵抬头看一眼他，正想笑，突然发现对方松开了工作服的领子，露出了里面修长的脖颈。君渡酒店为甜品师准备的工作服领口都很高，他的扣子一直扣到最上面，容茵自己也是如此。不知杜鹤是什么时候解开的扣子，但似乎是两人进电梯后的事……容茵思绪纷乱，发现自己刚才注意力不够集中，许多记忆难以回溯，却怎么都无法忽略一个事实。

杜鹤没有喉结。

陡然发现这样一个秘密，容茵顿时不知眼睛该往哪儿看。她双手反扣在电梯内壁，膝盖弯曲，原本是人累极了才会有的姿态，此刻却因为心情突然紧张起来，显得僵硬得有点儿可笑。

杜鹤笑出了声。与此同时，电梯门打开，容茵一看，正是自己的楼层。

杜鹤朝她笑，眼睛里透着友好的光："去我房间坐坐？请你喝我的独家特调饮料。"

如果没有刚才那件事，容茵肯定要拒绝的。可杜鹤突如其来的袒露让她头脑发蒙，无所适从，稀里糊涂地就跟他进了房间。

进去之后容茵发现，虽然都在同一个楼层，房间大小和格局却大相径庭。简而言之，杜鹤这间才像是工作人员该有的房间配置，自己那个，简直是超奢华版……她认识的人里面，大概只有唐清辰能与之匹配，且毫不违和。

杜鹤喊她坐，不一会儿端来了两杯饮料。粉红色泽，杯口插一片薄荷叶，颜色搭配既娇嫩又清爽。杜鹤打开房间的窗，此时雨已经小了，斜斜的雨丝随风飘至窗边，送进几许平城夏日夜晚难觅的清爽湿润。

窗子一打开，连空调都不用开，不一会儿房间的闷热就散了。容茵端起饮料尝了一口，见杜鹤一直看着自己，有些匆忙地咽下一口，说："有石榴和百香果的味道，应该还有雪碧。挺好喝的。"

杜鹤把帽子摘下放在一旁的书桌上，解开工作服的一溜扣子，顺手脱掉，然后坐回容茵对面。

这下容茵看得清清楚楚，杜鹤里面穿一件黑色短袖，看起来是亚麻料子，很配她的修长身材和气质……而且从这个角度看，胸口依旧一片平坦。

杜鹤笑着，干脆连眼镜都摘掉："别看了，我平胸。"

容茵头一次遇到这种情况，紧张和无措加在一起，外加累了一天大脑也跟着罢工，脱口而出一句：“没事，我胸也不大。”

杜鹤爆笑。

她不刻意掩饰的时候，声音依旧和普通女孩子不同，低沉好听，但和真正的男人又有所不同，仍然好听，但很中性。

她穿一件黑色亚麻短袖，下面是妥帖合体的白色长裤，无论身材还是容貌，依旧雌雄莫辨，尤其她还剪了一般男生才有的寸头，鼻梁上添一副眼镜，眉眼间女孩子特有的清隽悉数掩去，看起来真是清俊帅哥一枚。

容茵反应过来自己说了一句傻话。但要解释点什么，似乎更傻，于是干脆装傻接着喝饮料。

杜鹤说：“饮料这么好喝？”她不怀好意，连带说话的语气都透出调侃，“喝慢点，这种天气，冷饮喝太快容易肠胃不舒服。”

容茵咬着吸管一口气喝掉半杯，情绪和智商堪堪恢复到正常水平。她叹了一口气，把杯子放在桌上：“饮料确实好喝，但我也是……确实不知道该怎么反应。”

杜鹤说：“你的反应比绝大多数人好多了。”

容茵问：“你这样……你师父知道吗？”

杜鹤扯着嘴角一笑，她眼线深刻而狭长，没有了眼镜的遮挡，能看到她眉眼清俊依旧，又有了两分女孩子特有的温柔。但大概平时扮作男孩子久了，无论神态还是动作，都很有男孩子的洒脱：“当然了，这主意就是他想出来的。”

“为什么？”

杜鹤朝她挑了挑眉：“身边无论师傅还是学徒都是男孩子，一个小女孩子去了，能讨到什么好？年纪小时还只是单纯被歧视、被看低，年纪大点儿说不定还要被别有用心的人揩油。我师父是我亲大伯，对我比对他亲女儿还看重，他出这么一个点子，也是为我好。”

容茵幼年时并没有被长辈拉去工作间跟着大师傅学手艺，她如今所得，一半是小时候在家中厨房跟着母亲边学边玩儿得来的，一半是大学毕业后只身前往F国辛苦打磨得来的。她没有杜鹤的经历，自然想不到对方的苦处。听着只是轻描淡写几句话，但其中艰辛只有本人清楚。

容茵听得唏嘘，半晌才说出一句：“你挺不容易的。”

杜鹤说话时喜欢挑眉毛，作为男人这表情挺欠的，但知道她是女孩子，倒让容茵主观觉得这表情还挺俏皮：“想做成点事业，谁容易呢？我觉得我还算有福气的，从小到大都有我大伯护着。我脑子不笨，手也巧，做的是自己喜欢的事，如今摆在我面前机会众多，任我挑选，我觉得自己过得挺好。”

容茵听得直点头，见杜鹤含笑看着自己，那表情里透着一种松弛和欢欣，不禁有点儿不好意思：“你……为什么告诉我？”

杜鹤笑了：“我挺喜欢你的，你性格好，不是那种特麻烦的女孩子。”她跷着二郎腿，后背靠在沙发上，端起饮料喝一口，然后对容茵说，“而且我觉得你是我到现在为止，见到的最有天赋的甜品师。你的许多想法，是我平时想不到的，我这人喜欢和有实力、有想法的人做朋友。”

杜鹤说得太坦诚，倒让容茵一时挑不出毛病来。

杜鹤问：“怎么样？现在你可知道我最大的秘密了，应该看得出我的诚意吧。”

容茵看向她，两人目光相交，容茵垂下眼不说话。

杜鹤说：“放心，我这意思不是让你也有什么说什么。我其实是怕你之前那样，想歪了。”说起这件事杜鹤也气得牙痒痒。她本来打算等空闲时带容茵去家里玩儿，再跟她说清自己情况，这样两人也好坦诚相交。可被殷若芙刚刚那么一搅和，如果她不及时说清，容茵万一误会点什么，朋友可就真没得交了。她盯着容茵，眼神里透出探究，“这个殷若芙，本事不大，心思倒挺多的。你之前得罪过她？”

这便是容茵现在不愿与任何人深入交谈的原因，只要涉及殷若芙和其背后的殷家，帕维尔也好，唐清辰也好，包括此刻的杜鹤，大家都难免要觉察到她和殷家之间的纠葛，而这正是这几年来她避之唯恐不及的。

杜鹤见她不说话，说："看来是有故事了。"

容茵说："涉及一些家里的旧事，我实在不想回顾。"她抬起头，看杜鹤，"不是不信任你，其实事情本身也没什么，是我自己一直都想逃避。"

杜鹤点了点头表示理解："那如果哪天你想找人倾诉，随时欢迎，我一定是最好的听众。"

容茵起身："谢谢你的饮料。明天如果有时间，我做两款拿手的法式甜品作为回馈，之前答应过你的。"

杜鹤说："不急。"她送容茵到门口，走廊里的灯光比房间里要暗一些，衬出她苍白的脸，她这才发觉容茵脸色极差，大概真的疲惫，连忙说，"你快回屋睡吧，今天你的工作量很大，好好休息。"

容茵同她道别，一路数着门牌号走回自己的房间，为自己放了一缸热水泡澡。容茵脱掉衣服鞋子，整个人坐进水里，半晌，沉沉吐出一口气。

人安逸太久，逃避太久，会丧失掉抗争和拼搏的勇气。这种勇气与工作中所需的不同。人生走到 29 岁，容茵终于认识到，工作和事业都不是最辛苦艰难的，让人倍感艰难的，其实是生活本身。看似寻常琐碎，其实当中隐藏着不为外人所知的龃龉。那些老旧的人和事，如影随形，一路从苏城追至平城，直到今日，与她当面对峙。

头发渐渐长了些，她干脆用发绳绑好，都裹进毛巾里，坐在冒着檀香味的浴缸里发呆。一个热水澡过后，浑身热气腾腾，脸颊红扑扑，整个人仿佛由内至外注满水分，精神也长了三分。

她扑倒在床上，拿出手机，发现时间其实并没有多晚。

半小时前，分别有三个人给她发来了微信，一个是聂子期，微信是一条语音，邀她后天晚上一起吃晚饭。

另一条来自苏苏，这个在容茵印象里一向大大咧咧的女孩子，发来的语音消息里破天荒地透出羞涩："那个……我想这两天去聂医生医院瞧瞧。从雁杳村回来，大家也好久没聚了……我还没正式谢过聂医生呢。容茵，你陪我一起去好不好？"

第三条来自小石。这个男孩子每天中午晚上各发来两次讯息，分别汇报店里的销量、走账、材料消耗和第二天的工作计划。她将小石一整天下来的汇报仔细看了一遍，又拨通对方的视频通话，两人仔细交流了足有半小时才挂断。

容茵又给苏苏发去一条语音消息："我后天晚上应该有空，约上聂医生一起晚餐？"

苏苏很快发过来一条："我后天晚上可以的。"

苏苏回了一个害羞的表情，又发语音说："我第一次追男人，容茵，你不要笑话我，我很羞涩的。"

容茵听完这段语音，忍不住大笑。能让苏苏这样的女孩子羞涩，看来，对聂子期，她很认真。

她又回一条微信给聂子期："苏苏也要一起，说上次在雁杳的事还没好好感谢你。要不后天晚上大家一起吃顿饭？"

五分钟后，聂子期回了消息："好啊，那叫上林先生和唐总一起吧。"

容茵蹙眉，打了一行字过去："我不确定他们两个有没有时间。明天我问一下。如果可以我告诉你。"

聂子期回："好。"

十五分钟后，他又回一条："阿茵，其实我比较想和你单独聊聊。"

这条微信发过来，又很快撤回。聂子期攥着手机，手心的汗一层又一层密密实实地冒出来，握手术刀时都没有这么紧张。他看着对话框里显示自己撤回消息的记录，又发一条："晚安，阿茵。"

彼时容茵已累得直接睡着，确实没有看到他撤回的那条消息。第二天清早醒来，看到他的晚安，便回了一句"早安"。

清晨醒来赶去单位上班的聂医生在堵车间隙看到这条微信，忍不住咧开嘴笑了。

工作间隙，容茵打开和唐清辰的对话框，刚发一个字，手机突然显示唐清辰的来电。

她接通，那头传来他含笑的嗓音："这么快接通？"

容茵说："嗯，本来是要微信找你的，没想到你刚好给我打电话。"

唐清辰说："有什么好事儿？"

容茵这会儿正得闲，躲在休息间桌子后面喝新泡的绿茶，笑着说："应该算得上是高兴的事吧。苏苏和聂医生昨天先后找我，说要一起吃饭，后来聂医生提议大家一起聚一聚，我不确定你和林隽周四晚有没有空，就想问一下你。"

唐清辰说："如果我没理解错的话，这顿饭，应该起初是苏苏想约聂医生吧？"

容茵顿时惊住："你都知道苏苏想追聂医生了？"

唐清辰说："苏苏想追聂子期？"

容茵："……"她是不是不小心说漏了什么？她抚额："我昨晚没睡好，脑子不够用，好像不小心说了不该说的话。要不你装不知道好了，不然对苏苏不太厚道。"

唐清辰说："我知道了没什么。对林隽伤害比较大。"

容茵想起上一次他们四人一起去登雾灵山，顿时也有点儿头大："林隽喜欢苏苏？我的意思是，你觉得他是认真的那种？"

唐清辰抬起头，林隽刚好敲门进来送一份合同，他点了点头："应该吧。"

和女人进行这种八卦，他也是初次，偶尔信息有误，大家也都能谅解。

容茵突然觉得这顿晚餐充满了阴谋和矛盾的味道。她捏了捏太阳穴："怎么办，我是不是把事情搞复杂了？"

唐清辰觉得容茵用这种朋友间放松的语气和他聊天很难得，问："你说你昨晚没睡好，是因为这件事？"

"不是。"容茵喝掉半杯绿茶，起身为自己添些热水，"昨天太累了，洗完澡没吹头发就睡着了，后半夜觉得头疼。"

唐清辰扫一眼林隽："刚好，今早听林隽说他也头疼，好像也是昨晚着凉了。我让他给你送点他常喝的姜茶过去，效果不错，一杯就见效。"

不用自家 Boss 再说什么，林隽将合同放在桌上，翻到最后签字页，待唐清辰签完字，他比了个 OK 的手势，离开时轻手轻脚地关上了门。什么都不用说，他当务之急是给容小姐送姜茶驱寒治头疼，而且不能忘记说自己今早也头疼，分享一杯姜茶实在再自然方便不过。

容茵道了一声谢，又问："那周四晚上，你和林隽要来吗？"

唐清辰说："我会去。林隽……大概要看他的心情。"

容茵觉得头疼："明晚这顿饭会不会出状况……"

唐清辰说："让他们三个自己去处理，你和我就是去吃饭的。"

这话说得倒也没错。两男一女，最后什么结果，一是看苏苏的心意，二是看两位男士的积极性和进取心，无论怎样都不是她能帮上忙的。

容茵说："地点还没选好，要不吃烧烤吧，人多也热闹。"

唐清辰说："地点让林隽去选，他常和苏苏周末去吃烧烤，平城好吃的烧烤店他门儿清。"

容茵忍不住在心里替林隽哀悼，苏苏如今调转方向，对聂子期捧上一颗芳心，若是林隽事先一点儿不知情，到了晚餐时看出端倪，不知道要有多难受。可让容茵主动站出来当这个恶人，提前把状况给林隽点透……容茵摇摇头，她实在没勇气做这个恶人。

挂断电话，她看一眼钟表，时间刚刚好。她起身到工作间，从烤箱取出甜品，给杜鹤发消息："来吃我做的舒芙蕾。"

杜鹤那边飞快地回了一个“好”字。推门进来，她神情略显怪异：“怎么想到做这道甜品？”

容茵一指旁边：“还做了我自己平时喜欢吃的杧果慕斯蛋糕。这个季节杧果最甜，也请你尝尝。”她抬起头，见杜鹤脸色不太自然，后知后觉问，“怎么了？”

杜鹤站在工作台前，抽了一张纸巾包住一块舒芙蕾，用小勺边挖边吃。

舒芙蕾这道甜品趁热吃最好。若不在出炉后 20 到 30 分钟内尽快品尝，便会整个塌陷，到时再吃就会风味全失。因此有人曾经点评说：不是每个甜品师都敢做舒芙蕾，因为稍有闪失，便一败涂地；也并不是每位食客都懂得吃舒芙蕾，因为稍慢一步，便错过了它的美味。

好在杜鹤是一位非常有品位的吃客。她很快挖空一块，又拿一块，含混道：“这是我吃过最好吃的舒芙蕾。”

刚出炉的舒芙蕾，趁热送进口中，口感轻若云朵，似有若无间已获得满口乳香。见杜鹤吃得起劲，容茵自己也拿了一块吃起来。

杜鹤吃起东西像足了年轻男子，风卷残云，不一会儿六块舒芙蕾有五块都进了她的肚子。

容茵为她倒了一杯杏子气泡水：“喝一点酸的，解腻。”

杜鹤一抹嘴巴，看了一眼容茵，把话问出口：“昨晚殷若芙加我微信好友。”

容茵没想到她说这个，听得一愣。加好友也是平常的事，只是不知道为什么，刚刚一进门，杜鹤脸色都不对了。

杜鹤看着空空如也的烤盘，嘴角露出一丝讽刺：“她那个微信名字就叫舒芙蕾蕾，我还以为你知道……”

容茵反应慢一瞬：“我没有她好友。”

杜鹤说：“她加我好友，没说两句话，就问我你是不是住在酒店，还问我你房间几号。”

容茵吸一口气，说：“杜鹤，有些事我不想说，但对殷若芙，我宁愿躲着让着，也不想跟她过多接触。”

杜鹤看着她的眼神透出玩味：“可殷若芙看起来不是这么想。”她抱住手臂，歪头笑，“昨晚你全副注意都放在你的作品上，是不是没注意到她看咱们那位唐总的眼神？”

容茵只能摇头，她确实没心思去揣摩这些细节，可如今看杜鹤的神情，还有什么不明白的？

杜鹤说：“我不仅注意到她看唐清辰是什么眼神，我还注意到唐清辰看你是什么眼神。”

容茵扭过脸，伸手去拽杧果慕斯的盘子，另一手去捉刀：“你别乱说。”

“这怎么是乱说？”杜鹤不改犀利毒舌的本性，继续话痨，“你当我第一次见唐清辰？他看你的眼神，跟看别人一点都不一样。我怎么也是二十好几的人了好吗？还能看不出男人看自己喜欢的女孩子是什么眼神？”

容茵没作声，下一秒，切蛋糕的刀划破了左手食指。

杜鹤“嗞”了一声，起身去寻干净的纸巾，又拽着容茵到水龙头冲洗滴在手腕的血。

工作间的刀都很锋利，口子划得不算大，却很深。杜鹤一边为她处理伤口，一边瞥她：“就八卦一个男人，你慌什么？”她扶住容茵肩膀，推着人往外走，“去休息室，我记得那儿有创可贴。”

两人一出门，正对上捧着一壶姜茶前来探望的林隽。

三个人六只眼睛来回交流，林隽的眼睛不住地往容茵肩上的那只手瞟。

杜鹤挺着急：“林秘麻烦让一下，容茵手指划伤了，我带她去包扎。”

“噢噢。”林隽匆忙退后，让出一条通道，跟着两人一块儿前往休息室。

杜鹤动作利索，清理伤口做得又快又稳，林隽站在旁边完全插不上手，只能动嘴：“这怎么搞的，怎么就划到手了？”他扫一眼桌上沾着血的纸团，知道这伤口不算浅。

容茵见他面露愁色，笑着安慰：“对于每天在厨房打转的人来说这是家常便饭。放心吧林秘书，不会影响日常工作的。”

林隽破天荒地白了她一眼，手机铃声响起，他看一眼屏幕，面露踟蹰。

容茵朝他挥手：“去忙吧，我这一点事儿都没有。”

林隽确实有急事，他一边接起电话，一边向外走，到门口却还不忘看容茵一眼。容茵连忙朝他摆手，又指一指姜茶，用口型向他道谢。

杜鹤为她清理好伤口，裹上纱布：“伤口有点儿深，暂时不能用创可贴。过了今晚看看愈合情况，能换创可贴就好得很快了。”说话间，她捧两只空杯，倒了姜茶，递给容茵一只，又捧一只自己喝起来，“我刚说什么来着？咱们这位唐总，确实对你不一般呐！”

容茵眼睛里显出一丝茫然，从前不是没有受到过异性的热烈追求，回国后有那么两次，聂子期说话仿佛也意有所指，但都不是唐清辰这样子。

大学校园里的男孩子追起人来，要么送鲜花，要么摆蜡烛，还有喊上同宿舍的室友助阵的，脑子活络点的，还知道买通女孩子身边密友为自己传递情报。可这种追求往往持续不了太久，彼时容茵每周都要去医院探望照顾父亲，在学校的有限时间全用来学习和考试，遇到男孩子追求，也腾不出心思给予回应。有一次，她耐心听完对方的长篇告白，没有接话，当着两边室友的面问那个男孩子：“我跟你都不是同一个班，话都没说过两次，你喜欢我什么？”

那个男孩子长得还算整齐，穿着打扮能看出家境不错，和容茵目光一对视，忍不住脸红：“你长的是我喜欢的类型。”

容茵无语。她并没有觉得自己有多漂亮，事实上，对同性的审美上，她向来觉得，殷若芙或者自己好友毕罗那样白皙秀美的女孩子才称得上美人。她觉得自己眼睛大得突兀，嘴巴却小，婴儿肥的脸颊一点也不秀气，怎么看都算不上漂亮。这个男孩子说喜欢她的长相，坦白是坦白，却让容茵觉得无法对他作出回应。

再后来到了大三，哪怕最懒散的学生也意识到不得不忙碌起来，又兼之前对她表白的几个男孩子统统铩羽而归，之后直到毕业，她的大学生涯都过得分外平静，再无波澜。

出国后，也遇到过几个异国男子追求。F国男人天性浪漫，说起情话来用词都不会重复。可若是女方明确表示没那个意思，人家也不会过多纠缠，用不了几天，又去对新目标大献殷勤。

一不小心把自己耽误到如今这个年纪，偶尔闲暇想起，容茵也觉得自己有点儿不符合年龄的呆气。哪方面都不算很差，怎么竟然到了二十九岁都没认真谈上一场恋爱？

而杜鹤口中所说唐清辰的“殷勤”，也和她从前经历过的男性大不相同。他从没说过露骨的情话，也没有送花送礼物的热烈表达，容茵隐约感觉到他对自己似乎有好感，还是那天他独自驱车前来，吃她做的百吉饼的时候……他听她说起家中往事，末了赶上下雨，两人还一起不顾狼狈地抢救晾在院子里的干货。再后来，就是接受他的邀请，来这里为电影节做筹备工作。

唐清辰对她的关照，不过分，不逾矩，像轻风细雨，润物无声，让人觉得顺其自然又妥帖安稳，也因此不会对他过多设防。

可杜鹤今天突然挑明这件事，让容茵觉得心绪仿佛都跟着乱了。他对她的这份关照，真的源于男人对女人的喜欢吗？杜鹤说殷若芙也喜欢唐清辰，再联想殷筱云突然出现在平城，无论时机还是殷家的加盟，都不会是巧合。

而如果真是这样，哪怕唐清辰曾经对她有过似有若无的情意，有了殷若芙这样一个女孩子的倾慕，他的眼睛里还看得到她吗？

有那么一瞬间，容茵突然很想赶快回到自己的甜品屋去。那里地方是很小，但远离尘嚣，好像蜗牛的壳，是她一砖一瓦为自己打造的小窝，是她这么多年以来终于重新拥有的“家”。

好像只要回到家里，无论外面多大风雨，都可以不去在意。

这样的念头只是一个转念，便又被昨天汪柏冬的评价击溃，散成水面上的浮光掠影。

只要一想起昨天的两场试炼，骨子里就仿佛有什么东西跟着燃烧起来，让她整个人都为之战栗，为之热血沸腾。容茵突然发现，无论唐清辰接下来还会不会喜欢她，至少对她有那么几分心意时所撒下的饵，太诱人了。

她抗拒不了这种诱惑，也舍不得这个宝贵的学习机会。

她抬起头，看向杜鹤：“这种事也说不准。不过能来这儿认识汪老师和你，对我来说是最开心的事。”

杜鹤瞥了她一眼，又看了一眼两人面前的姜茶，突然露出一抹坏笑：“我也非常高兴，能认识你这个朋友。”

看容茵的样子，这位唐总想用一壶姜茶收买人心，显然路漫漫其修远啊！

每个人心里都有想说又不可说的秘密。

而到了周五晚上，这种想说又觉得不可说、不该说的心情，几乎发展到了顶峰。

直到坐进烧烤店的雅间，容茵发现自己仍然没有勇气告诉林隽，苏苏对聂子期的企图心。而另一边站在烧烤店门口等着为唐清辰掀帘子的林隽也在苦哈哈地纠结，到底要不要告诉自家老大，除了那位聂医生，如今还多了一个杜鹤对容小姐心怀不轨。

至于另外两位主角，苏苏和聂医生，两人在餐馆外的停车场“恰巧”相遇，苏苏手里捏着粉饼盒，几乎捏出一层汗，可看到聂子期从车上走下来的那一刻，她觉得自己这三十五分钟等得实在值得。

她将粉饼盒丢进随身的大包包，又取出自己平时最爱的香水在腿上喷了两下，钻出自己的小车，一边状似不经意地转过脸。

“聂医生，好巧啊！”她脸上露出恰到好处的惊喜，将肩上的大波浪卷向后一甩，锁上车便朝聂子期走去。

聂子期答：“嗯？大家不是说好了一起聚？”

“……”苏苏走到近前，挤出一抹笑，因为实在貌美，那笑哪怕是硬挤的，仍然巧笑倩兮，“我的意思是说，在停车场遇见你，好巧。”

聂子期点点头，没再说什么。说好要来同一家餐厅吃饭，在停车场遇见的概率难道不应该很高？

可怜的苏苏，要是知道聂医生在心里是这么吐槽的，恐怕要把之前捏了三十五分钟的粉饼盒直接捏得粉碎。

人都到齐，大家伙依次入座。林隽选了一家日式烧烤屋，牛肉和海鲜都异常鲜美，只是需要自己动手烤制。聂医生进了房间便打开窗户，随后朝大家露出笑容：“这样待会儿通风比较好。”

林隽也笑说：“还是聂医生想得周到。不过他们这家用的炭比较特殊，烤的时候不会出烟的。”随后他扭头，凑近坐在自己身旁的苏苏，低声说，“你今天的香水是不是喷得太浓了？”

苏苏惊慌，忙不迭地看向聂子期：“聂医生是不是也这么觉得……”所以跟她一起进屋之后，就忙不迭地开窗。

容茵坐在苏苏另一边，低声说：“没关系的。反正待会儿要吃烧烤，说不定到最后大家还要借你香水喷一喷呢。”

这话说得熨帖，苏苏不禁释然，垮下肩膀对容茵笑：“容茵，还是你会说话。”

聂医生回来，坐在唐清辰身旁，看了一眼桌子，忍不住称赞：“这家店的东西确实不错，林先生实在会选。”

林隽谦虚道：“这间店是我们Boss一位朋友开的，不然只靠我的面子，也订不到这么多好东西。”

唐清辰已经开始动手，烤起了生蚝。容茵从前在F国常吃这东西，回国后还是第一次吃，但看生蚝的样子就知道必定肉质肥美。

林隽放上一只铁架，为众人烤起牛肉，一边喊苏苏：“苏苏，去倒点儿饮料来。”

容茵对着生蚝难得来了兴致：“要不咱们喝点啤酒吧？”

吃海鲜不喝酒，实在是暴殄天物，连食物的美味都要消减两分。

林隽看一眼唐清辰，又看聂医生：“那让老板送扎啤和清酒过来。晚上我们叫代驾吧。”

因为是容茵的提议，聂子期也不愿拂却，可他因为工作关系，实在没法喝酒：“你们喝吧，我明天早班，喝酒怕会误事。”又朝容茵一笑，“别因为我不喝就不喝了。吃烧烤喝酒才有氛围。”

苏苏起身：“扎啤，清酒，我再要点鲜果汁和可乐吧。”

苏苏出了房间，林隽忍不住嘀咕：“回回吃烧烤都要可乐，这么多年也不换样。”

唐清辰扫一眼他：“哪天她改喜欢雪碧了，说不定你才要哭。”说完这句，他看向容茵，眼神里透出某种心照不宣的默契。

容茵纠结地望向林隽，他们俩中间隔着苏苏的座位，这样看去，林隽的侧脸也称得上斯文俊朗，为大家烤牛肉的样子别提多认真多居家了。平时林隽那么敏锐的一个人，此时却没听出唐清辰的话中有话，一边用烤肉夹将牛肉翻了个面，一边说：“我倒是一直劝她多换换样，也得她肯听啊！”

面前放着盐水煮的毛豆，容茵随手拿起一颗，不经意抬眸，正对上对桌聂子期的视线。她朝聂子期一笑，寒暄道："医院工作很忙吧？"

另外两位男士都在帮忙，聂子期也不好闲着，动手把玉米和菌菇串放在了闲置的一片烧烤架上："工作强度一直是这样，也习惯了。"他看容茵，目光里透出暖意，"倒是你，突然到唐总的酒店工作，还习惯吗？觉得城里怎么样？"

提起这个容茵很有话说："别的没什么感觉，但城区的空气确实比郊区差多了，又闷又干。这两天和小石联系，他说郊区每晚都会下雨，第二天早晨起来可凉快了。不像城区，雨怎么都下不大，雨后空气也没觉得有什么改善。"

"小石？"聂子期捏铁签的手稍有停顿，"你店里新招的人？"

"是啊。不然我也走不开呀。"

聂子期浅浅一笑："这要怪就怪唐总了。他一门心思挖人，如今可算如愿请你出山。现在是不是有点儿想家了？"

不等容茵说什么，唐清辰已经开口："我想君渡的居所和工作环境，应该能让容茵宾至如归。"

聂子期说："君渡的条件自然是好，不过阿茵那个小院子，花花草草都要有人照顾，那些老客也吃惯了她的手艺，突然换人的话……"

"小石是容茵手把手带的徒弟，资质不差，工作态度也端正。"唐清辰说，"而且既然甜点都能做得来，照顾些花草就更容易了。"他看向聂子期，目露探究，"况且，这次电影节的机会对容茵而言实在难得，难道在聂医生心里，人不应该往高处走，事业不该往深钻研？每天守着一处院子日复一日地重复作业，很有意义？"

林隽听出这两位你来我往、互相挖坑，可他完全不敢插话。Boss 亲自出马，他如果跟着帮腔，反倒显得自家老大落了下风。他偷偷瞄一眼容茵的脸色，见她忙着剥豆子，似乎没有任何不悦的样子，心里偷偷松了一口气的同时，不禁有点儿哀怨：摊上这么一位心大又桃花旺的主儿，他们老大这万年铁树开了花，可情路委实坎坷。

“林隽！你的肉都要烤焦了！”苏苏推门进来就是一声尖叫，把跟在身后帮忙端饮料酒水的男服务生都吓了一跳，连忙放下东西上前帮忙查看状况。

林秘书克制住翻白眼的冲动，端起餐盘将牛肉盛出来，一边说：“没有烤焦，他家牛肉是厚切，这个火候正合适好吗？”

苏苏吼出一嗓子，发现全屋的注意力似乎都转移到自己身上，此举实在与自己努力在聂医生面前展现的淑女风范大为不符，顿时脸颊一阵潮红，紧张得连手都不知道该往哪儿放了。她打开一瓶可乐倒进杯里，抿了一口，从公用餐盘里夹了一块牛肉，蘸了蘸佐料，小口小口吃着。

容茵见她吃得小口，速度却快，牛肉刚夹出来明显烫得很，不禁小声说：“你慢点吃，不会烫吗？”

苏苏抬起头，刚好撞见聂子期看过来的目光，舌尖一阵钝痛，这才觉出烫，匆忙灌了两口可乐，冰镇饮料暂时抵过难受。苏苏懊恼地抚额，她太紧张了，只要聂医生在场，她好像做什么都不够优雅好看。

容茵也爱吃肉，她夹了一块牛肉，蘸一点烤肉酱包在苏子叶里。许多人喜欢用生菜包着来吃，她更喜欢苏子叶的味道，盛夏这个时节，吃着尤其清凉。

面前突然出现一串菌菇，她抬起头，是聂子期递过来的：“尝尝这个。”

紧跟着一罐调料罐被递过来：“他家独门秘制五香粉，配蘑菇吃最香。”是唐清辰。

林隽低头吃牛肉，如果不是还有继续烤肉的任务，他简直要把头埋进盘里。

真是想不到，向来高冷突破天际的老大，也有这么殷勤这么主动，这么……幼稚的时候，实在没眼看。

苏苏愣愣地看着聂子期，又看向自家老大。唐清辰对容茵有那么点儿意思，她一直都知道，毕竟身边有林隽这么一个万事通，Boss 身边有什么风吹草动她都不可能会错过。可是聂子期……她清楚地记得那天在雁杳，容茵当着所有人的面吼聂子期，嫌他动作慢，又让他抱着自己先上车赶去医院。

她当时也是稀里糊涂的，没有仔细去分辨聂子期的反应。想当然地以为被一个女性朋友这么吼，又紧跟着头也不回地走开，他们两个之间必定没有什么。

可眼下，聂子期的眼神明明白白地告诉她，是她自己会错意了。

难怪她回平城后怎么都约不到聂子期出来同她单独吃饭。她以为是他太忙，而她自己这段时间也忙得脚不沾地……苏苏心头浮起一阵怅然，看来这又是她自己的想当然。

她忍不住扭头看向容茵。

容茵道了一声谢，神色大方地从两人手中接过东西，往菌菇串上洒一些五香粉。看她的样子就知道她真的好胃口，无论牛肉还是蘑菇，甚至之前的毛豆，她都吃得津津有味，连头都顾不上抬。

苏苏转回头，看着碗里剩的半块牛肉。如果容茵一直是这个态度，又如果，老大能和容小姐顺利地走在一起，她还是有机会的，对吧？

她看向生蚝，语气已经恢复了惯常的轻松："老大，你这生蚝什么时候烤好啊，我口水都要流下来了。"

唐清辰说："就算想吃嫩点的，也得等上几分钟。"他动作利落，拿起半颗新鲜切开的柠檬，看向几人："都吃柠檬汁吧？"没人反对，他飞快地挤上柠檬汁，第一块夹给容茵，然后是苏苏，随后是林隽和聂子期。看似是按照座位顺序来的，可在座哪个不知道他这段时间对容茵的"青眼有加"？

苏苏咀嚼着鲜嫩的烤生蚝，生蚝这种食材，只要足够新鲜，最地道的吃法就是这样烤制，洒一点柠檬汁去腥气，吃在口中还有着海水的天然咸味，鲜甜软化，如同黄油滑过舌头。只要尝过一次这种鲜味，便会念念不忘。她和林隽沾了唐清辰的光，没少吃这家的生蚝和各种海鲜。可此时，再好吃的海鲜也堵不住她的嘴巴："容茵，怎么样，我们老大的烤生蚝是不是一级棒？"

容茵点点头："很好吃。"她从前在F国也常这么吃。容茵本来预感这餐晚饭不会吃得太轻松，却没想到苏苏这个女主角临时缺场，拿个饮料的工夫，倒让她这个看客临场上阵。唐清辰和聂子期刚才那番对话，她不是没听到没知觉，而是不知道该怎么应对，索性埋头猛吃装糊涂。也幸好苏苏这位福将回来得及时，岔打得更及时，不然这两个人再多说两句，她无论如何也不好继续装傻下去了。

哪知道她刚在心里暗暗对苏苏作了个揖，苏苏就开口了："那是，不管怎么说也是我们老大爱心烤制啊！"

容茵正在撬生蚝的手都是一僵。

桌对面，唐清辰和聂子期的目光几乎同时朝苏苏看过来。

自家Boss的目光看得苏苏一阵心虚，对着聂子期，她倒没那么紧张了。她笑眯眯的，看聂子期："聂医生，怎么不吃生蚝，用不用我帮你开？"

聂子期开口："不用。既然是唐总爱心烤制，我也尝尝味道。"

唐清辰的脸色顿时相当精彩。

苏苏缩缩脖子，悄悄地对唐清辰做了一个求饶的手势。她也不知道聂子期会这么恶趣味，抓住她话里的暗示这样调侃Boss。

桌子中间摆着烧烤架，海鲜肉食也摆放得满满当当，难免挡住视线，因此一开始聂子期并未留意到容茵手指的异常。直到看到容茵开始撬生蚝，她的手刚抬起，聂子期一眼看见她左手食指上的创可贴，不禁立刻探过身，手指轻轻握住她的手腕："阿茵？"

容茵见他视线落在自己的手指上，顿时明白是怎么回事，她不在乎地一笑："没事，之前切蛋糕不小心划了个口子，不深，过两天就好了。"

聂子期蹙着眉，从容茵手上接过生蚝：“我来弄吧，你这几天少沾水。”

容茵早就觉察餐桌上氛围异常，可这个时候硬要拒绝，只会令气氛更尴尬，也难免令聂子期难堪。因此等聂子期帮她开好一只生蚝，她伸手接过，慢慢吃完，无论口中沾着柠檬汁的生蚝多鲜美肥嫩，她也绝不肯再多看一眼那些烤好的生蚝。

东西好吃，可这滋味儿实在不好受。

倒是聂子期，见她没提要再吃生蚝，目中透出淡淡的遗憾神色。

一旁唐清辰则神情淡淡的，情绪难辨。没人知道向来嗜好海鲜的唐总此刻心里却在想，生蚝就是祸端。

好在吃过一轮生蚝，那边林隽又烤起了五花肉。五花肉是事先用酱汁腌好的，放上烤架，不一会儿工夫便浓香扑鼻。容茵抽抽鼻子：“有一阵没吃烤五花肉了。”

聂子期接口说：“记得上学那阵儿，你特别喜欢吃咱们学校二楼的烤五花肉拌饭。”

容茵笑了笑：“那时一份拌饭可比现在便宜多了。”

林隽说：“那待会儿容小姐可得帮忙品鉴一下。”他语气轻松，让听的人也不禁跟着笑起来，“前天晚上我和Boss一起尝了容小姐的手艺，今天也让容小姐尝尝我和唐总的手艺。”

容茵不禁朝林隽投去感激的一瞥。

比起之前聂子期和唐清辰之间那种微妙的对话，餐桌之上，她更喜欢林隽这样的聊天方式。

苏苏说：“哎？你们什么时候吃容茵做的甜点了？我怎么都不知道？”

林隽慢悠悠地瞥她一眼：“正事儿。想什么呢！”

苏苏撇嘴：“这么好的正事，下次记得喊上我。”

林隽说：“你只知道吃，带你去能管什么用？”

苏苏恶狠狠地咬下一口香菇："你又比我好到哪儿去？"

聂子期说："是为这次……电影节的活动做筹备工作？"他看容茵，见她点点头，又看向唐清辰，"怎么你们内部还要筛选一轮？"

唐清辰似乎没有和聂子期深聊的意愿，言简意赅："都是正常流程。"

聂子期说："既然诚心请人来，难道不是默认要采用对方的作品？"

唐清辰吃掉一只生蚝，放下勺子，用餐巾擦了擦嘴角，而后看向聂子期："我觉得聂医生似乎对容茵不够有信心。"

聂子期皱眉："我并不是这个意思。"

唐清辰说："你反对容茵参与这次合作，觉得她应该安守那家小店，又质疑唐氏内部办公流程，生怕容茵会被刷下去，难道不是因为对她信心不足？"

论口才，在座的三位男士都是佼佼者。从前林隽和聂子期就曾在容茵的甜品屋有过交锋，但双方势均力敌，谁也难以稳占上风。可轮到唐清辰，别说一个聂子期，就是聂子期和林隽加在一起，也很难占到便宜。唐清辰话不算多，却最擅长给对方挖坑，一不小心踩进他的坑里，哪怕有道理也很难说清。

聂子期此时就是这个感觉。

"隔行如隔山，聂医生不是做我这行的，难免有不了解的地方。"眼看这两个人又杠上了，容茵不可能再像之前那样硬熬着不开口，而且她发现，唐清辰将话题引向的方向，似乎就是在逼她开口，"吃东西吧。"她拿起玉米，给每人递了一根。

烧烤吃到后半段，喝酒多过吃肉，连苏苏都似乎被撩拨了情绪，端起一杯清酒一饮而尽，辣得直吐舌头："实在喝不惯这个。"

林隽笑话她："你喝红酒不是挺有量的？"

苏苏撑着额头："反正我是没法开车回去了。"

容茵听到这句话，愣了一下，随即想笑。

她发觉苏苏实在很有慧根。这不，本来没打算喝酒的姑娘沾了酒，待会儿就只能等人送了。她和林隽、唐清辰是要一同返回君渡酒店的，叫一位代驾刚好；在场没饮酒的就只有聂子期，送同桌女士回家，怎么看都顺理成章。

苏苏的那点心思她看在眼里，她其实打心底里喜欢这个爽快的姑娘，虽然为林隽感到惋惜，但若苏苏真心喜欢聂子期，这两个人能走在一起她也乐见其成。容茵自觉于恋爱不通一窍，因此格外欣赏苏苏这样的智慧。不伤人、不害己，又巧妙地制造自己和心上人的机会。难怪她在生意场也无往不利，短短几年时间就修炼成唐清辰手下的一员悍将。

这样聪明的女孩子，只要想去做，就能放开手脚，很难有她们应对不好的事。

与之相比，她刚刚的沉默和退缩就显得笨拙又自私，明知道这样做不够好，却绞尽脑汁都想不到更好的化解方法。

容茵痛定思痛，心想，最好的解决方法，就是以后千万不要把他们五个人凑一张桌子吃饭。

关系错综复杂，吵架一触即发。

人生也真是奇妙，谁能想到，几个月前还互不相识的几个人，如今连凑在一桌吃饭都会事故频发？

出餐厅时，聂子期走在她身边，语意消沉："阿茵，刚才餐桌上，是我表现不够成熟。我说的话，不是唐总理解的那个意思。"

"我明白。"容茵拍拍他肩膀，"别多想。"

本来好好的一餐饭，食材鲜美，气氛热闹，可聂子期吃得别扭至极，直到容茵轻轻拍两下他的肩膀，才让他觉得心头一松，人也跟着活泼了几分："容茵，正好你在城里，接下来几天不忙的时候，我们再聚？"

容茵并不想给聂子期不必要的误导，但他又并没有明确说出什么，她点点头："再约。"

聂子期见容茵神色如常，应该并没有因他餐桌上的表现不喜，心中不由得卸下一块大石。他倒着走了两步，脚步轻快，朝她挥手：“明天还有早班，那我先走一步。你也多注意身体，别太累。”

苏苏走路踉跄，如愿登上聂医生的车。

容茵目送车子远去，登上唐清辰的车。代驾已经坐在车里，副驾座上坐着林隽。

平城盛夏的夜晚，风也是热的，司机摇上车窗，车里冷气开得足，舒服得让人忍不住吐出一口浊气，彻底放松下来。

唐清辰坐在她身旁，照理他也喝了不少酒，两人相邻而坐，却闻不到他身上有一丝酒气。

容茵酒量也不错，却觉得自己吐息间都是酒味，她忍不住屏住呼吸，悄悄往车门挪了挪。

唐清辰开口：“怎么了？”大概喝了酒，他的眼睛比平常看着还要清亮，“觉得热？”

“嗯，有点儿上头。”容茵手指摩挲着随身的包，暗想忘记带点薄荷糖出来。

“容小姐，要不要吃糖？”林隽的声音突然响起，他扭过头，递过来一支小包装，“金橘糖，刚从苏苏那儿顺的。”

“谢谢。”容茵忍不住在心里感慨林隽的细腻，含一颗金橘糖在口中，她的呼吸渐渐平顺。或许是多日来林隽数次帮忙令她心中好感倍增，终于压倒她心底那点犹豫；又或者是酒意上头，令她忍不住冲动。她开口，顾不及多想：“林隽，苏苏搭聂医生的车回去，你要不要给她发个微信？”

林隽这回没有转头，声音里透着一丝笑：“我这个时候给她微信，不是找打？”

成年男女，有些话点到即止。

一问一答间，各自已经懂了。

容茵听林隽语调轻松，以为他大概是真不在意，哪知道车子看到酒店那条街，林隽对司机说了一声，又转头对唐清辰和容茵说："Boss，容小姐，你们先回，我有点儿东西要置办，刚店里老板给我发消息说到货了。"

车子靠着路边徐徐停下，对于生活在大都会的人而言，这个时间尚不算晚，林隽选择停下的这个路口还算繁华，远处依稀可以看到许多店铺都亮着灯。车重新启动，窗外景色飞快地向后拉伸，林隽的背影化作一道越发模糊的影子，悄无声息地滑过车窗，转眼便看不真切了。

容茵说："以前我以为你总拉郎配，是在开他们两个玩笑。"

无论之前餐桌上还是刚刚在车内，旁人都看不出林隽有任何异常。若不是他临时叫停下车，恐怕任何人都看不出，他其实心里也是难过的。

唐清辰破天荒地没说风凉话："是林隽自己也没想清楚。不然也不会朝夕相对五年到现在，两个人还只是同事兼好友。"

酒意此时才上头，容茵一手撑着额头，手肘搭在车门，半仰起脸看唐清辰："你的意思是想说，苏苏从头至尾都对林隽没感觉，林隽又态度模糊，才会弄成今天这样，还是想说，他们两个都有问题？"

难得他们两个面对面谈起感情问题来，哪怕是他人的感情，唐清辰显然也对这番对话乐意之至。他坐姿松弛，讲话时一直注视着容茵的面容："都有问题。感情从来不是一个人的事。"

容茵说："有点儿为林隽可惜。"

唐清辰说："你很喜欢林隽？"他嘴角挂着一丝笑，看起来完全不介意，因他知道，容茵对林隽的那种喜欢并不掺杂任何男女之情，否则也不会这样落落大方地和他探讨对方的感情归宿，"我怎么记得，你们两个初次见面，他就把你得罪得不轻？"

"都是那么久以前的事了。"她微眯着眼轻声说。

唐清辰说："但你当时还是不开心。"

"也没有。"她笑着说，"毕竟唐氏出手大方，一次付清的酬劳让我非常满意。后来大家熟了，林隽一直照顾我生意，就连到了君渡，他都在能力范围内选了条件最好的房间给我……”说到这里，她见唐清辰脸色有微妙的变化，不禁立刻坐直身体，“这个应该不算假公济私吧，咱们这是聊天，你可不能扣他薪水。”

唐清辰：“……”他有这么不近人情？而且若没有他授意，林隽顶多帮她选一个楼层朝向好的房间，哪会那么大手笔，直接拿下酒店最大最好的房间，要知道，那个房型向来是他们的 VIP 客户长期预订的类型，从来没有空房的时候。

容茵见他不说话，拍拍他的手臂：“喂，唐清辰，你别真是想罚林隽吧？他今天已经够惨了。”

唐清辰：“……不会。”他的重点压根儿就不在这里好吗？是这位小姐太迟钝，满心满眼都在关注他人的情感问题，却对自己身上正在发生的种种懵懂不自知。

说话间，车子已在酒店门前停妥。门童过来为容茵开门，另一边唐清辰交代工作人员几句，跟在容茵身后说：“你是不是还没逛过我们这儿的花园，一起走走？”

容茵此刻觉得脸颊如同火烧，正想找个凉快的地方散散酒，她点头，又说：“我想先去工作间拿一瓶水。”

“不用那么麻烦。”唐清辰说，“跟我来，很快你就有水喝。”

容茵跟他穿过酒店大堂，一路畅通走到侧面一扇小门，门打开，里面竟然是一间小小的 Bar。

Bar 里面灯火通明，放着克莱德曼的钢琴曲，客人并不多，看起来是一间静吧。侍者显然识得自家老板真颜，迎上前轻声说：“唐总，这边请。”

唐清辰说：“我们不坐。给我拿两杯气泡水。”他看容茵，“你从前在 F 国待了好几年，应该会喜欢 ELIXIA 这个牌子，喜欢喝什么口味的？”

有了茶叶的前车之鉴，唐清辰向容茵推荐一项物品时，也学会注意价格了。比 ELIXIA 好喝价贵的气泡水不胜枚举，可若真会在意另一个人的感受，就不应该将自己的消费水平强加给另一个人。

若真心仪一个人，应该学会尊重她的感受。这是唐清辰近两天才悟出的道理。原本在餐桌上，他自以为会表现得更理智更平静一些，可旁边坐了一个聂子期搅局，让他一时乱了阵脚。现在想起当时和他争辩的那些话，实在幼稚得近乎可笑。

也不知道容茵心里会怎么想他……想到这儿，一向从容不迫的唐总也有点儿踟蹰，连看着容茵的眼神都有些飘忽起来。

容茵正觉得口干舌燥：“玫瑰味的吧。”

唐清辰心不在焉：“一样。”

侍者微微躬身：“马上为您送来。”

容茵却觉得有趣：“你也喜欢玫瑰味吗？”她以为男士不会喜欢这个味道，尤其是像唐清辰这样性格和喜好的人，实在不像是会喜欢喝玫瑰水的主儿。

唐清辰愣了一下，才反应过来自己刚才对侍者的回答，他揉了揉太阳穴，随即一笑：“看你喜欢喝，也想试试味道。”

眼看有侍者走过，唐清辰灵机一动，拍拍容茵肩膀，示意她转身。

侍者在唐清辰的示意下拉开窗帘，大块的玻璃窗外，是一座天然的望不见边际的花园。光线幽微，却不晦暗，能清晰地看到数不尽的各色鲜花大朵大朵争相盛放的情景。

哪怕曾经在 F 国看过大片的玫瑰花园，此时，容茵仍被眼前的月下美景震撼得说不出话。

“咱们走吧。”唐清辰递给她一瓶水。

容茵这才发现，从酒店大门进来，途经这个小酒吧，是前往花园最快最近的一条路。更妙的是，路上还有水喝。她忍不住唇角上扬，心也仿佛跳得快了。有些念头，她一直避免去深想，可杜鹤的话不知怎么又在耳畔响起。

或许是最近接连下了几场雨的缘故，这一晚的夜空澄净明澈，可以看到繁星如同棋子遍布星空，闪耀着碎钻般的光。君渡酒店的这座后花园里，各式鲜花荟萃，即便夜晚许多花儿合上了花瓣，依旧能闻到天然热烈的芬芳。容茵恍然记起，两个人第一次正式坐在一起吃饭，在君渡酒店的那间中餐厅，从窗子眺望出去，似乎便是这座花园的一角。犹记得当时夕阳西下，那场景颇有几分美轮美奂的意味。可到了晚上，花园里人迹罕至，鲜花虽不若白天那样争相绽放，却也别有一份清幽韵致。

绕过一座亭台，朦胧夜色里，那些黄色白色的小花儿沿着花架攀爬，天然的蜂蜜甜香无声侵袭着嗅觉。容茵屏住呼吸，忍不住称赞："这是什么花？味道真好闻。"

唐清辰说："是金银花，也叫忍冬，英文名叫 Honeysuckle，是从它的香味来的。如果你喜欢，改天我让花匠挖一棵过去。你那个小院子种这个一定好看。"

"忍冬……"容茵忍不住轻声呢喃这个名字，虽然唐清辰说了好几个它的名字，可容茵第一时间就记住了"忍冬"这个名字。以前也不是没听说过，可真正对上号，还是头一回。因为实在偏爱素雅洁白的花朵，容茵在自己院里种了不少白茉莉和栀子花，听到唐清辰这样说，她痛快地答应说："那我就不客气了。"

唐清辰颔首："你我之间，实在不必客气。"

容茵发丝长至肩膀，夏日暑热，她不耐烦散着，又实在抽不出时间打理，干脆偷懒用几根简易发卡在脑后挽成一只团子髻。偶尔脸颊左右散下两缕发丝，倒令她脸庞显得瘦削成熟不少。容茵素来苦恼自己脸颊肉肉的，看着不够清雅大方，近来无意中在镜中瞥见自己的模样，对这副模样很是满意。

她觉察到唐清辰注意的视线，有点儿不自在地撇开脸："聂医生的话，你其实不用放在心上。”

“他说什么，我不在意。我只想知道，你对苏苏和他的事，是个什么态度。”

容茵攥着气泡水瓶，大约是之前放在冷藏柜里冰过的缘故，只觉得瓶口冷冰冰滑湿湿的。可她清晰地感觉到，自己心脏却是火热的，跳得越发急切，明明不知道该怎么回应他的话，耳朵却那么喜欢听。

她看一眼唐清辰：“唐总坚持要从我这儿得到一个答案，又是什么意思？”

唐清辰似笑非笑地看她：“你是害羞还是生气了，突然又改口叫我唐总。”

容茵下意识地回答：“我没生气。”话一脱口，刚好和他的目光对在一处，容茵将一绺发丝掖在耳后，看向前方，“从林隽的角度，我不希望他受伤。可苏苏也是我的朋友，我不了解她和林隽之间过去有没有发生什么，但既然他们两个没有在一起过，现在她想追求聂医生，我也希望她能有个好结果。”

“如果是从你的角度呢？”

没想到唐清辰一句话，倒先把容茵问得笑了：“对我而言，如果没有遇到我喜欢的人，一直单身我也能过很好。”她一个母胎 solo 国外待了多少年的人，本来也无所畏惧。

“我也是。但我遇到了，所以一生一世不想错过。”万年冰山一朝融，君子一诺，就是一生。

这句话一出口，两个人之间好像有什么东西，悄悄地改变了。

半晌，唐清辰清咳，继续之前的话题：“那从聂医生的角度呢？”

容茵唇角挂着浅浅的笑：“他是我大学同学，认识这么多年，我肯定也希望他好。”

唐清辰听到这儿总算听到自己想要的话，连他自己都不知道，自己此时唇角上扬的弧度有多明显，说话的语调有多轻快：“容小姐真是心地善良。”

容茵扭头，皱眉：“我怎么感觉这不像是夸我？”

唐清辰一脸的堂而皇之、正大光明：“哪儿能呢？百分之百发自内心的赞赏。”他看向容茵的手，“你的手，不要紧吧？”

容茵一笑：“小事。家常便饭。”

唐清辰说：“之前在餐桌……”他咳了一声，有一丝尴尬，“我和聂医生争辩了几句，后来想想他的话，其实也有点儿道理。”说着，他看向容茵，“一直忘了问你，来到这参加这个活动，还算愉快吗？”

“很愉快。”容茵回答得毫不犹豫，大概是想到了一些人和事，她的眼睛里甚至闪耀着愉悦的光，“我过得很开心，谢谢你。”

唐清辰似乎是不放心，又说：“聂医生说最好不要沾水，我想你这段时间，完全不沾水大概避免不了，但还是注意一点，别发炎了。”

说来说去又绕回她的手，看来唐清辰真的很在意……这样不经意间流露的关心，对容茵这样独立惯了的人来说，别有一番甜蜜滋味。她喝了一口水，朝他笑了笑：“我知道的。”又说，“今天过得很开心，饭很好吃，这儿也很美，谢谢你。”

两个人话都不是很多，但正如容茵所说，吃过晚饭又到花园散步聊天，别人今晚过得如何尚且不提，他们两人倒称得上宾主尽欢。

而对于唐清辰来说，他早不是十八九岁的毛头小子，有些事，慢慢酝酿，慢慢品尝，更得滋味，他并不急在一时。

长久以来憋在心里的问题在今天终于有了答案，像这样收尾，一切刚刚好。

他一路送容茵进了房间，对面房门却突然打开，紧接着传来一声重咳：“你还要像个二愣子似的，在人家房门口傻站多久？”

唐清辰有点儿无奈地转过身，抚了抚额头：“舅公。”跟在老人身后进了房间，他说，“您怎么跟个孩子似的，还带偷听的？”

“我是偷听吗？”汪老头儿瞪眼，“你把这丫头放我对面，不就是让我帮你盯着人？怎么，现在人要哄到手了，开始嫌我老头儿碍眼了？”

“您这都哪儿跟哪儿啊！”唐清辰手里还拎着那瓶气泡水，见汪柏冬大有畅谈一番的架势，干脆换了拖鞋，将气泡水放在桌上，在老头儿对面坐了下来。

汪柏冬一看那瓶水，浅粉色的玻璃瓶，还是玫瑰口味的，气都气笑了：“你什么时候好这一口了，我怎么不知道？”

说起这个，唐清辰也有点儿尴尬，索性就装傻，什么都不说了。

汪柏冬指了指房门的方向：“你这是认准那个丫头了？”

唐清辰说：“您不都看见了吗？”

汪柏冬哼了一声：“我看见什么了？我就看见你跟个十七八的傻小子似的，一路把人送到房门口，人家门都关上半天了，你还站在那儿发愣。”

唐清辰揉了揉眉心，忍不住低笑了一声：“有那么傻吗？”

汪柏冬觉得痛心疾首：“非常。”不然他也不会忍不住喊他进屋。再看他那么站下去，他觉得伤眼！

唐清辰说：“我怎么觉得您不大喜欢她？”

汪柏冬挑眉，瞪他：“我还觉得是你太喜欢那个丫头了，心都偏到太平洋去了！”

唐清辰忍不住笑：“太平洋就挨着咱们，我用不着偏。”

“别给我耍贫嘴！”汪柏冬拍了拍桌子，说，“之前说要去试试几个人的手艺，我还以为你也就是对人家感兴趣。现在我算是看出来了，合着之前你和林隽那小子一唱一和的，就是套我的话呢？”汪老头儿的表情越说越严肃，“你给我撂句话，你之前跟我说的那些事儿，到底是哄我玩的，还是当真的？你是想借这个机会给自己套个媳妇儿回来，还是——”

“当然是当真了。”对于汪柏冬，唐清辰一直非常尊重，也极少打断他说话，“您想哪儿去了？公是公，私是私，我不会这点事都掰扯不清。而且容茵……”说到容茵这个名字，他眉眼不自觉柔和了几分，“容茵她也不是一般的女孩子，她有自己的事业追求，不论是对我自己，对唐氏，还是对她，我都不会儿戏。”

汪柏冬听到这儿不免挑了挑眉，他重新打量了一番眼前这位晚辈：“我还以为，那次的事之后，你不会再轻易动心了。”

这话哪怕是唐清辰的父亲如今也不敢轻易说，可汪柏冬就这么轻轻松松地说出了口，如果是林隽在场，肯定又是一把冷汗。可唐清辰却觉得，仿佛这件事被汪柏冬这样一说，才是如同过眼云烟一般，真正地过去了。他不禁沉声一笑：“这话也就您敢对我说。”

汪柏冬一副惊奇的表情：“难道不是？”说话间，他起身去倒水，“都已经过去的事儿了，还有什么说不得的？”

唐清辰徐徐吐出一口气：“您说得对，确实都是过去的事儿了。”

外间传来汪柏冬不慌不忙的声音：“难得见你对谁这么上心，我看你现在这样子，比起当年好像还要强一股劲儿。”

唐清辰目光微软，显然是很喜欢汪柏冬的这句评价：“那时候有盲目的成分在，也有……跟我爸较劲的成分在。”

汪柏冬端了一杯水和一杯酒回来，水放在自己面前，另一杯是唐清辰平常喜欢喝的一款白葡萄酒：“你现在终于肯承认了？”

“是。”唐清辰说，“您不也说了吗？都是已经过去的事儿，没什么说不得的。”

汪柏冬喝了一口自己杯中的水，晃晃脑袋，仿佛他喝的那杯才是酒：“这么说来，我还得谢谢容茵那丫头。”

唐清辰挑了挑眉。

汪柏冬朝他狡黠一笑，那模样颇有几分孩子气：“如果没有她，我也听不到你这几句话，心里还一直为你牵挂着呢。”

唐清辰不由得笑了：“这也不是什么大事儿，值得您这样？”

“你妈妈和你外婆生前都牵挂的事儿，我哪儿能不上心？”汪柏冬摇了摇头，“说起来，容茵这丫头好像还挺招人喜欢的。”

多一个人愿意跟他聊一聊容茵，正是此时的唐清辰求之不得的事儿。他说：“我还以为您不太喜欢她。”

汪柏冬瞅了他一眼，随即哼了一声，这回的哼声里却是带笑的：“我不像你，喜欢谁，都显在眼睛里。我如果相中谁，那对这个人就是有要求的，不可能像你希望的那样。”

汪柏冬这句话，可以说给了容茵很高的评价，唐清辰不禁心中一动，面上也带出笑意来：“舅公说得对。”

汪柏冬横了他一眼，又说：“我看在她身边转悠的那几个人，都对她挺有好感。我只管教手艺，不管别的，你自己相中的人，自己上点心。”

唐清辰听了这话，第一反应就是那天在员工食堂外，给容茵打电话时看到的情景。帕维尔对容茵的特殊态度，他从一开始就知道，也做了一些预防措施。可听汪柏冬的意思，似乎除了帕维尔之外，还有别人……

他有些含糊地应了一声：“我知道了。”

汪柏冬瞧了瞧他的神情：“行啦，我困了，你也去睡吧。”

唐清辰不免笑：“舅公这就赶人了？”

汪老头儿站起身，直接哄人：“你那心思都不知道飘谁身上去了，反正不在我老头子这儿。快走快走。”

累了一天，晚餐更是吃得殚精竭虑，饶是唐清辰这样一向精力充沛的人，也难免有点儿疲惫。出了房间，他又望一眼对面的房门，脑海里浮现汪柏冬的哼声，他无声一笑，这才抬步离开。

Chapter 11

魔方蛋糕

•

吃醋小龙虾

于千万人之中遇见你所要遇见的人，于千万年之中，时间的无涯的荒野里，没有早一步，也没有晚一步，刚巧赶上了，那也没有别的话可说，唯有轻轻地问一声：“噢，你也在这里吗？”

——张爱玲《爱》

接下来的一段时间，容茵每天都会按时接到小石发来的工作汇报，甚至有他录制的小视频，而她却连打电话回去多嘱咐几句的时间都没有。聂子期也来过两个电话，上次晚餐之后，她隐约知道了他的意思，可抽不出一点时间跟他见面吃饭。她听到电话那端聂子期失望的叹息，想说什么，却没好意思就这么隔着电话仓促说出口。

有些事想说清，还是面对面地交谈比较有诚意，尤其聂子期并不是普通朋友，而是她相识多年的老同学。

都说他乡遇故知是人生四喜之一，人在他乡，会令人格外地珍惜从前一个地方走出来的老朋友。不过托了唐清辰的福，容茵发现自己最近的生活中充斥着新面孔，生活节奏也加快许多。尽管每天在汪柏冬的敦促和压榨下过得苦不堪言，其中的收获却令她对这段经历甘之如饴。

几天时间下来，容茵发现自己脸皮也厚了不少。那天和可露丽一起制作的杏仁豆腐没有得到汪柏冬的评语，她干脆凭着记忆又做了一次，专门端到了汪柏冬面前。

汪老头儿虽然不年轻了，可专业方面的事，记性一向好得不得了，见到那盅杏仁豆腐就撇开头，连尝都不尝。容茵摸不着头脑，但也知道汪柏冬的意思是这东西不合格，只能又原封不动地端回来。

“以汪老的水准，应该看就能看出来水准。”杜鹤知道这其中的原委，给她出主意，“既然是唐总带你去吃过的店，你再去那店里尝尝，光尝一次，做得不地道很正常。”

容茵有点儿为难：“你也不会做这个？”

杜鹤用指尖揉了揉眉心：“你还真难倒我了。这杏仁豆腐算不得是京派糕点，顶多算是一个小吃。我只会吃，不擅长做。”

容茵抿了抿嘴唇。

旁边一直留心这两个人对话的殷若芙开口说：“中式甜点不是你的强项，你既然擅长西式糕点，还不如好好钻研那个呢！”她凑近一些，打量着容茵，小声问，“我刚刚听说是唐总带你去吃的这道甜品。你和唐总很熟吗？”

容茵愣了一下，她现在和殷若芙的关系有点儿微妙，两个人明明是表姐妹，可当着这些外人的面，殷若芙从来都直接叫她的名字，仿佛两个人是刚认识的普通同事。容茵也喊殷若芙的英文名字 Fiona，可心里终究有些别扭。此时听到殷若芙这样问，她怔了一下，摇摇头，本能地不想多说：“没有。”

殷若芙哪可能信？那天的品鉴会之后，她就一直留心打听有关容茵的种种，可偌大的唐氏集团，她能说上话的只有柯蔓栀。柯蔓栀对她态度殷勤亲切，可唯独对有关容茵的事所知有限，不怎么帮得上忙。她和殷母提过，想学容茵，也搬到酒店的员工宿舍住。可殷母这次却没有同意。

最近工作强度大，殷若芙和容茵、杜鹤三个人一起，每天从早忙到晚，对于唐清辰，只能频繁地听到员工口中提及“唐总”，却是连见一面都困难。想到这儿，殷若芙嘟了嘟嫩唇，本以为进到君渡酒店工作，也算是近水楼台，却没想到反倒离唐清辰更远了。

不知道是不是想什么来什么，吃午饭时，她就接到母亲来电：“今晚去唐家吃饭，你和那个汪师傅请个假，他应该事先知道的，肯定会放行。你提前一点回来，妈妈帮你好好参谋一下今晚的穿着。”

殷若芙攥紧手机，心如鹿撞，一转脸，正好看见容茵和杜鹤端着餐盘，并肩走向同一张桌子，坐下后有说有笑的。

她唇角抿出一抹小小得意的笑，或许在工作间，容茵比她吃得开，可论到唐清辰这盘菜，显然是她棋高一着，真的可以“近水楼台先得月”了。

而此时杜鹤正在力劝容茵给唐清辰打个电话。自从那天晚上她主动向容茵袒露了自己最大的秘密，两人的关系以肉眼可见的速度迅速亲密许多。而随着两人闲聊越多，杜鹤也多少知道了一些容茵的心结。她一边搅拌自己碗里的炸酱面，一边问容茵：“你是不是从没主动追过什么人？”

听杜鹤说食堂炸酱面做得地道，容茵也要了一碗，听到这话手指一颤，筷子尖上缠绕的面条跟着一哆嗦，褐色的酱汁差点溅到她的脸上。

杜鹤这人很有点儿坏心眼，自从她发现了容茵心里的“小秘密”，就很喜欢拿唐清辰作为话题。容茵在专业领域的表现堪称老成，可一触及情感方面的事儿，就成了透明人。至少在杜鹤这位“老司机”眼里，她那些欲盖弥彰的掩饰和心口不一的反应特别有趣。杜鹤食指一推眼镜，露出一抹坏笑：“哎，想不到咱们唐总这么有福气。”

容茵瞪了他一眼，难得没了平常的潇洒劲儿：“很丢人吗？”

杜鹤听她语气强横，忍笑摇头：“不丢人。在现在这个社会，你这样的可是珍稀动物。”说着，她凑近了些，在容茵耳畔低语，“我要是男人，肯定追你。”

考虑到在其他人眼中，杜鹤确实是个“男人”，容茵忍了又忍才没朝她打过去：“你要是男人，我也不答应跟你好。”

杜鹤眉毛一挑，清俊的脸庞挂着委屈：“我哪儿不好？”

容茵瞥她一眼，低声说：“哪儿都好，就是这张嘴，太欠。”

杜鹤哈哈笑出了声，她声音偏中性，这样子笑丝毫不显突兀，反而潇洒极了："我就喜欢你这样的，耿直。"

"抱歉。"林隽不知道什么时候站在了两人身边，他朝容茵使了一个眼色，"容小姐，有点儿事情需要跟你核对一下。"

容茵没想到林隽会来这儿，虽然这里是君渡酒店的员工食堂，但像林隽这样唐清辰身边的骨干，向来不会来这儿吃饭的。她站起身，跟在林隽身边走了出去，到门口，听到林隽低声说了一句："老大在办公室等你，你拿着这个，从专用电梯上去，28 层。"

容茵有点儿蒙，手捏着卡，看林隽："是出什么事儿了吗？"

林隽强撑出一脸淡然："我也不知道。"想了想，他咳嗽一声，小声说，"不过唐总今天好像心情不大好。"

容茵走得稀里糊涂。林隽看着这位小姐的背影，叹了一口气，返回员工食堂，在容茵原本的位子坐了下来。

杜鹤见这人去而复返，速度还这么快，一开始没反应过来。见林隽端起容茵那碗面就开吃，她差点喊出来："那是容——"

林隽头也不抬："炸酱面放久了就不好吃了。"

虽然容茵还一口没碰，但像林隽这么不见外的也是没谁了。杜鹤眼珠一转，低声问："看来不是林秘书找我小师妹，是唐总有事儿找她？"

林隽最近心情不大好，然而心情不大好还要为自家 Boss 的姻缘鞍前马后，他觉得自己真是操碎了心。听到杜鹤这么问，他抬头瞥他一眼，用餐巾擦了擦嘴角的酱汁，也低声答："你既然知道怎么回事儿，就应该跟容小姐适当保持距离。"

杜鹤眉毛一挑，熟悉她的人最清楚，每当她做这个表情，就代表这厮玩心大起。她夹了一筷子面条，吃了一口，说："我虽然认识容茵不久，但跟她挺投缘的。唐总是怎么个意思，我还没看出来。"

林隽身心俱疲，但他跟着唐清辰混久了，从前无论多大的工作强度都没把他压垮，全因为他骨子里很有点儿越战越勇的韧性，典型的"遇强则强，遇弱则弱”。本来他懒得和杜鹤多说，可看到这小子不服输的劲头儿，他也来了精神：“你师父把你送到这儿来，应该不是让你泡妞儿的吧？”

杜鹤眉眼一横，大马金刀地往那一坐，气势十足：“我师父原本是没有这个意思，可他如果见了小师妹，那就不一定了。”

林隽“嘿”了一声，他歪头看着杜鹤：“真看不出来。”

杜鹤：“看不出来啥？”

林隽唏嘘：“你还挺有眼光的。”

杜鹤简直想笑，又见他没精打采的，脑海中闪过一个大胆的联想：“你这是失恋了？”

林隽没想到他瞬间把话题切回自己身上，而且还说得这么准，不禁脸色微僵。

杜鹤在察言观色这方面是个高手，只一眼，就知道自己猜准了，她叹口气：“想不到我小师妹这么受欢迎。”

林隽愣了，等他反应过来，杜鹤已经端着面碗走远了。这人眼睛毒，嘴皮子溜，吃饭也快，几句话工夫，一碗面已经下了肚，看这样子是又去拿别的东西吃了。林隽不禁在心里加上一句，饭量还挺大。

要是放在从前，林隽肯定要等杜鹤回来一起接着吃，顺便把刚才的误会解释清楚，可他眼下实在没这个精气神儿。杜鹤人一走，他就跟被戳破了的气球一样，瞬间偃旗息鼓。他低头扫了一眼面碗，也提不起胃口，想了想，决定还是早点回去投入工作。

唯有工作是打倒一切负面情绪的良药。

也不知道是唐清辰有意安排还是巧合，苏苏前两天被派往临安，继续上次唐氏与曼菲合作的相关事宜，也就是说，他在接下来至少一个月的时间里，都不会再见到苏苏。林隽把一天里绝大部分时间和精力都投放到了工作上，他现在还理不清心里对苏苏的感觉，这样的人员安排和工作强度，正是他此刻最需要的。

容茵握着磁卡刷开电梯，一路上行到28层。她原本还打算问路，却没想到出了电梯，只有一扇门，而且门是敞开的。容茵走进去才发现，唐清辰将这一整层空出来，做成一个独门独户的环形独立空间。如果不是因为身处高层，整个房间给人的感觉更像是一间别墅。房间的装修风格很有特色，山水画苏绣屏风，老式圈椅和花鸟图案地毯，房间一角甚至摆着一台留声机，乍一看仿佛影视城里某个民国时代的片场。但房间里淡淡的烟草味，桌上摆放的那把热气缭绕的水晶茶壶，又令这里更多了几分真实亲切的烟火气。

很显然，唐清辰平时就在这里工作和会客。

“抱歉，刚接了个电话。没想到你来得这么快。”

容茵循声转身，就见唐清辰穿一件黑色衬衫，青灰色西裤，衬衫扣子解开两颗，手上还端着一只空的威士忌酒杯。他的样子比容茵印象中的随意很多，眉眼间似乎还裹挟着尚未褪去的愠怒。容茵有点儿不自在地瞥开视线，看这样子，似乎是她来得太突兀，甚至有可能打扰到了什么……

“林隽说你有事情找我。”容茵露出一抹笑，试图缓解两人间弥漫的某种尴尬，“我以为是工作的事，就赶紧上来了。”

唐清辰确实才发完一通脾气，他一路捏着酒杯急走过来，走出客厅才看到沙发边立着的人影。一时间他来不及收敛情绪，担心刚刚的电话内容被容茵听去，他仔细观察着她脸上的神情，见她除了少许不自在，并没有其他情绪，心里多少松了一口气：“不怪你，是刚才突然来了一个电话。”他撂下酒杯，突然意识到自己的样子似乎有些不雅，头发是乱的，衬衫扣子没扣好，刚刚从房间里走出来的样子似乎还挺凶，原本强压下去的那股火顿时又冒上来。他深吸一口气，朝容茵身旁的沙发一指，示意她：“坐。”

容茵还没见过他这个样子，从前在她面前，唐清辰极少流露出这种不怒自威的气势，她一时没反应过来，本能顺着唐清辰的指示，一屁股坐了下去。

唐清辰回过神，大概也发觉自己的语气不对，他捏一捏额头，试图对容茵露出笑容，却怎么都没能成功，只能保持着自己半转过身的姿势，尽量让自己的语气听起来和往常无异：“我去给你倒杯茶。”

人没了影，容茵收回视线，她看向摆在桌上的两只空茶盏，还有当中那只水晶茶壶……这难道不是刚沏好的茶？

唐清辰很快折返，头发不着痕迹地向后梳得整齐，衬衫也换了另一件，虽然容茵压根没看出区别，但唐总自己觉得之前那件被自己生气之下扯开两颗扣子，连带衬衫领口都皱皱的……他拿着另一把天青色茶壶过来，看到桌上那只茶壶时，他掀了掀眼皮儿，看向容茵，解释：“之前已经泡过一水，味道不够正，我换了一壶新的来。”

容茵点点头，她原本没想那么多，毕竟人忙起来一时忘记也是有的，可她看着唐清辰一脸正色地解释的样子，不知道怎么的就有点儿想笑。

只有那么一点点笑意，浮在唇边，可唐清辰一直紧盯着她的一举一动，看到这一点点笑意，他有点儿不自在地咳了一声，随即垮下肩膀，在容茵旁边的单人沙发坐下来：“被气糊涂了……”

“又是家里的事？”有了上次两人一起吃火锅的经历，容茵对面前这位先生的心思几乎一猜一个准。

这次唐清辰却没有立即承认，片刻之后，他才望着茶壶嘴飘出的袅袅白雾颔首：“到了我这个年纪，有些事还不身不由己，是不是很可笑？”

容茵歪头：“好像没有谁能什么事都由着自己。”她看向唐清辰，唇角映笑，“是你对自己要求太严格了。”

唐清辰的目光捕捉住她唇角那朵笑，眼神深凝：“是吗？”

“对啊，我觉得你有时候太紧绷了。”

唐清辰很快回过神，看向她的眼睛：“一般这个时候，你会做什么？”

“我？”容茵笑了，“有大把的事情可以做啊，打扫房间、做烘焙，或者吃麻辣烫，反正让自己大汗淋漓的事我都会做，身体特别累的时候，脑子就清楚了。”

唐清辰若有所思地看着她放在椅子扶手上的手指，容茵的肤色在女孩子里面并不算非常白皙的，这双手，并不是保养得非常漂亮，但好在她手指纤长，指尖微削，从这个角度看去，很有几分纤纤玉指的味道。唐清辰眼神深幽，突然开口：“你逃过学吗？”

容茵一时没反应过来：“啊？”

唐清辰看向她：“旷课？”

容茵老实回答：“有。不过都是生活所迫，不是贪玩儿。”父母健在时，她是全天下最幸福最乖的小孩，后来母亲去世，父亲卧病在床，生活也回不到从前的正轨。旷课算什么？班主任老师知道她家里的情况，对于她的迟到早退睁一眼闭一眼，幸好她够聪明，成绩一向优秀，就连其他任课老师都说不出多余的责备。

上大学后，医学生的时间并不自由，但父亲的身体一日不如一日，往医院跑更是家常便饭。别的同学在上课时，她在医院，别的同学休息娱乐时，她反而要泡在实验室和图书馆里。

唐清辰朝着她一笑：“你今天有没有特别想去的地方？”

容茵跟不上他的思路，但还是老实说道：“我想去上次你带我去的那家火锅店。”

唐清辰没想到她会提这个要求，但还是点了点头：“你想吃火锅？”

容茵见他起身，也跟着站起来，她极少对别人发出邀请，因此有点儿不好意思：“那家店做的桂花杏仁豆腐很好吃，我……其实是想去偷师。”

唐清辰愣了一下，随即笑了起来：“你说这么直接，我都不知道该不该带你去。”

容茵抬起头：“其实不一定要去后厨看，让我再吃一次，我觉得会有很大帮助的。”

“走吧。”唐清辰拽起她，连手机和车钥匙都没拿，径直出了房门。

两人抵达上次的火锅店，已经是下午两点钟的光景。这回火锅店老板亲自出来迎接，四十来岁的中年人，肤色白皙目光熠熠，穿一件原色亚麻短袖衬衫，一条浅草绿色短裤。因为气质很好的缘故，这样的打扮也不显突兀，反而显得此人优雅随意，很有几分出世的气息。他见到唐清辰时还只是浅笑，看到他身旁的容茵时，笑容瞬间明朗了许多，一边和唐清辰握手一边说：“这位就是容小姐吧，久仰久仰。”

容茵以为他是说客气话，连忙回：“您太客气了。”

老板自我介绍：“叫我老姜。”

唐清辰知道他笑什么，干脆也调侃他一句：“他姓姜。都说姜是老的辣，这人从小辣到现在，迄今为止还没人能治得了他。”

老姜狂笑：“怎么没人能治得了我，你不就是一个？”

唐清辰说：“我说的是你能娶回家的。”

老姜回头瞥他一眼，颇为严肃地一点头：“你我确实不敢娶。”

唐清辰抬腿朝他踢了一脚：“说什么呢！”

老姜早有防备，自己话音刚落就往前跃了一大步，还颇为活泼地一扭头，朝容茵一眨眼：“开玩笑呢，容小姐可别当真。”

这回有了老板接驾，唐清辰和容茵坐在房间里，直接等吃就好了。他将两人引进屋里就去了后厨，过了一会儿，掀开帘子，朝唐清辰招了招手，却不进门。

唐清辰对他刚才的调侃耿耿于怀，此时连头都懒得抬：“有事儿说。”

老姜啧一声：“这么小气呢！”

唐清辰斜他一眼：“你后厨那位做甜品的师傅，能不能帮我引荐一下？”

老姜乐了：“你是不是就为这来的？”

唐清辰大概今天心情是真的不好，说话毫不遮掩，格外呛人：“不然没事儿来你这闲逛？”

老姜一摊手：“你不早说，人今天一早飞国外了。你要是早打电话知会一声，我还能力挽狂澜，帮你把人拦下来。”

唐清辰看向容茵，容茵正皱着眉，心里觉得确实不凑巧，早知道会这样，还不如听杜鹤的，早点求唐清辰帮忙。

唐清辰说：“这么说今天吃不到他做的那道杏仁豆腐了？”

老姜问：“你是说那道‘揉破黄金’？”

唐清辰点头：“容茵最近正在做这道甜品，想向你的那位宝贝大厨讨教一二，没想到这么不凑巧。”

老姜笑了：“要是别的我不敢说，但这个甜品不难，最近这半年，这道甜品多数都是我们这儿一个学徒在做。”他又看向容茵，“容小姐要是感兴趣，待会儿吃完饭，可以到后厨和那位学徒交流交流。”老姜相当精明，紧接着又添了一句，“我听唐先生说，容小姐也是做甜品的行家，此前还一直在F国工作，待会儿如果能够教我们几招，就更好了。”

容茵也笑了：“说是学徒，其实也是贵店能独当一面的人物，顶多是交流切磋，哪能说是教？”

老姜笑呵呵的：“容小姐说话真让人如沐春风，怪不得能让唐总冲冠一怒为——”

“咳！”唐清辰这声咳嗽既及时，又不那么及时，他瞪一眼老姜，“这大中午的，您不忙吗？”

老姜眨了眨眼：“忙，我忙得不得了！”说着他就把帘子放下，临走前，还不忘跟容茵又确认一遍，“那待会儿用完饭，就请容小姐到后厨见面啦。”

容茵近来总被杜鹤调侃，原本以为自己脸皮已经厚了许多，可没想到今天认识的这个老姜说话更直接，尤其还是当着唐清辰和她两个人的面……容茵脸颊发烫，借喝水的动作掩饰羞涩。以唐清辰的条件和年龄，想来也是阅尽千帆的人物，她如果显得太不识闹，大概要被这个人笑话了。

唐清辰又咳了一声："你别在意，他这人就那样儿，说话没谱，不着四六。"

容茵将老姜说的话仔细地回忆了一遍，唇边含笑："他人挺有趣的。"

唐清辰不禁抬高一边眉毛："我以为你讨厌耍贫嘴的人。"

容茵笑答："如果调侃的对象不是我，还是能够欣赏的。"

唐清辰没想到容茵竟然也学会调戏人了，他眯了眯眼眸，将容茵上下一打量："几天不见，刮目相看啊。"

容茵终于忍不住笑出了声："才没有。"主要她一想起老姜那句"不敢娶"，就忍不住想笑。唐清辰这样的主儿，怎么看都是霸王的性格，放在什么时候都没人敢"娶"吧！

唐清辰无奈，这么顺着说下去，不知道她要笑到什么时候，只能换个话题："听说汪老最近给你们的任务量不轻，工作累不累？"

"还好。"说到工作，容茵陷入沉思，"不过最近大家都使出了自己的拿手绝活。我会做的糕点不少，但像Snow Yard那个层次的原创作品却并不太多，所以最近确实还挺有收获的。"

唐清辰问："你要学做桂花杏仁豆腐，也是为了这个？"

容茵摇摇头："之前当着汪老的面做过一次，可他一句点评都没有，今天上午我又做了一次，他尝都不肯尝……我觉得肯定是我做的问题很大，他才不肯尝。"

唐清辰没想到容茵临时想学艺的念头竟然和汪柏冬的要求有直接关系，他不免多看了容茵两眼，说："他山之石，可以攻玉？"

容茵抿着嘴笑："大概就是这个意思吧。"

想不到问题的解决方法时，不妨先将眼前的事做好。对容茵来说，让她立刻创作出像'Snow Yard'或"天涯客"那样的甜品并不现实，可她从汪柏冬对她的点评中敏锐地发现了自己的疏漏，既然还有一道杏仁豆腐没有通过导师的考核，不如一切就从这道杏仁豆腐开始。想到这儿，唐清辰看向容茵的目光越发透出一种热烈的光。他知道自己很久没有这么喜欢一个人，并且发自内心地在意对方的感受了，可仿佛从这一刻起，他才真正意识到面前这个女孩子对他有着难以磨灭的吸引力。

他最早喜欢她的谈吐和性格，随后觉得她的容貌气质也顺眼，可到现在，他才发现，真正吸引他的，是她心里那份与众不同的淡然、从容和踏实。唐清辰并不觉得自己是个淡然踏实的人，相反，他想得到一样东西时，往往会想尽一切办法，甚至不择手段，可这并不妨碍他欣赏这样的品质。

人总是容易被与自己截然不同的特质吸引，对唐清辰来说，容茵的迷人之处正在于此。

没有不间断的信息和电话，唐清辰这顿火锅吃得尤其舒坦。因为连车都没开，他也敞开量喝起了酒。不过这人挑剔得很，从餐前到餐后，连续换了三款不同的酒，最后还让老姜送来了 Y 国某家酒庄特酿的白葡萄汁。

容茵因为还有正事要做，不敢多喝，但她的酒量在女孩子里算很不错的，此时喝得微醺，正是最舒服的时候。白葡萄汁不含酒精，兑了冰块进去，喝起来有一种水晶葡萄加蜂蜜的鲜甜。容茵喝完自己这杯，就不敢再喝，转而喝起了冰水。见唐清辰盯着她看，她不免笑："今天也算犯了忌讳了，本来吃甜品前不应该喝酒的，会令味觉不够准确。"

唐清辰眸光沉沉："有尝不出来的部分，可以问老姜的那位学徒，既然已经打过招呼，他不会太小气。"

容茵摇了摇头："不管怎么说，今天这顿火锅吃得很满足。"

唐清辰说："待会儿还有想去的地方吗？"

容茵早发现唐清辰没带手机，再联想他之前的话，已经猜到他是在逃避什么人或事。她想了想，正要说话，帘子掀开，是老姜："在这儿吃有什么意思？容小姐，要不要来我的后厨参观？"

“好啊！”容茵站起身，走到门口才发现自己太兴奋，忘记像之前那样去看唐清辰的反应。

没想到唐清辰并不生气，相反，他虽然没有笑，但看神情似乎比之前还高兴。

老姜最知道他，快走到后厨时，他故意落后两步，跟在唐清辰身边，下巴朝着容茵的背影一抬：“这回是动真格的？”

他神色一松，连眉眼都跟着显出几分罕见的温柔：“怎么了，她不够好？”

老姜一听这话头，就觉得有门，故意啧了一声：“我跟人家头一回见，哪能立刻就说出个四五六来？”

唐清辰挑眉看他：“刚刚聊了那么多句，还不够你看的？”

老姜笑了，摸了摸下巴，干脆停在门外，低声说了一句：“我唯独没想到的是，你会喜欢这个类型。”他胆子也大，下一句话脱口而出，“跟盛柔没有一点像的地方。”

也不知道是太久没听人提起这个名字，还是因为酒精导致反应迟钝，唐清辰这次连眼皮儿都没动一下，只是说：“是不像。”

老姜观察着唐清辰的神色，直到此时才徐徐吐出一口气：“我这回是真放心了。”

唐清辰望着房间里的人影，一边解开衬衫袖口的扣子，将袖子挽起来，一边说：“其实当年，我最在意的也不是她。”

老姜看着他的侧脸，悠然道：“你在意的是你自己看错了人，还有唐老先生处理这件事的方式。”

“是。”唐清辰大方承认，“当时我不愿意面对，是因为如果这样想，岂不是承认我根本没那么爱她？那我之前对她的种种又算什么？”

老姜笑了一声，拍拍唐清辰的肩膀，说：“你这人呐，什么都好，就是太较真儿。”他也跟着看向房间内的情形，“听哥一句话，对自己太较真儿呢，累；对自己在乎的人太较真儿呢——”说着，他已经抬脚跨进了门，“那个人容易被吓跑。”

唐清辰怔了一瞬，才跟着也进了门。

容茵此时已经吃完了一小碗“揉破黄金”，正坐在高凳上，和那位年轻的学徒聊得兴起。

唐清辰朝那学徒招招手：“也给我来一份。”

学徒是一个相当年轻的女孩子，看样子也就二十出头，她听到唐清辰的声音转过头，乍一看清他的面容，脸颊瞬间就红了。等回过神匆忙去一旁的保鲜柜里取出一份，送到唐清辰面前，已经紧张得说不出什么话了。

老姜看见这情形相当警惕，咳了两声说：“弯弯啊，别看了，已经有主了。”

弯弯回过神，听明白老姜的意思，顿时耷拉脑袋：“好看的男人都是别人的。”

唐清辰极少见到这样的表白，也有点儿不自在，干脆端起甜品和老姜坐到一起，换来对方一句调侃：“你还有不好意思的时候？”

唐清辰横了他一眼，没说话，目光却一直看着容茵的方向。

老姜低声说：“弯弯也很有天分，就是年纪太小，不够稳重。我就等容小姐教她几招新鲜的，说不定又能成为店里一道招牌呢！”

唐清辰说：“算盘打得挺精。”

“你不也是？”老姜低声笑，“容小姐还不知道呢吧，你这藏得太深了。”

唐清辰说：“急什么？”

老姜说：“我怕容小姐太抢手，你到嘴的肉飞了，到时还不得疯？”

唐清辰目光定在容茵身上，却神色温柔：“她不会。”

老姜呵了声：“对自己这么有信心？”

唐清辰说："是对我自己的眼光有信心。"他看着容茵，缓缓说，"她心思都在眼前的活儿上，没心思看人。"

老姜说："我还是那句话，抓点紧，但也别抓太紧。一张一弛，这人就到手了。"

唐清辰看了他一眼，似笑非笑："道理讲的一套一套的，怎么还混成现在这样？"

话题陡然转到自己身上，而且还是这种人身攻击性质的，老姜十分下不来台："行了啊。我这好心提醒，你倒好，哪壶不开提哪壶！"

唐清辰一笑，没说话。

房间里很安静，弯弯干起活来话不多，正在给容茵演示做杏仁豆腐的全过程。两人同时听到唐清辰那一声低笑，声音不大，但特别苏。弯弯抖了抖脑袋，小声嘀咕："老姜真抠门，有这么帅的哥们儿都不知道早点儿介绍给我。"她又看容茵，"容小姐，你真幸福！"

容茵正被那一声低笑弄得走神，听到弯弯这句话，先是一呆，回过神来之后想反驳，可一抬头，正好和唐清辰的目光撞在一处，他也在看着她。容茵觉得自己有点玩心眼儿，可不知道怎么的，对着弯弯羡慕嫉妒恨的天真面孔，那句"不是"就是说不出口。

直到两人一起走出老姜的火锅店，容茵还沉浸在自我检讨的情绪里。唐清辰跟她说了两句话都没得到回应，只能停下脚步，一边笑："刚才弯弯说我好看有魅力，看来不是真的，不然怎么某人都听不到我说话？"

容茵下意识就反驳："她只说你好看，什么时候说你有魅力了？"回过神，正对上唐清辰含笑的眼睛，容茵语塞，又觉得这个时候最好还是强撑一下面子，"怎么了，我说得不对？"

唐清辰笑了："刚刚临走前，她单独跟我说的。"

容茵："……"刚刚临走前她在干什么？好像在跟老姜道别，两个人顺口多聊了两句，好像就是那个时候，弯弯和唐清辰也在说话。

想到平时杜鹤对自己的嘲笑，容茵头一次生出某种惭愧不如的感觉，论和男人相处的技巧，她竟然还比不过一个二十出头的小丫头。

唐清辰见她又不说话，也没急着叫车，干脆跟在她身边一起慢慢走着。

平城盛夏的午后，三四点钟正是热的时候，两个人走出一段路后，容茵才猛然回过神，发现两个人傻乎乎地顶着大太阳走了很远。她刚刚突然想到了回馈唐清辰的方法，虽然老套，总也还能表现出诚意的。可对上唐清辰的目光，那句邀请又有些说不出口了。

唐清辰问："怎么了？"

容茵："我刚才突然想到一款甜品，还没有做过，要不我现在找个地方做给你吃？"

唐清辰脑子转了两圈，才明白容茵的意思。之前不在老姜的餐馆做，大概是为了保护创意；不回酒店，是因为她看出自己今天并不想回酒店；可如果现在回她的甜品屋，路程很远不说，明天回酒店也不方便……那么唯一剩下的选项，就是他的家了。难怪她憋了半天才说出这么一句话，以她在这方面一向是被动的性格，能说出这样近似邀请的话，实属难得。

唐清辰忍不住笑了，不知道是不是头顶阳光太强烈，他的双眼甚至眯了起来："如果你不介意的话，去我家？"

容茵点了一下头："如果方便的话。"

唐清辰乐了："放心，我家里没有田螺姑娘。"

唐清辰带容茵回的自然不是老宅，而是他在城中最经常去的一处住宅。事实上，此时此刻，在老宅中正上演着他最厌烦的一幕：家里老头儿不知道哪根神经没搭对，把殷家母女请回家中做客，据说还特意准备了殷若芙最爱吃的海鲜，等他回家一同聚餐。他临出门前并没有关手机，但也猜得到，今天下午大概他的手机会被某些人打到爆。

工作的事有林隽一肩挑，暂且用不着他操心，如果他这个当老总的一天不接电话就会出状况，那只能说明手底下这些人他白养了。至于家里的事……唐清辰忍不住浮起一丝冷笑，当年盛柔的事，是他自己眼光失准看错了人，可并不代表他赞同唐父对这件事的处理方式。十二年后的今天，他有了真正喜欢的人，就更不会照着唐父的意愿行事了。他对家中长辈无不尊重有加，可并不意味着他甘愿做谁的傀儡。这些年来，事业上他已经做出了适当的牺牲和让步，他自己的生活和婚姻，绝不容许任何人再插手。

是他当“好学生”太久，以至于让家里某些长辈忘记了他本质上是一个什么样的人。

唐清辰的这处住所位于北四环，是一间大平层，一梯一户，和他在君渡酒店总部的28层房间很像，连装修风格都很相近。容茵满脑子都是刚才学做桂花杏仁豆腐时冒出的灵感，进了房间也顾不得细看装潢摆设，一路直奔厨房。

唐清辰的厨房非常干净，但好在还有几分烟火气，橱柜和餐桌可以看出经常使用的痕迹，冰箱里满满的新鲜食材，烤箱微波炉也一应俱全。容茵顺利找到了自己需要的食材，抱着一堆东西转身，正好看见唐清辰给自己套上了一件黑色的围裙。

容茵：“……”

唐清辰低头看一眼自己：“怎么？”

容茵实在没想到，有生之年可以在这位唐总身上看到围裙这种物品。她将人从头到脚打量一番，却发现这家伙穿着黑衬衫，领口解开，袖子挽起的样子，系上围裙竟然毫不违和，用弯弯的话来说，仍然很好看。

唐清辰见她不说话，不禁笑了：“难道你不需要助手？”

容茵很认真地思考了一下这个提议，又看唐清辰：“我怕你受伤。”

唐清辰简直要笑了：“我只是不经常做饭，不代表我是生活白痴。”

他环顾一圈厨房，“不然你以为这个地方平时都是别人在用？”

容茵实话实说：“我以为是酒店大厨过来做饭。”

唐清辰顿了一下，这个节骨眼上，他如果承认容茵说得很对，会不会直接被她踢出局？他看一眼冰箱：“你先忙你的，我调两杯饮料。”

容茵难得挑了挑眉毛。她依稀记得，上一次两人同时出现在厨房，还是那个暴风雨的傍晚，他帮她一起收拾晾在院子里的材料，然后她做了牛排和奶油焗蘑菇给两人做晚餐。那天晚上他可没今天这份积极主动，今天可真是稀奇了！

唐清辰似乎也想起了那天的情形，背对着容茵，他轻咳了一声，从冰箱里取出气泡水、柠檬，和其他几样水果。多说多错的时候，他通常选择保持沉默。反正这是在他家，他硬要留下来帮忙，容茵总不会把他赶出去。至于从前，他能说那个时候他还没完全开窍吗？早知道两人会发展到今天这一步，他肯定撸起袖子帮忙一起煎牛排！

容茵正在整理蔓越莓干，一边说：“我还真没想到，你这里连黑巧克力和蔓越莓干这种东西都会有。”

唐清辰打果汁的动作顿了顿，说：“大概是上次过来的厨师留下的。那次几个朋友聚会，甜品师帮忙做了一些甜点。”

容茵没有抬头：“我感觉你不太喜欢吃甜食。”

唐清辰转过身，看她：“如果是你做的，我倒是愿意尝尝。”

容茵睫毛微颤，却没有抬头，厨房向来是她的主场，在这个地方她挥洒过汗水也流下过眼泪，度过无数个兢兢业业的日子，可唯独没有过像此时此刻这样的经历。到了这一瞬，她突然有一丝了悟，不是杜鹤嘴巴欠，实在是她自己迟钝，她大概是真的喜欢上了眼前这个男人。

但凡有他在的地方，无论她多么专注多么认真，总是忍不住剥离出一部分注意力，放在他的身上。她会忍不住注视他的神情，揣度他话里的意思，甚至在意他的每一个眼神……落在了谁的身上。

容茵缓缓吐出一口气，抬起头看了他一眼：“之前林隽或多或少说过你的喜好，我知道你喜欢吃咸味的多一些。”

隔着这么近的距离，唐清辰可以清晰地看到她鼻尖上沁出的细汗，脸颊浮起的浅淡红晕，他唇角忍不住上扬，看着她的眼睛说：“也不是。你知道我吃过你做的第一道甜品是什么吗？”

容茵仔细地回忆了一下两人相识以来的种种，肯定答道：“野葡萄脆皮小面包。”

唐清辰眼睛里的笑意蔓延更深：“不是。”

容茵皱眉：“百吉饼？”如果那天她托林隽转送给他的小面包他没有动，那就是后来那天他主动找到她的甜品屋，当着她面吃的百吉饼了，她记忆力很好，那天他一连吃了好几个百吉饼，对她亲手熬制的苹果香菇酱相当捧场，最后还试了一个肉桂口味的百吉饼，搭配的是她新熬的杏肉果酱。

唐清辰说：“往前猜。”

容茵想了很久，最后只能摇摇头：“我猜不到。”如果说是在野葡萄脆皮小面包之前，那只能是她从前快递给林隽的那些糕点了，难道那个时候他也凑巧尝过？那段时间林隽订购得非常频繁，一看就不止一个人吃，而她做的糕点种类繁多，一样一样猜，不知道到什么时候才能猜到他当时尝的是哪样。

唐清辰唇边笑意愈深，还有一丝不太明显的得意：“好好想。”远处传来电话的铃声，唐清辰眸光流转，临走前看了她一眼，“我很快回来。”

捞起电话，听到那头传来林隽有气无力的声音，他毫不掩饰地笑出了声。

林隽倒是有好几年没听到自家老大这么开心的笑声了，停顿了几秒才反应过来：“老大，你是故意的吧！”

唐清辰说：“是啊。”

林隽一手抚额，满脸痛苦："老大，你是不知道，从我刚进你办公室起，你的手机铃声就没停过。但就在我给你打电话的前一秒，它终于停了。"林隽深吸一口气，颇有生无可恋的架势，"老爷子把你的手机硬生生给打没电了。"

唐清辰在这端笑个不停，林隽却觉得有点儿恐怖："老大，你没事儿吧？"他家老大这么稳重的人，从前公司谈下大 case 净赚一个亿的时候也没见他这么开心，这得是遇上什么事儿才会笑这么久啊！

唐清辰轻咳了一声："没有，就是……辛苦你了。"

林隽耷拉着脑袋："老大你太客气了，其实这也不算什么。"因为是在 28 层唐清辰自己的房间，门又锁着，林隽也不怕会有人偷听，"就是老大，家里那边你打算怎么交代啊？据我所知，今天中午那会儿殷小姐就和您舅公请了假，专程回家精心打扮了一番，一早就和殷女士一起到了老宅，这会儿正和咱们老爷子聊得起劲儿呢！"

唐清辰唇角的笑意还未消退，连语气都是轻快的："他们聊得开心就好。"

林隽在这边急成了热锅上的蚂蚁，可一听自家老大这云淡风轻的态度，林秘书深吸一口气，觉得在这件事上他有必要和自家老大达成一致："老大，您给我透个底，这件事我应该怎么办，还有您，您今天可以不回公司不带手机，那以后您怎么办啊！"

唐清辰说："该怎么办怎么办。你手头的事儿不够忙？"

林隽沉默片刻，他听明白了唐清辰的意思，可心里的忧虑不减反增："老大，我也觉得容小姐很好，可老爷子身体状况在那儿摆着，还有董事会……如果为了您和容小姐的事，弄得家里还有唐氏上下一团乱，我觉得……"

"如果真的因为一个女人，我家里还有唐氏就上下乱成一团，只能说唐氏该整顿了，我家里也一样。"

林隽不知道该说什么："老大……"

唐清辰说："这件事我心里有数。老爷子那边你不用管，他如果感觉心脏不好，你就给聂医生打电话。"

林隽一时没反应过来："聂医生？"

"之前一直是郑院长负责，前阵子我才知道聂医生是郑院长手把手带的徒弟，老爷子身体有什么不舒服，你直接找聂医生。"

挂了电话，林隽咋舌，他们家老大平时不动声色，公司上下都觉得他是谦谦君子。可这一动起真格的，连自己老子都算计在内，真够狠的！还有聂医生，那天餐桌上的情形他看得清楚，容小姐表面上没有表态，可从一些细节不难看出来，容小姐心里是更偏向他们家老大的。可老大更狠，不仅抢了聂医生的暗恋对象，现在还要人家鞍前马后地照顾家里老爷子。

林隽突然发现跟着自家老大又学会了一招。把生活中两个最大的烦恼丢在一块儿，说不定就负负得正了。

唐清辰这个电话打的时间并不长，可他回到厨房，发现流理台上原本放着的那杯果汁已经喝光了，容茵面前的蛋糕也基本见了雏形。

容茵听到脚步声，却没抬头："我还需要二十分钟，你最好去处理一些自己的事，我这会儿不需要帮助，不想被打扰。"

唐清辰自己也是经常忙于工作的人，一看容茵这个样子，就知道她沉浸在自己的世界里，这个时候能抽空跟自己说一句话，算是很难得了。唐清辰不觉得她拒绝自己帮忙的话态度生硬，事实上，如果换作他在忙自己的事，恐怕连句话都不会跟别人交代，他会直接打手势示意对方出去，顺便把门带上。想到这儿，他无声地退后两步，靠着门框站在门口，静静地欣赏眼前的情景。

容茵凝视着自己双手之间的那方小天地，仿佛那是她顶礼膜拜的神祇，眼神那样专注，那样热烈，让他的心也跟着鼓噪起来。他从没见她将这样的目光落在谁的身上，如果可以，他希望有朝一日，那个幸运的人是他。

蛋糕最终成型时，容茵深吸一口气，抬起头，她一抬眼就看见站在门口的唐清辰。他还系着围裙，靠在门框上的姿态很随意，可目光却追逐着她的一举一动。大概是还沉浸在创作的激情中，这次容茵没有像从前那样不好意思，反而朝唐清辰粲然一笑："蛋糕冷藏40分钟，就可以吃了。"她恍然觉察窗外光线的变化，目光又投向唐清辰的手腕，"是不是很晚了？该吃晚饭了。"

"晚餐想吃什么？小龙虾怎么样？我们这附近有一家小龙虾做得很好吃。"

容茵不禁笑："我今年夏天还没吃过小龙虾呢。"

唐清辰朝她招招手，示意她跟过来："我打电话订，过来休息一会儿。"

唐清辰叫了许多种口味的小龙虾，又开了两瓶啤酒，容茵边吃边笑："感觉你今天有点儿报复社会的倾向。"

唐清辰竟然也不反对："都像我这样报复社会的话，开餐馆的人肯定最高兴。"

他剥小龙虾的手势很娴熟，看起来像是经常吃的样子，容茵看得新鲜："我以为你不会常吃这种……"

唐清辰将剥好的龙虾肉沾了些酱汁，递给容茵："哪种？"

容茵戴着一次性手套，手上也捏着龙虾，正想腾出一只手来接，唐清辰手腕一绕，直接将龙虾肉送到她唇边。

容茵："……"直到咽下那块龙虾，容茵还有点儿不自在，这种喂食的举动对于他们来说，会不会过于亲密了？

唐清辰一脸的云淡风轻，转头说起别的："听你今天的意思，和汪老处得还算融洽？"

容茵失笑："他是大师级的人物，跟着他能学到不少东西，怎么会不融洽？”

唐清辰若有所思：“其他人呢？杜鹤、殷若芙，还有帕维尔，你接触过的这些同行，觉得他们人怎么样？”

容茵说：“我能问一下，你问我这些，是闲聊性质的，还是想通过我的评价去判断或者考核什么？”

唐清辰瞧了她一眼，士别三日刮目相看啊，这位小姐现在已经学会把问题抛回来占据主动权了。他笑了笑，说：“两者都有，不过你不用有压力，这些问题我会问许多人，你的评价只占据我参考内容的一小部分。”说着，他举了举手上的龙虾尾，示意真的只有很小一部分。

刚刚唐清辰喂她的那块龙虾肉是麻辣口味的，她刚吃完还不觉得，这会儿辣味才开始在口腔里蔓延起来。她脱下一只手套，端起啤酒喝了一口，慢慢说：“这次电影节，唐氏邀请来的各路精英不少，甜品师也有许多位，因为分组的缘故，我接触最多的也就是你刚才说的这三个人。杜鹤很优秀，她是天分型选手，如果你有打算将来签下一些人，那么我觉得她是你的首选。”

“Fiona，她本身是苏派的传人，又出自寄味斋，基本功不弱。帕维尔，这次回国我在工作上没有跟他有过正经合作，对他当前水平的了解，也仅限于那天吃他做的三道甜品。他是有专业水准的，但他在工作中具体表现如何，我觉得你应该多去问问跟他平常一起工作的同事。”

唐清辰抬起眼，似笑非笑地看她：“帕维尔好像很喜欢你。”

容茵愣了一下，随即一笑：“他那个人就是那样，对每个女孩子都很殷勤。如果你指的是认真的那种喜欢，我倒没觉得。”

唐清辰端详着容茵的表情，说：“看来你对杜鹤评价很高。”

容茵点点头：“她确实非常优秀，在某些方面比我要强。”

唐清辰眉毛微抬：“是吗？”他喝了一口啤酒，看着容茵：“我还是更喜欢你做的口味。”

容茵笑了："那待会儿帮我鉴定一下今天这道甜品味道怎么样。"

小龙虾配啤酒，两个人边吃边聊，不知不觉间四十分钟很快溜走。容茵起身取来蛋糕，放在清空的茶几上。

唐清辰一看就笑了："这是魔方？"

蛋糕约有6寸，比成年男性的手掌略大，正方体，九宫格，呈三层，一个方格一个颜色，每层中间巧妙地用巧克力脆皮隔开，看起来是截然不同的口味。放眼望去，容茵做的这个魔方蛋糕以浅粉、米黄和藕紫三色为主，色调由浅至深，每一块方形蛋糕都与相邻的蛋糕颜色不同，因此唐清辰"魔方"的这个说法格外恰当。这样温暖俏皮的颜色搭配，任何女孩子见了都忍不住要食指大动，容茵还别具心思地在其中几块小方块蛋糕上贴上心形、羽毛或者花朵的装饰物，但其实每一样造型别致的装饰物都是由巧克力做成的，可以直接入口。

容茵也笑了："今天看到老姜和你聊天时，手里拿了一个在玩。其实之前就想做一个类似的，但对于甜品的软硬度一直把握不好，今天和弯弯切磋了一下杏仁豆腐的口感，突然有了新想法，就试着做了这个，尝尝。"

唐清辰朝她伸出手，容茵不解，就见他朝自己一笑："手机。"

容茵递过手机，就见唐清辰切出拍照模式，又切到微信界面，把这几张照片发给自己："怎么说也是你的首创，难道不是应该先拍照留念？"话音刚落，他目光在微信界面停顿片刻，又递过去，"有新消息。"

容茵接过来一看，就见是杜鹤发来的："小师妹，有位姓聂的先生刚才找你，我说你不在，他说要在这儿等你一会儿。你今天还回来吗？"

容茵瞟一眼唐清辰，就见他正低头看着眼前的魔方蛋糕，手指缓缓摩挲着酒杯的外壁，面上看不出任何情绪。

她低头，飞快地回了一句话："麻烦你跟他说一声，今天不方便见面，等忙完这段我请他吃饭。"

被杜鹤要求冠名大师兄的头像一闪，很快发来了新消息："跟他说了。

小师妹，你今天不回来了？”

容茵：“回，就是可能有点儿晚。”

大师兄：“等你回来八卦，嘿嘿。”

容茵：“……”

大师兄：“不许耍赖！”

唐清辰突然开口：“杜鹤倒是对你的事挺热心的。”

容茵抬头，就见唐清辰正看着她，目光深幽，意有所指。容茵心头一动，想说什么，又抿住了唇。杜鹤的性别是她这么多年来的秘密，除非哪天她自己愿意主动公开，否则作为她信任的朋友，容茵觉得自己没有资格把这个秘密告诉任何人。可看唐清辰的表情，明显是误会了什么，容颜有点儿心虚地撇开视线：“嗯……大师兄人很好。”

唐清辰半眯着眼打量她：“你们俩……这个师兄师妹是怎么论的？”

容茵正要解释，一抬头，却发现唐清辰不知道什么时候上身前倾，已经凑到她跟前：“你很欣赏他？”

容茵点头：“是——”

两人四目相对，容茵突然从他眼睛里看到了清晰的不悦，就见唐清辰皱了皱眉：“这小子。”他又坐了回去，依旧是之前靠着沙发那种松弛的坐姿，可脸上的神情却比之前平淡多了。

容茵突然觉得，如果不是自己自作多情，那么刚才唐清辰脸上一闪而逝的不高兴，似乎是在……吃醋。

远在君渡酒店大堂的杜鹤打了一个喷嚏，她揉了揉胳膊，看一眼远方的天空。天正阴着，雨还没下过来，已经起风了，难道她最近身子骨不够强健，随便吹点小风就要感冒？杜鹤摇摇头，决定先回房间换身衣服，正值关键时期，真闹了感冒可大可小，她还是老老实实穿件长袖，在房间里一边画草图一边等容茵回来吧。

Chapter 12

Cherry’s War

·

署名

笑，全世界便与你同声笑，哭，你便独自哭。

——张爱玲《花凋》

下雨的缘故，容茵和唐清辰返回酒店时已经入夜。两人先后下了出租车，唐清辰将人送到大门口，停下脚步："你先进去，我有点儿事要处理。"

容茵并没有多想，朝他摆手道别。唐清辰目送着她的身影消失在酒店大厅尽头，这才缓缓转过身。

刚刚在门口车还没停妥时，他就注意到有辆车停在了酒店大门前的摆渡区。本来这里是不允许长时间停车的，尤其那辆车子还那么扎眼。

紫罗兰色的奥迪，听说是殷筱云来到平城后一眼相中的，并且当天就付全款购置下来。不过像今天这样堂而皇之地开到君渡酒店门口，还是第一次，唐清辰虽然早有耳闻，对此也是头一回见。

大概是车内的人见他转身看着这边，却一直不动，最终还是打开了车门。

车门打开，只有殷筱云一人走下来，殷若芙并不在车内。她穿一袭白色套裙，卷发在脑后挽了一个优雅的发髻，皓白的手腕上是一只紫罗兰翡翠玉镯，脖颈上那一圈珍珠项链随着她徐徐走近散发出圆润的光。她走到近前，朝唐清辰浅浅一笑，眼睛里透着怒气："唐总好雅兴，雨天和佳人一起出游，怕是忘记家里还有客人在等？"

唐清辰抬了抬眉：“刚才看车子眼熟，没想到真是殷总。”

他推得一干二净，仿佛对于今晚的失约全不知情，反而让殷筱云没法直接发作出来。殷筱云一口气堵在胸口，盯着唐清辰看了半晌才开口：“唐总，我有事想和你谈。”

唐总看一眼腕表：“今天——”

殷筱云深吸一口气：“我专程等在这里，哪怕今天时间不早，有些事我也想及时和唐总商谈清楚。”

唐清辰悠然一笑，仿佛早就在等对方这句话：“哪儿的话，现在也不算晚。不过我办公室应该没人了，咱们去咖啡厅谈。”

君渡酒店的咖啡厅 24 小时营业，唐清辰走进来，朝领班一招手，对方不动声色地打量一眼殷筱云，又看向唐清辰的目光，瞬间明了：“唐总，女士，晚上好，这边请。”

这位领班在咖啡厅干了十年有余，从唐清辰刚上位时就在这儿工作，对于自家这位唐总的习惯喜好揣摩得十分清楚。唐清辰一个眼神递过去，他就知道该把客人往什么地方领。

殷筱云和唐清辰的位子被安排在靠窗的位置，正大光明，又不会被别人听了墙角。

唐清辰接过 Menu，说：“一杯气泡水，殷总喝什么？”

殷筱云在唐家老宅耍了一下午的嘴皮子，晚餐却越吃越来气，又在君渡酒店门口等了一晚上，几乎每隔十分钟，都要遭到酒店门童的问询，车子不好一直停在酒店门口，只能绕着君渡酒店大楼绕圈。绕了足足一晚上，油箱里的油都不知消耗几何，殷筱云本人更是又烦又气，口干舌燥。此时难得没绷住一贯的优雅淡然，朝领班没好气地来了一句：“和唐总一样。”

水端上来，殷筱云一口气喝掉半杯，而后才小口小口地啜饮。

唐清辰笑容淡淡的，不失礼貌，也丝毫没有亲近的意思。他既然有胆量把殷筱云耗到这个地步，就是已经做好了盘算，此时此刻，该着急的是殷筱云，其次是家里那个脑筋越发糊涂的老头儿，他本人因为已经想得通透，早前的心浮气躁已经烟消云散。

殷筱云端着水杯，眼角余光一直在打量唐清辰，她刚才依稀看到一个女孩子的背影，因为有唐清辰挡着，并没看到对方的容貌。但从唐清辰对她的态度和维护的动作，不难看出他对那个女孩子的上心程度。她在心底叹了口气，这次北上，事情的各种走向和可能她都想过一遍，唐清辰本人无意于联姻，也在她的预料之中，只是没想到殷若芙到君渡工作没几天，倒是对唐清辰格外上心。想到殷若芙的那个脾气，殷筱云难得有些头痛，她放下杯子，看向唐清辰："唐总，在谈正事之前，有件事，我想跟您确认清楚。"

唐清辰说："您请说。"

殷筱云说："您对于和小女若芙的婚事并不热衷，是有了喜欢的女孩子？"

唐清辰大方地点头："是。"仿佛生怕殷筱云不死心，他难得多说了一句，"我有喜欢的人，而且会在一两年内和她结婚，我不会拿自己的婚姻作为生意场的筹码，这是我的原则。"

尽管在来的路上已经把这件事翻来覆去地想了许多遍，乍一听到唐清辰毫不客气地拒绝，殷筱云仍旧觉得十分可惜。殷若芙的容貌不差，学历家世在如今的女孩子里面，也算是拔尖的，她现在又对唐清辰一往情深，如果他们两个年轻人能走在一起，无论对寄味斋还是对殷若芙本人，都是最好的选择。可惜这段时间，通过对唐氏的多方了解，她得知唐清辰如今大权在握，唐家老爷子的话好听是好听，可做不得数。唐氏要跟谁合作，唐清辰本人要跟谁结婚，都是唐清辰本人说了算。

殷筱云在心底叹了口气，看着唐清辰说："我知道了。唐总，之前我和唐老爷子有过一些提议，既然唐总本人无意，那么那些话就当我没说过。我现在想跟唐总谈的，是有关寄味斋和唐氏的合作。”

唐清辰微一颔首：“您说。”

殷筱云说：“现在大环境不好，寄味斋作为糕点行业里的佼佼者，如今也是举步维艰，我希望唐总能看在咱们两家的交情上，帮帮寄味斋。我年纪大了，以后寄味斋肯定要交到若芙的手上，之前让若芙在唐氏学习工作一段时间也是这个意思，恋人做不成，做个好的合作伙伴总是可以的。您觉得呢，唐总？”

殷筱云这番话可以说是两人见面以来首次放低姿态。论辈分殷筱云算是唐清辰父母一辈的长辈，但因为两人是公对公的谈话，她对唐清辰用上了“您”这种敬语，可以说是非常客气非常有诚意了。

唐清辰却并没有立刻回答。对于殷筱云的退而求其次，他并不意外，可他也不会立刻答复。如果说在联姻这件事上，他尚且还会顾忌家中长辈的面子和殷家昔日的恩情，那么在公事上，他就是绝对的铁面无私了。

合作向来都是基于双方互惠互利，可在唐氏看来，寄味斋这块昔日的金字招牌，放在如今这个社会，早已经不灵了。换句话说，唐氏并不是非和寄味斋合作不可。唐氏确实曾经有过注资控股老字号并与之密切合作的计划，但寄味斋并不在集团之前拟定的那份名单里。在甜品方面，唐氏如今贯彻执行的方针也不是注资老字号，而是培养属于自己的专业人才，打造属于唐氏自己的品牌。

早在唐老爷子第一次向他提起殷氏时，唐清辰就已经让林隽着手对寄味斋做足了功课,对殷家如今的处境,他甚至比殷筱云本人看得更清楚。殷家的处境确实不好，但不单纯是因为市场变迁，殷家自己在经典糕点的传承和制作上也有着很大的问题。这一点，从殷若芙制作糕点的水平可以窥见一二。

唐清辰久久没有言语，在殷筱云看来实属不妙。但她不是轻言放弃的性格，因此唐清辰不说话，她就咬牙等着，总要等唐清辰说出个子丑寅卯来，她再考虑应对之策。

末了，唐清辰开口：“公事公办，既然殷总正式问我，那么我也代表唐氏给您一个正式答复。唐氏并没有收购或者控股寄味斋的计划，我想您心里想要的合作方案，我这边恐怕没法支持。”他看着殷筱云瞬间苍白的脸色，微微一笑，又说，“不过看在咱们两家的交情上，您又带着女儿不远千里来到唐氏寻求帮助，我倒是有些想法，或许可以帮到寄味斋。”

殷筱云放在桌下的手指悄然抓紧：“请说。”

唐清辰说：“唐氏有意培养一批签约甜品师，并且会从中选出几位，参加明年国内首届甜品师大赛。我想，您既然让殷小姐来这里交流学习，殷小姐本人也具备一定专业能力，那么我这边可以给出一个年底送选名额，确保殷小姐可以直接进入甜品师大赛的复赛环节。如果殷小姐足够优秀，能够拿下大赛的前三名，我想这对于寄味斋和殷小姐本人的未来，也是有好处的。”

殷筱云迟迟没有说话。唐氏总裁夫人的位置，唐氏集团旗下的合作单位……唐清辰提出的条件，与她来平城之前的预估相差太大，可她现在又十分清楚，无论她本人还是殷家，确实没可能提出让唐清辰足够心动的合作动因。

唐清辰笑了笑，说：“殷总应该听过一句话：授人以鱼，不如授人以渔。唐氏愿意帮助您和寄味斋重整旗鼓，这难道还不够吗？”

殷筱云脸上显出几分苍老的痕迹：“如果以后寄味斋遇到困难，唐总可以伸手帮一把吗？”

唐清辰回答得十分谨慎：“要看具体情况，以及唐氏出手帮助需要付出的成本。”

殷筱云抚额，半晌才说：“唐总是不是觉得我很可笑？”

唐清辰看一眼殷筱云，回答：“我觉得您勇气可嘉，换作我是您，不一定能做到您今天这步。”

殷筱云半晌没说话，直到唐清辰起身离开，整间咖啡厅只剩她一个人，她才低喃了一句：“一步错，步步错……姐，我现在有点儿后悔了。”

第二天到酒店工作时，殷若芙眼睛还是肿的。

杜鹤来得最早，看到殷若芙的模样，他开口调笑：“哟，这是谁家跑出来的小白兔？看着真是惹人疼。”

殷若芙瞪了他一眼，走上前问他，语气极冲：“昨天在食堂吃午饭时容茵就不见了，她是不是和唐清辰一起出去的？”

杜鹤眼神诧异：“我怎么会知道？”

殷若芙手臂紧紧抱着自己，杜鹤比她个子高半头，她要抬起下巴才能跟他对视：“你跟她每天混在一起，她去哪儿你能不知道？”

杜鹤乐了：“这话说的，我又不是她男朋友，我管那么宽干吗？”

殷若芙红着眼瞪杜鹤：“反正你就是偏向她！你如果真的喜欢她，为什么她跟别的男人出去，你不阻止？”

杜鹤难得反应慢了半拍，等回味过来殷若芙话里的意思，她都不知道自己该哭还是笑：“我是挺喜欢容茵的，可就算我想追她，也不能干涉她人身自由啊！”她看着殷若芙，笑容里含着十足深意，“喜欢一个人，总要盼着她什么都好，不是吗？”

门从外面推开，传来充满磁性的男低音：“你们两个，这是为了容茵掐起来了吗？”

推门进来的是帕维尔，他先扫了一眼殷若芙，随后又看向杜鹤，他朝她伸出手：“帕维尔。”

杜鹤跟他握了握手：“杜鹤。”

帕维尔环顾四周：“容茵还没来？”

杜鹤觉得眼前这情形挺有意思：“还没呢，她今天起得晚，这会儿应该还在吃早餐。”

帕维尔看着杜鹤的眼神有些深邃："看来你和容茵的关系真的很不错。"

杜鹤挑了挑眉："看来我家小师妹真的挺受欢迎。"

随后推门进来的是容茵。她一进门，就见三个人目光全投向了她。帕维尔还是平常那副笑嘻嘻的样子，杜鹤则朝她挤眉弄眼，容茵一时没看明白她的意思，正想问，紧跟着就看见殷若芙朝她冲过来："你为什么什么都喜欢跟我抢？"

容茵觉得对方这通脾气来得莫名其妙，但她一听殷若芙的话头，就知道这走向不太妙。原本当着外人的面殷若芙绝对不会承认她们两个的亲戚关系，可现在很明显，她接下来要说的话势必要扯到两个人的从前。她干脆打开门："要不要去外面说？"

殷若芙扫一眼身后的两个人，又看向容茵："你是觉得很见不得人吗？"

容茵觉得莫名其妙："你先控制一下情绪。"她说话声音不高，尽量只让殷若芙和她两个人听见，"这是工作场合，我怕你说完自己会后悔。"

容茵越是神情淡然，殷若芙越是来气，她干脆把门一撞，对着容茵就吼出来："我是很后悔！为什么我会有你这种姐姐？从小在外婆面前我就什么都要跟你比！好不容易你跑去国外，我过了几年消停日子，结果来到平城又和你扯在一起！我终于理解妈妈的感受了！理解她为什么讨厌大姨！这就和我现在讨厌你一样！"

容茵忍不住闭了闭眼。

殷若芙吼得太大声，帕维尔和杜鹤想不听见都难。

帕维尔掰着手指头算了算："这么说，她们俩是表姐妹，不……堂姐妹，还是表姐妹？"

杜鹤："表姐妹。"她忍不住低声感慨了一句，"这信息量也太大了。"

帕维尔深有同感，看向容茵的目光闪耀着兴趣："我就说总觉得她们俩之前就认识。我以为是同学……或者情敌，没想到她们俩是表姐妹。”

杜鹤对于殷家的背景来历比帕维尔清楚得多，她很快明白了那天在自己的房间，让容茵为难不已却三缄其口的心结是什么。如果她真是殷若芙的表姐，那么她的母亲就应该是……杜鹤脑子里闪过一个模糊的名字，她挠挠鼻子，这次来君渡工作，倒是有意外的收获呢。

容茵原本平静的面容终于在殷若芙提到“大姨”这个字眼时有了裂痕。殷若芙撞门的动作很猛，她的手被拂到一边，停在半空中，半晌，无声地落下来。她垂了垂眼眸，说：“如果可以，我也不愿意跟你做亲戚。”

说完这句话，她重新打开门，本想去休息室冷静一下，却没想到汪柏冬站在门外。

汪柏冬看着她，掀了掀嘴唇，最后还是朝里头努了努嘴：“都站在这儿干吗？”他又看一眼脸颊挂着泪珠儿的殷若芙，“你昨天中午请假时不是说，做出了一种新口味的甜品，今天要展示给大家看？”

殷若芙抹了一把眼泪，嗓音有细细的哽咽：“还有两种材料没拿，我从家里带过来的，锁在储物柜里了。”

汪柏冬侧过身子让出过道：“去拿。”他又看容茵，“你的魔方蛋糕，我看过图片了，正好待会儿 Fiona 要做甜品，你也重新做一份。”

容茵吸了一口气，调整情绪：“我知道了。”

汪柏冬又看向帕维尔：“唐总和林秘书今天都来不了，待会儿她们俩的作品，你也打个分。”

杜鹤举起手：“我这会儿没什么灵感，我也可以作为评委打分。”

汪柏冬点了点头，看着杜鹤的眼神透着欣赏：“昨天她们两个都不在，你已经设计出了三种糕点，今天可以休息一下。”

容茵创作的魔方蛋糕做起来并不费事，但做好后，为了使甜品达到最佳口感，需要放在冰箱里冷藏一段时间。碰巧殷若芙准备的甜品也需要冷藏。她见容茵打开冰箱门，立刻头也不回地往另一边走，自己找了另一个冰箱存放甜品。

帕维尔看得有趣:“Fiona,两个冰箱都是空着的,你这不是费电嘛!”

殷若芙一边清理工作台,一边头也不抬地说:“我怕串味不行吗?”

帕维尔还想再说,却收到汪柏冬眼神的阻止。他耸了耸肩,看向杜鹤:“听说你昨天做了好几种点心,有没有剩的?我都饿了。”他揉揉胃部,神情很是无辜,“我以为来了就能吃上糕点呢,早餐都没吃就赶过来了。”

杜鹤笑了:“确实还剩了一盘。”

她从保鲜柜里取出一盘罩着保鲜膜的点心:“只有这个隔夜也不太影响口感,所以多做了一些。”说着,她看向容茵,“小师妹,你要不要也尝尝?”

容茵平时是个甜姐儿,脸颊有点儿小肉,一双眼瞳又圆又大,对谁都笑眯眯的很温柔,也是因为这个原因,汪柏冬一开始才以为她是个软柿子没什么脾气。但接触久了,在场几个人都知道,这位小姐其实很有脾气。可哪怕是在工作上有脾气有原则的容小姐,多数时候脸上也都挂着温和的笑容。包括帕维尔在内,谁都没见过容茵面若冰霜的样子。

听到杜鹤的邀请,容茵也只是点点头,说:“我洗一下手就来。”

殷若芙收拾好工作台,飞快地洗了手,率先一步走到近前。就见方形的盘子里,圆圆的糕点呈黑白两色,摆放顺序也错落有致,仿佛是……一盘残棋的样子。

殷若芙蹙眉:“这是……五子棋?”

杜鹤说:“是围棋。”

帕维尔也挺感兴趣:“现在这情形是谁输谁赢,黑子还是白子?”

杜鹤朝汪柏冬看了一眼,笑容高深:“平局。”

殷若芙盯着看了好一会儿,问:“可以吃吗?”

杜鹤做了一个请的手势:“当然。”

殷若芙拿起一颗白子送入口中,出乎她意料的是,白子的口感不似想象中软糯，而是干脆的，仿佛某种小饼干，但口感却很馥郁，香醇的牛乳香中还有一股淡淡的甜味，好像是……殷若芙仔细地品了品，抬起头看向杜鹤："是樱桃酱？"

杜鹤点点头，看着殷若芙的目光里透出欣赏："你的舌头也很灵嘛！"

殷若芙疑惑地看向盘子中的白子："可为什么看不出一点红色……"

杜鹤笑了："是白玉樱桃，生长在东北的一种野樱桃，口感脆甜，吃起来和这种饼干的口感有点儿像。"

殷若芙又拿起黑子，黑子捏在手里感觉比白子要重一点，也要软一点。她放入口中，预料之中的巧克力味，但令人惊喜的是，咬破外面那层巧克力，里面爆出浓郁的樱桃甜味儿，还有明显的酒味。

杜鹤很会取巧，黑子的这种做法在点心中不常见，但对于巧克力爱好者来说并不陌生。许多女孩子喜欢吃的一种进口樱桃馅黑巧克力就是类似的口感。但杜鹤将黑子的外面做成软糯的口感，令口感层次更显丰富一些。

牛奶搭配白玉樱桃的爽脆浓甜，黑巧克力包裹着车厘子的软糯酒香，白子对黑子，表面上是围棋的博弈，口感上则是巧克力融合不同品种樱桃的鲜明对比。一黑一白，看着有趣，吃起来更是别有情趣，确实是很有巧思的一道甜品。也难怪汪柏冬今天进门之后，每每看向杜鹤都是一副欣赏不已的神情。

殷若芙又拿起一颗白子送入口中，一边悄悄看向杜鹤，眼神里也有了细微的变化。

容茵也品尝了几颗，牛奶和巧克力都是容易让人心情大好的食物，搭配两种口味的樱桃，吃了几颗，仿佛连心情都跟着甜润了许多。她不由得看向杜鹤，就见她正在看她，还朝她眨了眨眼。

容茵不由得露出浅浅的笑，杜鹤真是一个心思非常细腻的人。

帕维尔手肘撑着工作台，左看一眼，右看一眼，琥珀色的眼珠透出奇异的光。他取了一黑一白两颗棋子在手上，把玩了一会儿，随后将这两颗一起抛入口中。

“这道甜品叫什么名字？”殷若芙问。

杜鹤将目光投向容茵：“还没想好，不如大家一起帮忙想想？”

殷若芙脑海中闪过的第一个念头，就是那天的品鉴会上，唐清辰对着容茵做的那道甜品说出的“天涯客”三字，这道甜品透着浓浓的国粹味道，怎么也要取一个足够雅致的名字才足以匹配。她想了想，说：“不如叫‘闲敲棋子’？取自古诗‘闲敲棋子落灯花’。”

帕维尔非常干脆地举手投降：“我虽然中国话说得还不错，但古诗词我一窍不通，这道题超纲了。”

汪柏冬对于取名字这件事似乎并不那么热衷：“你的作品，你自己定吧。”

杜鹤看向一直垂着眸的容茵：“小师妹，你有什么好主意吗？”

容茵沉默片刻，说：“Cherry’s War。”

“樱桃的战争。”杜鹤将这个名字念了一遍，有趣的是，念这两个英文单词的时候，舌尖会缠绵地打两个转，她越念越喜欢，说：“就叫这个名字吧，我很喜欢。”

殷若芙咬住唇不说话，她早觉得杜鹤一直偏向容茵，现在看来果然如此。

汪柏冬也觉得看出点儿门道来，难得开口打趣了一句：“要不要待会儿你把另外那两道甜品也做一遍，让大家伙帮你选选名字？”

杜鹤乐了：“您如果不嫌我浪费食材，也可以啊。”

十分钟，殷若芙的作品出炉。几人围上来，只见盘子中央是一块雪绿色的糕点，质地看起来颤巍巍的，豆腐一般软嫩。有意思的是，这块圆形的糕点边缘绽着一朵小巧的红莲，看起来晶莹剔透，刚从冰箱取出的缘故，花瓣上还挂着细密的水珠儿。看起来仿佛是一朵耀眼的红莲绽在圆形的碧绿池塘里，飞红滴翠，玲珑可爱。

原来殷若芙的作品是一道抹茶杏仁豆腐。

汪柏冬拿起甜品勺尝了一口，说：“你刚去取的是抹茶粉？”

殷若芙甜甜一笑：“是。我昨天走前特意看过了，咱们酒店虽然有抹茶粉，但不是最地道的。这种抹茶粉去年我去 R 国玩的时候尝过，清甜中有淡淡的苦味，味道很纯正，用来做这道甜品最合适。”

汪柏冬盯着红莲看了一会儿，却没有碰：“有些年没看到过这一手了。”

杜鹤在一旁说：“这朵红莲确实精巧，Fiona 真是深藏不露啊。”

殷若芙瞥了一眼站在杜鹤身边的容茵，说：“这个是我母亲当年的独创，是用独特的方法将鲜花冷鲜保存，从而最大程度保留花朵的颜色和口感，然后根据具体需求用工具雕刻出需要的形状，就是这样啦！”

帕维尔说：“这么说，这朵花可以食用？”

“当然可以。”殷若芙笑着解释，“这朵花是我用玫瑰蜜腌渍过的，味道很好的！”

杜鹤也很感兴趣，和帕维尔两人各自用叉子分食了那朵精巧别致的红莲。

帕维尔竖起大拇指：“Fiona，你真厉害。”

杜鹤也点点头，朝殷若芙露出一抹笑：“确实很好吃。”

唯独汪柏冬的目光一直在容茵身上打转，别人没留意到，他却看到随着殷若芙的解说和杜鹤、帕维尔两人的连声夸赞，容茵背在身后的手指攥得青白。

汪柏冬突然开口：“容茵，你的蛋糕也应该好了吧。”

容茵回过神，第一反应是看向墙上的钟表。她飞快地奔向冰箱，取出蛋糕，端到众人跟前。虽然有汪柏冬提醒，还是晚拿出来了两分钟。虽然这两分钟并不会对蛋糕的口感造成致命影响，但容茵还是对自己会在这种时刻走神感到懊恼。

汪柏冬扫了一眼桌上的魔方蛋糕，不禁又看向容茵。另外三人都是第一次见这种设计，已经围着蛋糕讨论起来，汪柏冬却在心里悄悄为容茵加了一分。原本头一天傍晚唐清辰发过来的图片上，那份作品已经臻至完美，但想不到，容茵并没有直接套用前一天的设计，不过隔了一夜的时间，就有了一些新的想法在里头。不仅蛋糕的配色从昨天的粉、米黄、藕紫的小清新风格变成了今天的乳白、酒红、黑色的"红白黑"经典配色，每一块小蛋糕上的饰物也和昨天不尽相同。整个蛋糕看起来线条更为流畅，色彩对比鲜明，博人眼球。汪柏冬叉了一块小蛋糕送入口中，有意思的是，今天的"白色"蛋糕不是甜的，而是透出淡淡的咸味。汪柏冬翘了翘舌尖，是海盐，乳酪里放了一些海盐，让整个蛋糕的口感层次更丰富也更立体了。再加上红丝绒蛋糕的酒香、黑巧克力蛋糕的醇厚微苦，这一抹咸简直令人惊艳。

试想那些宾客面对着琳琅满目的甜品，尝完这个尝那个，却在不经意间吃到这一抹淡淡的咸，会是怎样的新鲜有趣儿！

汪柏冬眯起眼睛，唯一的美中不足，大概就是蛋糕上面的这些小配饰了，如果没有殷若芙的那朵红莲，这些小配饰也足够精巧，可如今珠玉在前，容茵制作这些小羽毛、小花朵的手艺就明显不够看了。他在心底无声叹了口气，正要开口，突然有了主意，他眯眼打量容茵片刻，又看向殷若芙，最后说："Fiona，你有没有兴趣和容茵一起合作这个魔方蛋糕。"

被点到名字的两个人不约而同地看向汪柏冬，就见这老头半眯着眼，笑容里透出一丝狡黠："我觉得这个魔方蛋糕，配色和口感都不错，唯独上面那些小饰物，少了那么点儿意思。"

殷若芙瞬间明白过来他的意思，她嘴角向下撇了撇，说："汪老，这是她的作品，上面的饰品虽小，但我的这种雕花技法在业内可是独一无二的。如果让我参与，那这个作品最后署名算谁的？”

汪柏冬愣了一下，因为都是甜品师的创意作品，这些糕点甜品届时摆上桌，盘内或盘底会标出每一位甜品师的署名。他倒是一时把这件事给忘了。不过老头儿怎么也算是久经沙场，很快又有了主意，他看殷若芙：“署你们两个人的名字，这下总没问题了吧？”

殷若芙没想到汪柏冬这么痛快就答应了，她愣了一下，不情愿地点了点头。

没想到容茵却在这时开口：“我不同意。”

汪柏冬看她：“你又有什么不满意？”

容茵指着盘子里的魔方蛋糕：“这是我的独创作品，为什么要署两个人的名字？”

汪柏冬拿眼睛瞪她，他在这些学徒面前严肃惯了，却很少这么凶地瞪人，连眼角的皱纹和眼袋都随着熨平了几分：“蛋糕是你做的，上面的配饰用殷家的独门雕花技艺，所以署你们两个的名字，有什么不对？”

容茵脸上一丝笑容都没有：“魔方蛋糕的创意是我想出来的，这道甜品的重点在于和魔方玩具一样的立体造型，从而展现丰富的色彩和多变的口味，上面的配饰并不是重点，可以有，也可以没有。我为什么要为了一些并不重要的装饰，让我的作品加上别人的署名？”

容茵说话的口吻非常强硬，汪柏冬不由得脸色微沉：“一切都是为了更好地将甜品呈现给宾客。”

“但前提是呈现的是我独创的作品。”容茵说到“我”字时格外加重咬字。

汪柏冬此时已经一丝笑容也没有了。

场面一时冷凝，偏殷若芙在这个时候火上浇油，说了句：“好大的架子！是你一个人的名字重要，还是大家团队合作共同办好这次的活动重要？”

殷若芙这句话说到了汪柏冬的心坎儿上，他看向容茵，虽然没有说话，可眼睛里的神色已经说明了一切。

容茵沉默片刻，突然笑了一声："难道唐氏的团队精神就是牺牲甜品师个人的独创性？"她的目光从汪柏冬脸上挪开，轻描淡写地扫过殷若芙，最后朝杜鹤和帕维尔露出一个短暂的微笑，"抱歉。"

她这句道歉是对着杜鹤和帕维尔说的，显得没头没脑，帕维尔皱着眉，想说什么，却还是先将目光投向了汪柏冬。杜鹤眸光微沉，她懂容茵的意思，却一时不知道该怎么劝她才好。

容茵摘下头顶的厨师帽，松开发卡，已经及肩的头发就这么散落开来。她早上走得匆忙，简单冲了个澡就下楼吃早餐，头发丝还湿着，显得乱糟糟的。她却浑不在意，把帽子放在桌上，双手捧起自己做的魔方蛋糕，转身出了工作间。

她一串动作做得太顺溜，以至于人消失在门背后，汪柏冬都没回过神儿。等老头儿反应过来容茵是什么意思，顿时气得血压都高了，面红耳赤地用手指着门，半晌才说出一句："她这是甩脸子给谁看！"

帕维尔目光深幽，语气也幽幽的："给您呗！"

这句京腔说得地道，可放在这个时候，只把汪柏冬气得更厉害了。

殷若芙咬着下唇，脸上没有什么表情，可眼睛里的神色却是痛快极了。

杜鹤扫了她一眼，转身也出了房间门。

汪柏冬捂完额头又捂心脏，一边指挥帕维尔："过来扶我一把！"

帕维尔走过去把老头儿一路扶到休息室，又给他的茶杯里新添了些水，终于好心说了一句顺耳的话："您也别太生气了，年轻人嘛，有点儿脾气是难免的。"

汪柏冬脸色终于缓过来些，听到这话哼了一声，端起水杯却没有喝的意思，拿眼睛上上下下打量帕维尔："你以前在国外和她是同事？"

帕维尔笑了笑，在汪柏冬对面坐了下来：“我那时候给她打下手。”

汪柏冬“呵”了一声：“她以前在白人堆儿里混，就是这个脾气？”

帕维尔努力回想了一下，摇了摇头：“没现在脾气大。”

汪柏冬气得把杯子摔在桌上，手指急得直戳桌面：“那是谁把她给惯得这么大脾气了！还是说她以为回国了，自己勉强算个海归，就可以对着自己的同胞耀武扬威了？！”

帕维尔沉默片刻，说：“您这话说得好像不大对劲。”他眨巴眨巴眼，看着汪柏冬，一本真经地反驳，“您年轻时也在白人堆儿里混，在国外待的时间比容茵长多了，您回国后，脾气也比在国外大……”

汪柏冬险些没再次气个倒仰。他深吸一口气，努力平复心绪，决定不跟这个满口京片子的洋鬼子一般见识：“我跟她是一回事儿吗？退一万步讲，我是长辈，我都这么大岁数了，她这么跟我说话，合适吗？”

帕维尔非常诚恳地说：“刚才是工作场所，您和她之间不存在长辈和晚辈的关系，顶多能算前辈和后辈的关系。”

汪柏冬再次狠狠拍桌子：“那我们俩谁说得对？！”

帕维尔深棕色的眸子清澈又无辜：“我觉得你们俩说得都有道理。”

汪柏冬深吸一口气：“你这是心里话吗？”

帕维尔沉默三秒，然后说了一句更让人吐血的话：“平心而论，这次我站容茵。”他瞥了一眼老头儿起伏不定的胸口，决定放慢语速，尽量不再刺激这位业界大牛的脆弱心脏，“容茵她是唐总本人邀请来的甜品师，连合约都没签，好像也没提钱的事儿吧。说好听点是来交流学习，说不好听点，人家就是来帮忙的。您让她这样一个有天赋、有本事，还有自己甜品屋的人讲究团队精神，有点儿……”

汪柏冬看了他一眼：“有点儿什么？”

帕维尔痛苦地皱着眉：“忘记那个词怎么说了，就是责备得太完整了。”

汪柏冬没好气地说："是'求全责备'。"

帕维尔又说："而且您刚才在门外应该也听到了，她和 Fiona 的关系本来就很紧张，这个时候您要在她的作品上署 Fiona 的名字……"说到这儿，他再一次停顿，看向汪柏冬的目光闪烁着奇异的光，"我觉得你似乎在故意点火。"

汪柏冬这回不说话了。他和帕维尔只算得上熟悉，而且是普通同事的那种熟，并不交心，有些话他可以听听帕维尔怎么说，但他自己的真实想法，绝不会对着这位异国青年吐露。

半晌，他撑着额头，朝门口摆了摆手："我有点儿累了，想一个人休息会儿。"

帕维尔没再多说，体贴地无声离开，还帮汪柏冬带上了门。他的脚步声很轻，走廊里的声控灯灭了一盏，他却一点不在意，反而静静地在原地站了片刻。几分钟后，他从口袋里拿出手机，切出微信某个头像的聊天框，飞快地打了一行字："时机成熟，可以启动我们的计划了。"

那边很快发来两个字："确定？你找到合适的人选了？"

帕维尔唇角噙着笑，琥珀色的眼珠神色冰冷："放心，非常合适。"

杜鹤跑起来大步流星，却也险些没追上容茵。终于把人在电梯口拦下来，她拽住容茵的胳膊："你这是要去哪儿？"她扫一眼电梯，"去找唐总？"

容茵神色沉稳："不是。"

杜鹤看一眼往来的工作人员，拉着容茵把人带到一个方便说话的角落："这就是你之前的难言之隐？你和殷若芙的关系？"

容茵吐出一口气，看向杜鹤："我们两家的事情比较复杂，我确实不想说。但你说得没错，这就是我一直以来的难言之隐。从我在君渡看到她的第一眼起，我就已经做好了随时离开的准备，今天的事，充其量只能算是一个契机。”

杜鹤没想到她早就存了离开的心思，难掩诧异：“为什么？”

容茵沉默，片刻之后才说：“因为以前发生的非常不愉快的事，我答应过我爸，遇到殷家的人，尽量远离，不和他们有过多牵扯。”

杜鹤总算明白为什么容茵说的是“两家的事”，在她的心里，她姓容，不姓殷，她压根没把自己当成过殷家的女孩儿。想到从师父那儿听来有关殷家的种种传闻，杜鹤努力理顺思路，问：“所以容是你爸爸的姓？”

容茵没想到她会突然问这个，点了点头：“对。”

杜鹤也沉默了，半晌才说：“你一定要走吗？”她攥着容茵的手有些松动，却没彻底放开，“我舍不得你。每天和你一起工作、聊天，我觉得比从前自己一个人有意思多了，我以为这样的日子会持续很久……”

容茵垂着眼，声音比之前低了许多，显然对于这样的被迫离开，也不开心：“对不起。但我对我爸爸有承诺，而且……殷若芙已经跟我撕破了脸，她妈妈现在也在平城，如果我继续留在君渡工作，接下来可能风波不断，甚至会影响到你们……”

杜鹤有些不确定地问：“所以你是怕殷筱云？你一直在躲着她？”

容茵这回不说话了。

杜鹤摘下眼镜，一手扶住容茵的肩膀：“容茵，我不知道你曾经答应过你爸爸什么，可从我对我爸、我大伯的了解，没有哪个长辈会对自己的孩子提出不合理的要求。你爸爸说让你远离殷家的人，可能是出于对你安全的考虑，担心你在殷家人手里讨不到便宜，但像今天这样不战而逃，主动把这么好的机会拱手让给别人，绝对不是你爸妈会希望看到的。”她见容茵迟迟不说话，深吸一口气，继续劝说，“如果你是怕殷筱云，那我今天把话放在这儿，有我在你身边的一天，绝不会眼看着你在她手上吃亏。你怕什么、什么呢？容茵，你靠自己的本事吃饭，你还有我，还有林隽这些朋友，而且这里是唐氏，不是她殷筱云一个人的主场！

凭什么你见了她就要躲着走？”

容茵眼角湿漉漉的，她不记得自己上一次因为这些事掉眼泪是什么时候的事，可她知道自己此刻掉眼泪，不是因为畏惧或者恨，而是因为杜鹤，因为她话里透出来的维护让人觉得温暖。

杜鹤又说：“殷若芙的故意挑衅难道你没看出来吗？她今天早晨一进门那番话看似冲动，可她做的这道抹茶杏仁豆腐却是有备而来！特调抹茶粉的味道，还有那上面的红莲，根本不是她一时兴起能做出的水准！那天你和我说想重做杏仁豆腐这道甜品时，她就在旁边，如果不是你临时改换主意创作出魔方蛋糕，容茵，你好好想想，今天你又该是什么样的处境？你一再退让，可殷若芙和殷筱云真的会领你的情吗？”

容茵知道杜鹤向来心细如发，却没想到她连这一层都看出来了。想到抹茶杏仁豆腐上那朵刺目的红莲，容茵只觉得如鲠在喉，眼睛里面热辣辣地刺痛。杜鹤的最后一句忠告更如同鞭子一般，狠狠地抽在她的心上。

脸颊突然有一股风拂过，好像是谁打开了门，容茵扭过头，就见门口站了一道高大的身影，正定定看着她和杜鹤。之前杜鹤为了两个人说话方便，把她从电梯门拉到最近的楼梯间，却没想到唐清辰会找到这儿来。

容茵觉得自己反应钝钝的，直到唐清辰走到跟前还没想明白，他怎么会突然出现在这儿。反倒是杜鹤先一步明白过来，她松开握着容茵肩膀的手，重新戴上眼镜，身体往后一仰靠在墙上：“唐总，这么巧。”

唐清辰看一眼容茵手里捧着的蛋糕，时值盛夏，楼梯间里又闷又热，原本精巧艳丽的魔方蛋糕都有些塌了，可容茵就像一个小孩子似的，把整盘蛋糕护在怀里，一副谁也不让碰的架势。他刚刚隔着楼梯间门上的玻璃看到里面的两个人时，有那么一瞬间，他觉得自己心跳都停了。从刚才那个角度，无论是谁，第一眼看了都会觉得是杜鹤搂着她，而容茵也顺从地靠在了他的怀里。打开门的时候，他甚至以为杜鹤会亲上去，可下一秒他就看清了两人之间的姿势，杜鹤只是扶着她的肩膀，而容茵之所以低着头腰背蜷缩，不是靠在谁身上，而是怀里护着那盘蛋糕……

唐清辰有点儿想笑，可看到杜鹤故意漫不经心地戴上眼镜的样子，又瞬间笑不出来了。他之前没太留意，从这个角度看过去，这小子不戴眼镜的样子还真是分外的俊美……虽然从男性的角度，他并不太能欣赏这种所谓的“俊美”，但托那些偶像剧的福，他很清楚杜鹤这样的类型，非常受时下女孩子的追捧。

他又看向容茵，她看到他来好像吓傻了，眼睛睁得大大的。容茵的五官细看很美，但她平时极少露出这样娇憨的表情，倒是看得唐清辰心里一乐，这个样子真有点儿傻乎乎的，虽然也挺好看的。

唐清辰不动声色地托住她的手，把蛋糕接了过来，又看向杜鹤：“不巧，我找容茵。”

杜鹤做了一个手势：“我要说的话基本说完了，您请便。”

唐清辰一手托着蛋糕盘，另一手去拉容茵的手，攥在手里才发现她手指冰凉，也不知道是盘底太冷，还是其他什么缘故。

唐清辰正在心里盘算，就听杜鹤喊了他一声：“唐总既然有心找到这儿，应该知道刚才发生了什么事儿。”

唐清辰瞥他一眼，又看向容茵的侧脸：“具体的我会和容茵聊。”

杜鹤轻笑了声：“唐总，您这话说得不实在。作为这次受邀前来的甜品师，我本人也非常想知道，发生这种事，贵公司会如何处理。”

唐清辰听到这句话，才终于正眼看向他：“一个小时后，当时在场的所有人到24层会议室，我会给大家一个答复。”

杜鹤抱着手臂点点头：“到时我一定洗耳恭听。”

光明让人清醒。一进到明亮的电梯间，容茵就醒过身，从唐清辰手里抽出自己的手，又看向他另一手捧着的那盘蛋糕。

唐清辰笑她：“别看了，蛋糕都化成一坨了。”他看到容茵眼睛里闪过的心疼，心思一动，问，“这蛋糕你刚才准备拿给谁？”

容茵没说话。

唐清辰问：“给我的？”他低头看了一眼，勉为其难地说，“虽然现在看是不能看了，但应该还能吃。”

容茵抬眸看了他一眼：“是给林隽的。”

唐清辰：“……”虽然很不服气，但有些事他还是要问清楚：“为什么是给他不是给我？”

容茵看他的眼神宛若看着一个白痴：“我是不想浪费这个蛋糕，你又不喜欢吃甜食。”她顿了顿，又说，“而且把蛋糕拿给你，性质就变了，好像我要告状还专门做了蛋糕贿赂你一样。”

唐清辰有点儿想笑：“但现在蛋糕还是到我手里了，允许你告状。”

容茵撇过头：“我没这爱好。”

电梯门打开，停在了24楼，容茵发现这里和28楼不一样，是一个公开的办公场所。一眼就能望见许多工作隔间，还有脚步飞快地往来穿梭的白领丽人。唐清辰已经一脚踏出电梯，她跟在后面出了电梯，目光和一个朝她投来好奇目光的年轻女孩对在一起，她轻声说：“这是你和林隽平时工作的地方吧，我就不进去了。”

唐清辰像是早就想到她会这么说，似笑非笑地看她：“今天谈的是公事，待会儿杜鹤和汪老都会来。”

言下之意，她要把事情交代清楚才能走。

容茵只能硬着头皮跟在他后面走过偌大的办公室，期间迎来无数瞩目的目光。临近唐清辰独立的小办公室时，还听到了熟悉的声音：“容小姐？”

是林隽，他快步迎上来，将容茵上上下下看了一遍：“哪儿都找不见你，我刚才都急坏了，还是老大厉害！”

唐清辰把已经糊得面目全非的蛋糕递过去：“容小姐送你的礼物。”

林隽：“……”他接过蛋糕，指了指自己，又看向容茵，眼神懵懂。

容茵无地自容，伸出双手去抢，很想把蛋糕收回来：“本来想拿给你的时候，不是这样的。”

唐清辰中途截获蛋糕，重新塞给林隽：“怎么也是容小姐的一番心意。”

容茵还想再说什么，唐清辰把她往房间里一拽，门当着林隽的面关上。

捧着一团糊得完全看不出形状的蛋糕，林秘书看了一眼已经合得严丝合缝的门，默默走回自己的工位。他怎么觉得今天老板对自己的恶意格外明显？

尽管秉着承唐清辰一贯偏好的中式风格，这间办公室的装潢摆设并不夸张，无论桌椅还是其他陈设摆放都比 28 层和他的那间大平层公寓朴实多了。黑色皮质沙发看来舒适又不失精英范儿，海水蓝的地毯给人沉稳之感，窗边摆了一株滴水观音，宽大的叶片浓翠欲滴，肥厚油润，一看就养了许多年。

唐清辰示意她在沙发坐下来，自己则靠在办公桌外缘，两手向后反撑着桌沿：“怎么，我听汪老的意思，你是要走？”

容茵刚刚既然想把蛋糕送给林隽道别，自然也想过可能会和唐清辰当面解释，两人在电梯里说了那几句话，她的情绪也冷静了许多。她捋了捋自己的头发，双手放在膝上，看向唐清辰：“和汪老的要求有一定的关系，但也不完全因为他。很抱歉，我知道这次的电影节活动对唐氏很重要，但我没办法全程参与。”

唐清辰从汪柏冬那儿听了一个大概，算是理清了事情原委，但因为他当时急着找人，并没有听完汪柏冬的解释，也就不知道容茵和殷若芙的亲缘关系。他盯着容茵看了一会儿，说：“我想知道原因。”

他说的不是“我需要知道”，更不是“我必须知道”，而是“我想知道”。

不是讲道理也不是命令，但这样强烈的个人意愿，反倒让人无从拒绝。

容茵抿紧了嘴唇，却见唐清辰突然朝她走了过来。他弯下腰，原本想伸出手摸摸她的脸颊，后来大概发现这个姿势有点儿别扭，干脆在她面前蹲了下来。他的手放在容茵身旁的沙发扶手上，即便是这样自下而上仰视她的姿势，气势丝毫不减，好像将她整个人纳入了他的势力范围。

“容茵，有什么事儿是不可以和我说的？”他说，“难道相比你和杜鹤认识这么几天，你现在更信任他，信不过我？”

短短几分钟，容茵觉得自己如同站在一块悬冰上，冰面正在四散龟裂，可她不知道该停还是该走，仿佛无论往哪走都有可能掉进水里，她忍不住捏紧自己的手臂。

她看向唐清辰，两个人目光相接，唐清辰的眼神很温柔，也很坚定，还有一点淡淡的失落。对于像他这样的人来说，失落这种情绪何其陌生。

容茵想起杜鹤刚刚在楼梯间里的话。这么多年，她不依靠殷家的任何人，没有亲人，没有故友，独自蹚出一条属于她自己的路。如果说殷筱云是她童年记忆中的梦魇，不如说父亲临终前留下的那封信才是圈住她的紧箍咒。别的孩子和父母生气闹脾气，觉得长辈说得不对，尚且可以反驳，可以辩解，可她早就没了这个机会。她觉得父亲信中的话说得不全对，却始终不敢深想，也不能反叛，因为父亲已经不在这个世界上了。哪怕他说得不全是对的，那也是为了她好。可就像杜鹤说的，父亲的话出发点是为她好，如果他还在世，看到今天的情形，他会希望看到自己一再躲避、不战而逃吗？这样的畏畏缩缩、再三谦让，和母亲当年的做法有什么区别？而母亲当年又讨到了什么好处呢？

容茵用力闭了一下眼睛，深吸一口气，再睁开眼时，她看向唐清辰：“你还记得我说过，我上中学时，妈妈因为意外过世，我爸爸也身体瘫痪，卧病在床的事吗？”

这样的大事，唐清辰如今又对她有着不一般的心意，怎么会不记得？

他点点头，说：“我记得。”

容茵说：“他们当初是出了车祸，车祸原因……时间过去太久，我父母又相继过世，许多事已经说不清了。”说到这儿，容茵停顿了一下，时间过去太久，她也不是善于解释和诉苦的性格，有些话当着唐清辰的面说出来，总让她有一种难以启齿的感觉，“我爸爸去世前曾经留下一封信，信上对我有许多嘱咐，其中一条，就是要答应他，远离殷家，不占殷家一分一毫的便宜，也不再跟殷筱云有任何纠缠。”

唐清辰眉心一跳：“他们的车祸和殷筱云有关？”能让一个卧床多年的病人临去世前还念念不忘，对子女嘱托一定要远离，唯一的原因就是他觉得此人是一个惹不起的危险人物。

容茵摇了摇头，眼神透出怅惘的神色：“车祸的事我爸从来没在我面前提过，是我小时候听别人说闲话听来的，我心里也确实一直有这个怀疑，但我没有证据。或许我爸那么说，也只是希望我能过好好过自己的生活……”

“殷筱云，和你爸爸……”唐清辰自动脑补了一场惊心动魄的三角恋，但碍于当事人是容茵的父母，有些话他拿捏不好分寸，因此没有直接问，“她很不喜欢你妈妈？”

容茵点了点头。她回过神，和唐清辰目光相对，突然反应过来他好像想歪了。明明是很困扰很难过的时刻，她突然有点儿想笑，不由得推了他一下：“你想什么呢？她对我爸没那个意思。殷筱云是我妈的亲妹妹。”

唐清辰：“……”一分钟之后，他清了清喉咙，凑得更近了些，“那你妈妈叫什么名字？”

容茵答：“殷筱晴。”

唐清辰突然一下站了起来，随即又俯下身，将手撑在容茵身后的沙发背上，目光紧紧追随着她：“容茵，你没逗我吧？”

容茵不明白为什么自己母亲的名字会让他有这么大反应，紧跟着就听到唐清辰突然笑出了声。

容茵："……"虽然现在问这个问题有点儿失礼，但她不问显然更不合适，"你没事吧？"

唐清辰觉得既好笑又嘲讽。他们家那位老爷子成天在家里念叨要向殷家报恩；汪柏冬那老头儿每次提起殷筱晴都难掩欣赏之情，可对容茵却一直没来由的横眉冷对；还有他自己，他一直觉得当年的事不是什么大事，而且殷筱晴本人都不在了，他一直都是嘴上说说，从没认真想过要去找什么殷筱晴的女儿……可现在容茵突然站在他面前，告诉他，她就是殷筱晴那个失踪好几年的女儿。

唐清辰觉得人生有时候真的很有意思。他原以为三年前在巴黎工作失意时尝过她做的蛋糕，就是两个人彼此人生最初的交汇点，可到了今天他才发现，原来在那么早以前，上天就把眼前这个女孩子手中的线，牵到了他的手里。

唐清辰停住了笑，眼睛里的笑意却更深了，隐隐的还有点儿别的东西在涌动："汪老知道这件事儿了吗？"

容茵想起早上那一幕："可能知道了。"她也不太确定汪柏冬是什么时候到的，"早上和 Fiona 拌了几句嘴。"她看唐清辰，"他知道不知道，有什么关系吗？"

唐清辰突然在容茵鼻梁上刮了一下："当年他可是你妈妈当年的铁杆粉丝。"说着他又忍不住笑出声，"按照现在流行的说法，彻头彻尾的迷弟一枚。"

容茵觉得自己能体会杜鹤早上在工作间时的感觉了，唐清辰这句话信息量太大，她真的很难消化啊。想想汪柏冬一贯的那副样子，还有早上自己顶嘴时他眼珠子都要瞪出来的模样，容茵有点儿想笑，又觉得自己这样实在不大厚道。

还有点儿难以置信："他应该……比我妈妈年龄还大吧。"

唐清辰：“比你妈妈年纪大，就不能当她的迷弟了？”

容茵：“……”她点点头，“但是这也不会改变什么。”她看唐清辰，“我不是我妈妈，他也不像是会爱屋及乌的人。哪怕没有殷筱云，他今天早上处理事情的方式，我也不赞同。”

唐清辰说：“咱们一件一件来说。”他对着容茵竖起手指，“先抛开其他一切外界因素，如果今天汪老收回这件事的处理方式，大家重新沟通出个全新的处理方案，你愿意留下来吗？”

容茵没有点头。

唐清辰有点儿急了，又想笑。他奇妙地发现，面对着容茵，他好像很难生起气来：“难道让汪老跟你赔不是也不行？”

“那倒不用。”容茵觉得自己没那么大架子，“我是觉得……”她想解释，刚要开口，发现两个人的姿势有点儿暧昧，几乎她再仰起一点，就能直接亲上唐清辰的下巴。可他却好像一点都不觉得，目光熠熠地看着她，容茵觉得自己之前大概真是很迟钝了，这么近距离看他的五官，真是好看得过分。

这个人气场太强，又总冷着脸，许多人第一次见他，往往会被他的气势吓退，压根顾不上细看他的容貌。唐清辰并不是乍一看便令人觉得非常俊美的长相，两个人熟悉起来之后，他当着她的面倒是经常会笑，容茵不觉得他凶，却从没像此刻这样好好看过他。非要形容的话，唐清辰的长相更像是一幅山水画，千岩万转，倏忽而近，才发现眼前已是“云青青兮欲雨，水澹澹兮生烟”。他的眉毛很浓，眼眸又黑又厉，鼻梁和下巴轮廓明晰，总显得很冷，却无论怎么样都是好看的。

唐清辰一边眉毛微扬：“你觉得什么？”

容茵很干脆地往旁边挪了挪，再这么看着他，她怕自己心有旁骛，言语失常：“我们可以先跳过这条吗？”

越来越狡猾了。唐清辰却笑意更深：“可以。那我们就先谈另外两件事。第一，你父母当年的车祸，你想查明真相吗？”

容茵一怔。这么多年，这件事如同一根哽在她喉咙的刺，每每想起父母，想起童年的事，总要想起她小时候听到的那些闲话，还有心里越来越深重的猜疑。她不自觉地捏住自己的胳膊，半晌说：“我想知道真相。”

唐清辰说：“这一点，我可以帮你查。”他看着容茵，身体朝她的方向前倾，“我知道你一向不愿意欠人情，所以我也是有条件的。”见容茵看向他，唐清辰微微一笑，毫不掩饰自己的目的，“你留在唐氏，直到我帮你查清楚这件事。”

容茵觉得被他这一笑弄得头有点儿晕：“你这是耍赖。”

唐清辰说：“那你是不想查，还是心甘情愿地欠我人情？二选一。”

容茵气绝。她突然发现，唐清辰从前对她真的很客气，至少两个人以前一起吃火锅、一起做蛋糕、一起谈天说地的时候，他没把讨价还价、锱铢必较这一套用在她的身上。然后她更加郁闷地发现，一旦唐清辰开始用这一套对付她，她真的完全不是对手。

唐清辰见她迟迟不说话，脸颊都鼓起来，顿时更想笑了：“你不说话，我就当你刚才那两个选项都不愿意，那就回归到原点，你需要我帮你查清楚这件事，而且你也要答应，留在唐氏，直到这件事有个结果为止。”

容茵：“你可以说另一件事了。”

唐清辰觉得为了保证接下来谈话能够顺利进行，自己有必要收敛一下脸上已经非常明显的笑容，于是他咳了一声，起身拨了一个内线：“林隽，碧螺春。”

容茵听到林隽的名字，顿时又想起之前那个融化得惨不忍睹的蛋糕，她匆忙站起身，在唐清辰把电话撂下前抢了过来，对那头说：“林隽，我是容茵。”

林隽无声地“哇”了一下，眼睛都亮了，这是谈到什么程度了？容小姐都开始和老大分享同一个电话了！但他嗓音还是绷得相当淡定：“容小姐，您说。”

容茵有点儿不好意思：“之前唐总塞给你的那个蛋糕，你没吃吧？”

林隽默默看了一眼人头攒动的茶水间：“吃完了。”

容茵：“……”这件事办得真的很砸招牌啊，她想起来就郁闷，忍不住抬头瞪了一眼罪魁祸首，“那个蛋糕都化得看不出原样了，你一个人……都吃了？”

林隽声音听起来温和极了：“工作了一上午，有点儿饿。”

容茵抚额，觉得自己有点儿不忍心问出口了：“好吃吗？”

林隽计算了一下那几位同事平时的战斗力，非常笃定地开口：“当然好吃，不然也不会都吃光了。”他问，“容小姐，怎么了吗？”

容茵深吸一口气，她决定接受这个事实，送出去的蛋糕是真的无法弥补了：“那个……之前出了一点小意外，天气又热，蛋糕拿上来都融掉了，我稍晚一点重新做一份新的给你。”

这可是意外的收获，林隽眼睛都亮了：“谢谢容小姐。”

“别客气。”容茵看一眼唐清辰，见他点点头，知道他没有别的事要吩咐了，这才放下电话。

唐清辰指了指沙发，示意两人回到座位上谈，一边说：“另一件事，就是你个人的处事方法。”他看着容茵坐在长沙发一端，便选了离她最近的一张单人沙发坐，看着她说，“当年事归当年事，你是你，不论殷筱云和你父母当年的车祸有没有关系，也不论她和你父母当年究竟关系如何，这些都不应该影响到你对她的态度，进而让你在遇到类似今天的局面时第一反应是逃避。逃避解决不了任何问题，而且逃避——”他见容茵想张口，竖起食指摇了摇头，继续说道，“也不会是你父亲当时那番嘱咐的真意。”

容茵眼睛里透出一丝晶亮：“你的意思是——”

他看着容茵说道：“当初在你的那间甜品屋，你告诉我，让你敞开心胸勇敢追逐梦想的，也是你父亲，不是吗？他既然鼓励你去做自己喜欢的事，就会想到，终有一日你会遇上殷筱云，毕竟同一个行业，大家会遇见是再正常不过的事。你父亲的意思大概是不希望你纠结往事，可不是让你在工作方面遇到殷筱云就处处避让。”说到这，唐清辰微微一笑，“知道我在工作场合遇到一个我并不喜欢的人却不得不跟他打交道，会怎么做吗？”

容茵歪了歪头，她确实没有想过这个问题，可对于唐清辰而言，遇到再讨厌的人，他也有自己的应对之法吧。他看起来就是那种没有什么事能难住他的人，因为他本人就十分难缠。

唐清辰微笑着说：“公事公办，该赚的钱还是要赚，最好把事情办了还能多坑他一笔钱。办完事，谁还管他是谁？”

果然是唐清辰的做事风格。

如果说杜鹤的激励让容茵如沐春风，那么唐清辰的这番分析就让人有醍醐灌顶之感了。容茵沉默片刻，突然露出一个比哭还难看的笑：“在你看来，我是不是挺蠢的？”

为了父亲的一番嘱托，对殷筱云严防死守，对殷家人避如蛇蝎，明明殷若芙比她还要小好几岁，可在工作场合遇上这个表妹，她完全不知道该如何自处，甚至还跟她在杜鹤和帕维尔的面前吵了起来……

容茵突然感觉自己脸颊的肉一紧，一抬眼，就见唐清辰不知什么时候凑得很近，手还在捏她脸上的软肉。

容茵拍他的手：“很疼。”

唐清辰双眸含笑，十分欠缺诚意地用指节在她脸颊揉了揉：“是挺蠢的。”

他点评得这么干脆，容茵心里仅存的那么一点愁绪瞬间烟消云散。

门打开，林隽端着茶走进来，刚好看到自家Boss笑得格外欠扁，又和容茵挨得特别近，几乎一偏脸就能亲上去的距离……林秘书放下茶壶，深觉自己此刻的存在简直是一种罪孽，决定保持这个躬身低头的姿势头也不回地赶紧撤出去。

就听这时，唐清辰突然喊他：“行了，别走了，你也留下。”

容茵正在倒茶。她不好意思接受唐清辰的碧螺春做礼物是一方面，因为这礼物太贵重，她还不起；可有机会正大光明地喝是另一方面，有好酒好茶，谁不愿意多尝尝呢？她听到唐清辰让林隽留下，也有些意外地看向两人。

唐清辰看一眼腕表，说：“距离我和汪老、杜鹤他们约定的时间还有半小时。现在咱们就来谈谈，对于汪老今天处理这件事的方式，你们各自有什么建议。”

对于事情闹起来的具体原因，林隽也有所耳闻，听到这儿他搓搓手，觑着容茵的神情说：“这件事的症结，还是在容小姐和汪老两个人。其他人怎么考虑不重要，重要的是最后的解决方案，能让容小姐和汪老双方都满意。”

唐清辰看向容茵：“我已经把我要说的两点都说了，轮到你了，不许耍赖。”

容茵并不是性格娇弱的女孩子，对于杜鹤和唐清辰的劝诫，她不仅全都听进去了，也在实时的反思和比较。可唐清辰实在雷厉风行，半小时的时间全部用来跟她讨价还价，压根不给她多少消化的时间，就来问她纠结的关键所在。

容茵深吸一口气，说：“你之前说，汪老当年很喜欢我妈妈的作品，是真的吗？”

唐清辰没想到她以此为切入点，愣了愣，点头：“是真的，这件事，林隽也多少知道一些。”

林隽眨巴眨巴眼，他觉得他跟不上形势，汪老当年最喜欢最追捧的国内甜品师……还是女的，不就是殷家当年那位……他突然明白为什么刚才杜鹤电话里跟他解释事情经过时有气无力，这信息量确实大。

听到自家Boss的轻咳，林秘书瞬间回神，对着容茵点点头：“对，是，汪老是殷……殷女士的铁杆粉丝。”

铁杆粉丝这个词，还真不是唐清辰或林隽的杜撰，而是汪柏冬某次过年喝高了，当着唐清辰的面自己说的，后来这件事还被唐清辰拿出来说笑过。能让汪柏冬那么严厉的人闹出这种笑话来，林隽印象还挺深刻的。

容茵听到这不禁一笑，她极少露出这样嘲讽的笑来，神情看起来显出几分凉薄：“如果是真的，那他怎么会不知道，所谓的鲜花冷鲜保存和独特的雕刻手法，是谁的原创？”

唐清辰和林隽虽然对当时容茵和汪柏冬吵起来的事有所了解，但对于这种细枝末节并不清楚，听到容茵这样说，都有一瞬间的沉默。

容茵对此不愿意多说，可事情闹到这个地步，有些事不把原委讲清，就辨不出一个所以然来。她只能将当时的情景一一复述，最后说：“汪柏冬如果真对我妈妈的作品那么关注，就不可能不知道这两个手法都是她当年的独创。他既然知道这些，允许Fiona那道抹茶杏仁豆腐入选和署名也就算了，他还要在我做的魔方蛋糕上重现这一技法，并且署上殷家人的名字，这又是什么意思？”容茵说着，脸上露出一个鄙薄的笑，“我妈妈的东西被他们盗用这么多年，现在连我的原创作品也要重蹈覆辙？”

唐清辰陷入沉默，林隽扫一眼自家老大的神情，开口劝道：“容小姐，汪老为人一向公正，我想这里面或许有误会。”

容茵一笑：“或许吧。”她看向唐清辰，“唐总，你还要坚持让汪老他们上来面谈吗？”

唐清辰看她：“那你还坚持要走吗？”

容茵沉默片刻，说：“如果我不走，我并不能保证接下来每天面对汪老和Fiona，不会再有情绪冲动的时候。”

唐清辰这么睿智的人物，怎么会看不出每每提到母亲和殷筱云，她都难免情绪激荡，连言语都显得刻薄许多。哪个男人会喜欢言辞刻薄的女孩子？容茵心里并不肯定唐清辰对她有多么深切的喜欢，如果他曾经有那么一点，那么经历了今天的事，随着以后类似的事情越来越多，他对她的那三四分欣赏，还能剩下多少？

她会试着从今天开始不再逃避有关殷家的种种，可让她心平气和面对殷家母女，至少短时间内，她还修炼不到那一层。她不想让唐清辰每天看到这样的自己。

林隽眼看这两个人都不说话，灵机一动，说："所以说，容小姐其实是喜欢在唐氏工作的，你不喜欢的只是总要见到殷小姐，我这么理解对吗？"

他这么一说，连唐清辰都忍不住看了他一眼。

不枉费他器重林隽这么多年，这小子关键时刻总有急智。

容茵没听出他话里的暗示，认真思考片刻后说："也不是不想见到她……"她想了片刻，露出一缕苦笑，"我是觉得今天汪老的这个决策，让我和Fiona把矛盾摆到了明面上，而且我们做的都是创意性甜品，接下来难免再出现类似的问题。"

林隽一拍巴掌："我早就说，容小姐具有容人雅量。这件事啊，说白了就是误会一场。您既然都能接受每天看到殷小姐，其他的事就交给我和唐总处理。保证你每天安心做甜品，不会再出现类似困扰。"

唐清辰瞥他："你有主意？"

林隽笑得有一丝狡黠，凑近唐清辰小声说："舅公那个性格……您还是趁这会儿先问问他老人家，在算计什么吧！他明摆着是故意为难容小姐。"

唐清辰倏然一笑，点了点林隽。关键时刻还是林隽旁观者清。如果说今天的容茵让他见识到了与平时不一样的一面，那今天的汪柏冬简直就是反常了。他那么欣赏钦佩殷筱晴，又怎么会明摆着找碴为难容茵？

林隽说这里面有误会，恐怕是当着容茵的面，说得含蓄了，这里面不一定有误会，但肯定有事儿！

他看向容茵：“你在这儿歇会儿，我去打一个电话。”又示意林隽，“照顾一下容小姐。”

林隽颔首，比了一个“OK”的手势。

眼见唐清辰出了房间，林隽一手撑着下颏，看向容茵：“容小姐，别气了。您别的不看，就看我们老大为了你鞍前马后的份儿上，也消消气儿。”

面对林隽，容茵总能放松下来，她不禁笑：“我哪有那么大的脾气？”

林隽说：“这件事换作谁都会生气的。不过听到您当场发飙，我还是挺意外的，还以为他们在跟我开玩笑。”

容茵觉得歉疚：“给唐总和你添麻烦了。”

林隽说：“这不能说是麻烦。既然有问题，总是越早挑明说清越好。”他朝门外扬一扬下巴，浅笑着说，“不过我们老大当时可被您吓坏了，我还从没见过他跑那么快的样子。”

容茵让他说得有点儿不好意思，可想起刚刚那一瞬间自己的黯然，她垂下头，忍不住说：“我刚才抱怨汪老的时候，是不是说话挺不客气的……”

林隽笑了：“您如果当着唐总和我的面，说话还要躲躲藏藏过于客气，我们老大才真伤心！”

容茵没想到林隽会这么说，她忍不住笑了：“林隽，你总是特别会说话。”

林隽打量容茵，试探道：“容小姐……其实你也挺喜欢我们老大的吧？”

这话如果是别人说，比如杜鹤，她肯定下意识要反驳；可面对林隽，容茵觉得自己没法撒谎。那天大家在烧烤屋聚餐结束，林隽在她面前没有隐藏对失去苏苏的黯然，此时此刻，她也没法对林隽隐藏自己真实的心意。

容茵反手揉了揉脸颊，她总觉得自己的脸颊温度有迅速飞升的趋势：“林隽，你这么问对我不公平。”

林隽乐了：“怎么不公平？”

容茵没好气地瞪他：“你是他的私人助理，从我这儿打听到什么，你转头就竹筒倒豆子都告诉他了。”

林隽一脸真诚：“如果是公事我肯定这么做，但这是容小姐的私事，我是站在朋友角度，随便聊聊。”他一看容茵的神情就觉得有戏，“容小姐，现在是不是越来越觉得来唐氏工作，是个非常正确的选择？”

容茵忍不住笑了：“来唐氏是挺开心的？尤其每天都能见到你。”

林隽正要接口，就听门一响，唐清辰推门而入。

林隽：“……”如果他没看错的话，他们家老大脸上的表情看起来是想灭了他……可他真的冤啊！他之前一直忠心耿耿努力帮自家老大刺探军情来着！而且容小姐那句话也不是那个意思，偏巧唐清辰这个时候进来，掐头去尾就听到最关键的一句……

林隽欲哭无泪，站起来的时候觉得膝盖打软：“老大，不是那样……”他举起手，“我申请单独汇报！”

容茵被他这么一打岔，瞬间忘了自己之前说的一句是什么，心里第一反应就是，幸亏自己什么都没说。但自己什么都还没说，林隽有什么可汇报的？

唐清辰面无表情地瞥了容茵一眼，而后看向林隽：“你跟我出来。”

林隽：“……”鞠躬尽瘁死而后已就是这么来的吧！他如果牺牲了也绝对是冤死的！

Chapter 13

毛豆糯米团子·台球

我爱你，关你什么事？千怪万怪也怪不到你身上去。

——张爱玲《沉香屑·第一炉香》

两人在天台交流片刻，林隽觉得自己跟不上汪柏冬的思路，张大嘴巴怔了半晌，然后说："所以舅公的意思是，他之所以这么说，是想逼容茵把事情摆到明面上，甚至把当年这些事都抖搂出来，他心里其实是想让一切真相大白？"

唐清辰扯了扯嘴角："差不多是这个意思。"

"舅公这脑回路……"林隽觉得自己有点儿回不过神，"实在清奇。"

唐清辰咳了一声："所以，我刚刚听容茵说——"

林隽瞬间回神，一脸憋屈："老大，一切都是误会！"他好不容易把整个过程交代清楚，随后赶紧表明忠心，"老大，我看容小姐的眼神，不像对您一点意思都没有！"

唐清辰淡淡地瞥他一眼，事到如今，这点眉眼官司，还用得着他说？

林隽见自己这句谏言收效甚微，瞬间又有了灵感："还有老大，我觉得杜鹤……是不是对容小姐有那方面的意思？"

说到这，唐清辰忍不住想瞪他："是谁之前跟我说，杜鹤一直洁身自好，对女人没什么兴趣，甚至有可能是 Gay 的？"

林隽想哭："他之前真没有过女朋友。就他那张嘴，也没几个女孩子受得了啊！”

唐清辰微笑：“他对容茵可从没毒舌过。”

林隽苦笑：“他应该真的挺欣赏容小姐的。”想到汪柏冬，他也有点儿发愁，“那舅公那边……怎么办啊？”

唐清辰手指拨了拨眉端，一脸淡然：“他那么大岁数的人了，没人给台阶，自己也会搭台阶下，没什么不好办的。”

林隽说：“老大，那你怎么看起来不太高兴……”

天台风有些大，吹得两人衣衫鼓胀，唐清辰神色越发淡薄，片刻之后说：“回去工作吧，后面的事我来处理。”

林隽答应一声，先一步离开了天台。

后面的事果然如唐清辰预料的那样，众人一到会议室，汪柏冬就率先甩出了约法三章，不仅给出了让容茵能够接受的答复，也顺势堵上了所有人的嘴巴。

汪柏冬这样干脆利落，反而让容茵无话可说，直到众人鱼贯出了会议室，汪柏冬也没多看容茵一眼。

容茵走在最后，看唐清辰：“汪老，大概对我挺失望的吧。”

“不至于。”唐清辰笑着说，“你要想明白，无论他表现出来的态度是什么样的，事实更有利于谁，不是一目了然？”

容茵叹了口气，这些天以来，她一直觉得汪柏冬挺不待见自己的。不过电影节将至，规矩又定得一清二楚，接下来大家只会越加忙碌。想到这儿，容茵说：“今天给你和大家添麻烦了。接下来我一定竭尽全力，也希望这次电影节活动能够顺利完成。如果有什么我能帮上忙的，你尽管提。”

唐清辰略低下头，似笑非笑地看她：“还真有两件事，需要你帮忙。”

容茵：“什么？”

唐清辰说：“我想让你帮忙看着点后厨的动静。”他笑容浅淡，眼眸里有厉光闪过，“但凡有点儿什么不对劲的，立刻跟我说。”

容茵从前在国外的酒店工作时，酒店也承办过类似活动，这种大型活动期间有可能出现的各种状况，这几天来容茵也在心中模拟想象过，听到唐清辰提这样的要求她并不意外，一口答应下来：“我会的。”

唐清辰笑了：“第二件事就比较简单了。”他看容茵，“你做的蛋糕让林隽给办公室那些人吃了，听说你还要补做一份给他吃，那我的呢？”

容茵忍不住嘀咕：“可是你不爱吃甜食啊。”

唐清辰说：“你也不是只会做甜食。”说着，他皱了皱眉，哀叹一声，“看来我人缘不大好。”

容茵笑了：“没有。”

唐清辰目光熠熠地看她：“所以我的那份，有还是没有？”

容茵笑答：“有。”

唐清辰说：“去楼上做吧，缺什么材料让楼下送上来。今天出了这么多事，你大概也不想这么快回到后厨。”他说，“这两天如果有什么新灵感，都在那间厨房做吧。”

容茵点点头：“我知道了。”活动期间每位甜品师都会配备助手，今天开始大家就要彼此熟悉了。不过这也不是难事，都可以在唐清辰的那间厨房完成。倒是唐清辰提出这个建议的用心，她一听之下就明白了。这个时候她立刻回到后厨，不仅她自己尴尬，汪柏冬和殷若芙两个人恐怕也都没有调整好情绪。眼下大战在即，每个人都应该尽快将自己的状态调整到最佳，毕竟没有什么比即将到来的电影节更重要了。

容茵险些忘了，从学生时代起，聂子期就是一个非常执拗的人。接到杜鹤电话时，听说他已经抵达酒店大堂。容茵思考再三，决定下楼见面。

两人约在君渡酒店的咖啡厅。

不过一段时间未见，对聂子期而言，却恰恰印证了度日如年这四个字。容茵在他面前坐下来时，他仔细地描摹着她的面容，她似乎比之前在郊区时皮肤白皙了一些，大概跟每天关在酒店里工作有关，人也瘦了一些，但看起来精神很好，目光晶亮，倒比从前更显得神采飞扬。

想到自己此行的来意，聂子期不免生出几分局促："你看起来瘦了，在这的工作很辛苦吧？"

"是。"容茵招手要了一杯苹果汁，也打量聂子期，"你看起来精神不大好，最近医院很忙吧？"

"一直那么忙。"聂子期苦笑，如果不是这段时间加班加点，他也不会连和容茵吃一顿饭的时间也抽不出来。他看向容茵："阿茵，我前些天也来找过你……"

容茵说："我知道。"她微微笑，看向自己放在桌上的双手，"你工作很忙，我最近也不轻松，其实不用急在这一时。"

聂子期忍不住说："可是我总觉得，有些话如果不及时说，就晚了。"

容茵看向他，她本来想先开口把事情说清楚，这样也免了聂子期尴尬，可看此刻的情形，似乎聂子期并不愿意像从前那样含蓄了。

聂子期说："阿茵，这次和你在平城重逢，我很意外，也……真的非常开心。"他看着容茵，眼神里除了热烈，还有一丝并不明显的恳求，大概连他自己都不知道，那样的恳求看起来有多令人心酸，"阿茵，其实当年临近毕业那会儿，大家都忙着把实习工作稳定下来，我也在忙这件事，以至于你什么时候出的国，我都很迟钝的直到你走了才知道……"

回忆往事，容茵也难得浮现怅惘："当时确实走得很仓促。"

聂子期说："其实我当时……我那个时候就很想……很想跟你说，一直以来，我都很喜欢你。我希望你给我个机会，我们交往试试看。那天在医院看到你，我觉得你简直像是突然穿过了这几年的时光，一下子出现在我面前的一样。"他露出一丝笑，平时很爽朗的人，此刻笑起来却显得很紧张，"我一直觉得刚跟你重逢没多久，你的生活也没有彻底安顿下来，好像不是说这些最好的时机，可我这两天突然想明白了一些事，没有什么最好的时机，有些事想做，就应该立刻去做，所以我才连着两天来这里等你……”

他深吸一口气，鼓起十分的勇气，看着容茵双眼最后说道：“容茵，我的感情一直没有变，我还是和当年一样，非常喜欢你。你可不可以接受我，让我当你的男朋友。哪怕你现在并不是特别有感觉，但我们可以试试看，说不定过一段时间，你会觉得我做得还算不错呢？”

容茵没想到聂子期将一段表白的话说得这样长，这样断断续续，又让人觉得仿佛正是这样，才显得格外真诚。

学生时代她听过远比这个更热烈的表白，可那样纯挚热烈的表白，除了让她觉得尴尬和莫名其妙，并没有带来多少悸动的情绪。时隔五年，再次与大学时的同学重逢，听到对方说这么多年一直很喜欢自己，说不感动是假的。容茵唇角浮起淡淡的笑，她突然发现，随着年龄的增长，人的心其实会变得比年轻时柔软许多。哪怕依旧会拒绝，可心里已经能更深地体会对方的感受，也会考虑到对方的情绪而试着将拒绝的言辞说得更婉转柔和。

她抚摸着玻璃杯的外壁，夏季闷热，橙汁里加了冰块，此刻玻璃杯外壁摸起来湿漉漉的，又凉又滑。她垂着头浅浅一笑，看向聂子期：“谢谢你跟我说这些，不过我个人觉得……我们还是做朋友更合适。”

或许因为等待和坚持太久，聂子期早已想过各种被拒绝的可能，他的第一反应不是失望，而是意料之中的淡定，以及随之衍生的锲而不舍：“阿茵，你一直没有交男朋友，和一个你不算讨厌的人、又是认识多年的朋友试试，也不可以吗？”

这一次容茵过了许久才开口：“我之所以觉得我们不合适，是因为我觉得还算了解你。”她看向聂子期，“我们在许多事上的理念不合，说不到一起，勉强在一起不会舒服，反而会毁了我们这么多年的情谊。”

聂子期像是第一次听到这种说辞："我和你之间，理念不合？"

"对。"容茵看着他，"最简单一个问题，如果没有我，你到了适当的年龄会考虑结婚吗？"

聂子期说："这个问题由你来问，对我而言不公平。"

容茵说："你会，对吗？"

"阿茵。"聂子期说，"这是一道假设题。"

"可是我不会。"容茵看着聂子期，眼睛里浮上点点笑意，"对于我而言，婚姻和恋爱，都不是生活的必需品。没有丈夫、没有恋人，我的生活依旧充实圆满，我有自己热爱的事业可以追逐奋斗，光是做甜品这一件事已经填满我的生活。对于像我这样的人来说，如果我要谈恋爱或者结婚，一定是找到了我为之心动的人。如果没有，我觉得单身生活也很不错。"

聂子期这一次沉默良久。半晌，他说："你在上大学时，拒绝那些男同学，也是因为这个原因吗？那个时候你也是这么想的吗？"

"老实说，不是。"容茵耸了耸肩，"那个时候我还没有修得这种智慧。我拒绝他们的原因更多是我没有心思也没有时间谈恋爱，学业太忙，还要照顾家里，我真的分不出一点多余精力去谈恋爱。"

聂子期看着她的眼神透出一丝绝望："所以……是我开口太晚。"

容茵沉默，她之所以希望不用有一天和聂子期说得这么条理分明，就是已经预料到两个人要说清楚这些，不仅非常困难，而且不会太好看。她说自己和聂子期观念不同，是因为两个人的思维和取向真的有太多不一样。

她说："子期，如果我们彼此喜欢，任何时候表白，都不算晚。"她看着聂子期，说，"学生时代如果你表白，我不会接受你，因为那个时候我没资本谈恋爱。而现在，我已经形成自己的恋爱观和婚姻观，我的这些观念和你是不一样的。我们两个之间没有对错，只是彼此不是同一类人。如果谈恋爱，也不会谈得太愉快。”

聂子期惨然一笑。

半晌，容茵见他不言语，她叹了一口气，起身：“电影节要开始了，这段时间我会很忙。你医院每天事情也不会少，还是早点回去吧。”她招来服务生结账，然后说，“如果你不介意，我们以后还能做朋友，等忙过这段，我去医院探望你，顺便请你吃饭。”

说完这句，她没再啰唆，转身离开了咖啡厅。

聂子期是一个非常好的人，但在她心里，谈恋爱这件事已经不是生活必需品，那么一旦想和什么人开始恋情，双方必须有足够的吸引，否则简直伤身伤心，浪费光阴。

穿过大厅直抵电梯时，突然接到聂子期的电话。容茵接起来，就听那端聂子期问：“阿茵，你是不是喜欢上……别的人了？”他问得含蓄，似乎是想给两人留出回旋的余地，“如果……我是说如果，他并不是真心喜欢你，你们两个并没有在一起，那你……”

容茵笑叹了口气：“聂子期，我并不是那种没有爱情就活不下去的女人。”

聂子期无声挂断了电话。

大厅里冷气开得很足，这个时间段，客人相对稀少，容茵只觉得仿佛一瞬间天朗地阔，呼吸也通畅了许多。她不免自嘲地笑，固然她不喜欢聂子期在一些事上的观念，可她今天说的话多少还是受了上午那些事的影响，太不留情面了。从前，她当着聂子期的面，表现十分温和，今天他大概受创不小。

傍晚时分，唐清辰和林隽在办公室收到了容茵的助手送来的小零食。素白小碗里盛着几颗雪白的糯米团子，上面敷撒着一些嫩绿的软泥，一看就是仔细研磨过的，看颜色质地像是芥末，闻着却没有任何辛辣味道。

林隽尝了一颗，他以为会是抹茶，却没想到尝到一股清新的豆香，糯米团子冰凉软糯，豆子清香微咸，就着茶吃十分风雅，是一道非常适合夏日的消暑小点。

林隽问那个年轻助手："这是什么豆子？"

年轻的女孩子笑得很甜："是毛豆。这个季节毛豆最嫩最好吃。"

咸味的小点心，林隽吃着新鲜可口，在唐清辰就是非常合心意了。他忍不住眯起眼，想，如果说这是专门做给他吃的点心，应该不算自作多情吧？

另一边，容茵灵感突发创作出这道夏日小甜点，自己吃着喜欢，却一时拿不准要不要拿给汪柏冬试吃。她端了几份下楼，给杜鹤拨通了电话，邀请她到自己的房间小聚。

杜鹤一进门，就"嚯"了一声："认识你这么久，还是第一次见你穿裙子。"

容茵也笑了："是我一个朋友送的，刚收到快递，就穿上试试。"

杜鹤将容茵从头到脚打量一番，点了点头："这个朋友有眼光，好看。"容茵的肤色不像殷若芙那样白皙，而是浅蜜色。她如今头发长了些，散下来时刚好垂在肩头，蓝白斜条纹裙颜色简洁干练，腰收得很细，领口微敞，很有法式味道，看起来清爽之余还有一丝慵懒，非常符合容茵的气质。

容茵笑着一指旁边的沙发："还有一件，我试穿过，有点儿大了，我倒觉得很适合你。"

杜鹤端饮料的姿势瞬间僵硬："啊？"半晌，她回过神，一边摇头，一边喝了一口饮料，差点儿呛到，"别了吧。"

容茵偏头："不试试怎么知道？"

杜鹤还是摇头："我不适合穿裙子。"

容茵难得坚持："就试一试。"她把裙子连同包装袋一齐塞给杜鹤，

“你去卫生间试，我不看，只有你自己看，还不行？”

杜鹤脸颊浮上浅红，她咕咚咕咚几口喝掉饮料，拿着裙子站起身：“那我……”

容茵一边指给她卫生间的方向，一边挥手赶她：“快去快去！”

眼看着杜鹤走路都有点儿同手同脚的趋势了，容茵憋住笑，喝了一口饮料，呼出一口气，满足得连眼睛都眯起来。那条裙子颜色素净，是原麻的颜色，天然纯亚麻质地挺括，衬衫裙的样式，腰部有一条宽腰带，不扎眼不媚俗，哪怕女孩子短发穿球鞋也一样能穿得优雅又好看，怎么想都很适合杜鹤。

她正琢磨待会儿如果杜鹤穿着裙子出来，她要怎么夸奖才能让她不觉得别扭，就听门外传来两声敲门声。

打开门，就见门口站着唐清辰，还有……殷若芙？

容茵不自觉地皱了皱眉，唐清辰找来她的房间不奇怪，但这两个人一起找来，就很奇怪了。

唐清辰神情淡然，眉心舒展，看起来似乎没有任何不自在，一见到容茵就说了一句：“路上碰见的。”他更多的注意力放在容茵身上，她这样穿很漂亮，如果颈间再添一串珍珠项链，整个人容色更盛。头发这么披散着，有几绺调皮的碎发卷在颈窝，整个人看起来有小小的性感，越看越令人心旌摇曳。

容茵又看向殷若芙，后者朝她笑了笑，眉眼间都含着某种淡淡的愉悦：“我是来找杜师兄的。”

唐清辰听到这句话倒有点儿惊讶了，他看向容茵：“杜鹤也在？”

容茵刚想回答，突然想起杜鹤此时在换衣服，她脸色瞬间就变了，想关门，唐清辰的手肘却挡在那，他皱起眉心：“怎么了？”

“不是……”容茵想解释的话冲到嘴边，又硬生生咽下去。唐清辰上前一步，这个姿势恰好挡住了殷若芙，容茵看不到她此刻的表情，却难免要多想一层，这是不是太巧了？心思浮动间，她后退一步，把路让出来，朝着唐清辰乖巧一笑："杜师兄在卫生间呢。他刚刚喝饮料喝得急了，好像有点儿不舒服……"

说着，她一边朝卫生间走，一边对唐清辰和殷若芙说："两位先坐，我去看一下杜师兄的状况。"

卫生间在里间，从客厅的沙发这边看过去，刚好能窥见容茵的身影。

容茵生怕杜鹤这个节骨眼上穿着裙子出来，几步路走得肝胆欲裂、魂飞魄散，几乎每一秒钟她都在不停地假设，如果杜鹤真穿着裙子走出来了，这件事她要怎么才能圆过去……总不能说杜鹤有异装癖吧！

刚好走到卫生间跟前，就看见门板一动，容茵瞬间冲上去，一手扶住门板把门往里推："杜师兄，唐总和 Fiona 都在呢，你肚子怎么样了，还疼吗？"

容茵感觉到门那端与自己对峙的力量消减许多，随后就传来杜鹤含笑的声音："没事了。"

容茵大松一口气的同时松开了手，门打开，杜鹤穿着之前那套衣服站在门口，眼镜别在衬衫口袋，一手挡在腹部，脸颊还挂着红晕，看起来还有一点汗意，似乎确实是肠胃不舒服在上厕所。

她给了容茵一个安抚的眼神，朝着客厅那两人走过去，一边拿出眼镜戴上。

唐清辰端详他："不舒服的话，我打电话让医生来看看。"

杜鹤一指茶几上的杯子："刚才喝冷饮喝得急了，不太舒服。"

唐清辰一看桌上，除了两杯冷饮，还有糕点，只不过都用磨砂罩子罩起来了，看不清楚里面是什么东西。

殷若芙的目光也在那个罩子上打了个转，旋即又看向杜鹤："杜师兄，我有点儿事找你。"

杜鹤笑嘻嘻地在一张单人沙发坐下来，跷起二郎腿："想不到 Fiona

这么惦记我，才多大会儿工夫不见，就这么着急，都找到小师妹这儿来了。”

杜鹤这话说得意有所指，殷若芙立刻神情就冷淡许多，她觑着唐清辰的神情，说：“不是我找你，是汪老找你。”

杜鹤说：“我有汪老微信啊，好像没看见他说有事儿找我。”一边把手机摸了出来。

殷若芙笑容淡淡的：“反正汪老是这么说的，让你过去一趟。”她又看向容茵，“活动开始前留给大家的时间不多了，你真不打算回工作间？”

容茵微微一笑：“这点不牢 Fiona 费心。”

殷若芙又瞥了一眼桌上的点心，目光在房间内逡巡一圈，说：“你的这个房间倒是很大。”

容茵知道她是什么意思，殷若芙大概以为这个套房里厨房，而她自己一个人在这儿偷偷练习。可她并不愿意多做解释，只是说：“还有其他事情吗？”

容茵这是下逐客令。大概是没想到她会这么不客气，殷若芙咬了咬嘴唇，看向唐清辰：“清辰哥，之前我和我妈妈说，我不要每天回家了，尤其接下来电影节开始，大家肯定会更忙，我也想住在酒店……”

唐清辰浅笑着看她：“我倒是没听殷总提起过。”

殷若芙嘟了嘟嘴，她长得娇俏，撒起娇来也不让人觉得生硬：“我这不就是在和你提嘛！”她又挑挑下巴，示意容茵的房间，“也不用像她这个这么大了，给我安排一间普通的客房当员工宿舍就可以了。”

唐清辰说：“听起来好像我不答应都说过不去了。”

殷若芙笑逐颜开：“这么说你是答应了！”

唐清辰说：“这件事让林隽帮你安排，你待会儿跟他说。”

殷若芙察言观色，很懂得见好就收，柔声说了一句“谢谢清辰哥”，又看向杜鹤：“杜师兄，咱们一块儿走吧？”

杜鹤悠游自在地一点头：“好。”又看向容茵，“小师妹好好休息。”

临走前，殷若芙朝房间里的这两个人投来颇不放心的一瞥，杜鹤走在她后面，十分“体贴”地及时带上了门。

殷若芙看着关得严严实实的房门，又看向杜鹤：“你倒是真会替她着想。”

杜鹤双手插在裤袋，挑了挑眉：“那是自然。”

他抬步就走，殷若芙咬牙，最后还是追了上去：“你给我一句准话，你到底是不是喜欢容茵？”

杜鹤眼都不眨，回答得别提多痛快了：“是啊！”只不过不是她以为的那种喜欢罢了。

殷若芙觉得自己头都要炸了：“你喜欢她，你还给她制造和别的男人在一起的机会？”

两人前后脚进了电梯，杜鹤扭脸看她：“我懂什么叫成人之美啊！”他低头，凑近殷若芙瞅了瞅，啧了一声，“眼睛挺大的啊，看着不像近视，你难道看不出来人家唐总对你没意思？”

殷若芙冷笑了一声：“不劳你费心。”

杜鹤说：“彼此彼此。”

如果容茵有幸在场听这么一段，肯定会建议杜鹤哪天会一会唐清辰，这俩人都挺能气死人不偿命的！

另一边，等那两个人一走，唐清辰便掀开了点心上的罩子，一看碗里是一样的毛豆糯米团子，他的眼神瞬间黯淡，说：“你和杜鹤挺要好的。”

容茵说：“是啊。她做甜品自有一套理论体系，有时候听一听她的建议，会有另辟蹊径的灵感。”

唐清辰戳起一颗糯米团子，慢慢尝着，一边说：“这道小食，好吃是好吃，但……太简单了。”有了这第一句，后面的解释就顺畅多了，“味道也比较清淡，可能在那种场合不容易讨巧。”

其实真正的原因是，他不想把这份味道和那么多人共享。沉默片刻，他好像突然想到什么，说话时兴致也高了："想不想活动活动筋骨？台球会打吗？"

"不会。"容茵摇摇头，她的学生时代几乎是在医院和学校两头跑中度过的，可以说既忙碌又枯燥，后来专攻甜品，她总觉得自己上道太晚，有许多东西需要用大块的时间来补，更没有多余的时间和精力去培养什么爱好了。经唐清辰这么一说，她才陡然发现，自己的生活除了做甜品，就是做甜品，实在匮乏。

唐清辰做了一个"请"的手势："不介意的话，我今晚可以暂时充当你的老师。"

容茵没有观看过任何台球比赛，但目睹唐清辰打了一台之后，她突然就发现了这项运动的迷人之处。台球厅里的电视上正在播放一场斯诺克比赛，唐清辰也不着急，递给她一瓶果汁，示意她和自己一起在台球案边坐下来，看一看比赛。

如果说打九球堪称是酣畅淋漓，那么玩斯诺克就是一项精细的艺术了。旁边又有唐清辰这位专业人士的指点，容茵很快投入到比赛中，看得目不转睛。等看到其中一名选手打入关键一球并最终赢得比赛时，容茵甚至忍不住叫出了声："太厉害了！这个选手好厉害！那么年轻，长得也帅！"

唐清辰笑了："他叫 Mark Selby，国内许多人给他取外号叫'逆转王'、'决胜局之王'。你眼光不错，他确实很厉害，2016 年他完成了双圈大满贯，你刚看的这场是 2017 年 5 月份的锦标赛的比赛重播，他在 4–10 比分大落后情况下后来居上，最终以 18–15 击败了四届世锦赛冠军得主，拿了冠军。"说到这儿，他皱了皱眉，非常认真地看容茵，"但问题是，他其实并不年轻了，83 年的。而且……他真的长得比我帅？"

容茵简直失笑："我以为你是不会在意长相的那种人。"

唐清辰摸了摸下巴："不在意的前提是知道自己无须在意，因为没对手。"

容茵笑出了声："我第一次发现你这么自恋！"

唐清辰也忍不住笑了："我这叫自恋吗？我这叫毛遂自荐更合适吧！"

这话说得实在婉转，可容茵听懂了，她觉得刚刚唐清辰递给她的那瓶覆盆子果汁里大概含有酒精，不然这个时候她怎么会觉得脸颊要烫死了："花言巧语。"

唐清辰点到即止，看着灯光下她泛红的脸颊，没有再多说，可唇边的笑意更深了。

接下来的时间在唐清辰的一对一教学中度过。

唐清辰吹毛求疵的性格在教学过程中袒露无疑。光是怎么拗对造型，他就教了容茵足足二十分钟，最后容茵总算姿势过关，可接连几次，球杆都击空，连小白球的边都没碰到。最后一次容茵脚踝一软，如果不是唐清辰眼疾手快扶了一把，险些沿着台球案滑倒。

正在这时有人吹了一声口哨，紧接着就听到有人笑着说道："唐总，没想到有如此雅兴啊！"

唐清辰扶着容茵站好，转身看去，就见来人手里拿一瓶啤酒，另一手杵着球杆，脸上挂着揶揄的笑，不知道在那儿看多久了。这人黑色短袖亚麻长裤，一身打扮看起来倒和唐清辰平时很接近，看起来不过二十出头的样子，非常年轻，但一双眼睛目光极沉，此刻正把目光定在容茵身上，见她也在看他，还朝容茵递了递手，做了一个干杯的动作。

唐清辰浅笑着说："原来是何总。"

何佩不慌不忙地走到近前，着重打量了容茵一番，这才抬起头，看向唐清辰："原来唐总喜欢的是这个类型。难怪我哥之前几次牵线搭桥，唐总都不怎么搭交情，我还以为是唐总记仇了，不肯赏个面子。现在看来倒是我和我哥误会唐总了，哈哈！”

唐清辰皮笑肉不笑：“何总哪儿的话？”他看向他身后，那边的台球案边还站了几个人，唐清辰一眼望去已经认出，这几个都是何佩平日的好友。他朝那几人的方向一扬下颏、“哥几个都在，不打扰何总雅兴，玩得开心！”

何佩伸手一拦：“哎，哎，别就这么走了啊！”何佩看着唐清辰，一脸的不赞同，“我这专程和朋友一起来唐氏观光，唐总既然在这儿，也不说好好招待一下，咱们两家之间，怎么这么见外呢？”

唐清辰静了片刻，看着何佩一笑：“那何总想我怎么招待？”

唐清辰摆明了不待见何佩，话也说得并不太客气，勉强算是不去主动撕破双方面子上的和平。何佩听了也不生气，反倒似乎非常认真地思考了一下这个问题，然后笑着一指：“咱们来这儿不就是打台球的嘛！听闻唐总台球打得那是相当有水平！怎么样，今天就让小弟亲自领略一二？”

唐清辰说：“何总是客，当着客人的面一直赢，怎么好意思呢？”

这话说得促狭，连容茵听了都没绷住笑。

何佩毕竟年轻，脸上挂不住了，他咳了一声：“那就试试呗！”

唐清辰对容茵说：“你不是还有正事要忙？先回去吧。”

何佩一听顿时不干了：“不能走！”他这话说得有点儿着急，一对上唐清辰的目光，他粲然一笑，补充道，“这有球、有酒，也得有美人啊！”他看向容茵，“刚才唐总不正在教这位小姐打台球吗？这现成的比赛教学，多好的学习机会，怎么能让嫂子就这么走了呢？”

唐清辰闻言看向容茵，容茵一时拿不准他的意思，就看他的眼睛。可唐清辰的眼睛看向她的时候，目光突然变得温柔了，眼睛里除了笑意还是笑意。

容茵：“……”判断不出来的情况下，她还是依照自己的心意来吧，她点点头，“我有点儿渴，去拿瓶水。”

何佩拉着唐清辰往自己那张台子走，一边还低声笑着说：“弟弟够意思吧！”

唐清辰看向他。

何佩一副“我都明白的”神情，朝他挤了挤眼：“我知道唐总有自己的策略，你现在不就差那么临门一脚了？”说着，他把手里的酒瓶递给身旁一个哥们儿，挥起球杆，一把将桌上的球都打散，“这一脚，我帮唐总。”

唐清辰语气淡淡的：“你这是添乱。”

何佩顺着他的眼神看向桌上四散的彩球，哈哈大笑：“唐总就是喜欢说冷笑话。”

唐清辰一挑眉：“难得我讲冷笑话，何总也笑得出。”

何佩目光悠悠的，看向唐清辰身后：“我听说唐总的初恋情人，是一个很会做菜的女孩子。不知道这位新嫂子又擅长什么？”

唐清辰说：“何总什么时候成了包打听，这么喜欢八卦？”

何佩瞟一眼他，神情略显幽怨：“这不是之前因为一点误会，和唐总闹得生疏了吗？总得给弟弟一个机会往回找补找补啊！”

唐清辰没有讲话。

容茵走近时，两边已经准备开局了。

这局打的是黑八。唐清辰同何佩各执一杆，两人各打各自的主球。一杆抬手，唐清辰那边的主球离顶边更近，他一边擦拭巧克粉一边说：“不好意思，我先手。”

接下来唐清辰一杆一球，随着桌面上的球越来越少，何佩的脸色也越来越不好看了。

等到桌上只余一颗8号球，何佩吹了一声口哨：“唐总这是一点机会都不给弟弟留啊！”

话音刚落，8 号球入袋。

这一局，唐清辰赢。

不等何佩开口，唐清辰从口袋里拿出手机，快速摁了几下，随后说："还有点儿事，不能陪何总尽兴了。"他又扬一扬手机，"老规矩，让我们柯总来陪您打，可好？"

何佩眼睛一亮，随即又有点儿迟疑："柯总……有时间？"

唐清辰微笑："陪何总打几局球的时间还是有的。"

何佩搓了搓手，转身嚷嚷着去挑球杆，竟然没有再多纠缠。

容茵跟在唐清辰身后出了台球厅，有点儿没回过神："你刚才说的柯总……是不是叫柯蔓栀？"

唐清辰点头："是她。"

容茵有点儿意外："真没想到，她竟然是台球高手。"每次见到柯蔓栀她都是一副高高在上的样子，而且看她的模样，并不像是会喜欢这种运动的人。果然人不可貌相。

两人进了专用电梯，唐清辰神色才真正松弛下来，听到容茵这样说，他不禁笑了："她打台球是有两手，不过关键在于……"他凑近容茵耳朵悄悄说了一句。

容茵觉得自己耳朵出问题了："不会吧？"

唐清辰乐了，他早就发现，容茵不论在其他事上多认真多淡然，一聊到八卦她的反应和其他女孩子也没什么分别。这一点倒是很方便他用来拉近距离。他含笑看她："怎么了，你觉得柯蔓栀配不上何佩？"

"不是。"容茵摇头，呆住，"可是柯总看起来……何总应该比她年轻十几岁吧。"

唐清辰看着容茵："接受不了姐弟恋？"他悠悠然道，"帕维尔不也才 23 岁？"

容茵愣住，片刻之后才说："我以为他们两个只是……"

唐清辰突然抬手揉了揉容茵的头："你真可爱。"

容茵一瞬间看明白了唐清辰的表情，她有点儿懊恼："我不是蠢，是压根没往那方面想。"片刻之后，她反应过来，抬头看向唐清辰，"看不出你这么八卦。"

唐清辰抬起一边眉毛："我要是一问三不知，你还能聊得这么开心？"

容茵完全没有被为难住的样子："我还可以问林隽啊。"

唐清辰大笑。

两人一齐走出电梯，到了 28 层，容茵耸耸肩说："听起来很精彩啊，别人的人生。"

"你的人生还不够精彩？"进了房间，唐清辰一边为两人倒水，一边说，"我觉得你的人生已经比许多女孩子都要精彩有趣得多。"

容茵端起水杯，说："我觉得我自己的人生挺平凡的。"

唐清辰在她对面坐下，竖起两根手指："你具备两项专业技能，还不够精彩？别人哪怕大学毕业做的不是本专业相关，也不会这么果断地去重新拾起另一样技能。在我看来，你非常有勇气。"

容茵说："这么比较对其他人有点儿不公平。我从小耳濡目染，从我妈妈那儿学到不少东西。毕业后……勉强算是重拾老本行吧。"说到这儿她也忍不住笑了，"而且学医那几年虽然下了不少功夫，现在也都忘得差不多了？感觉有点儿浪费光阴。"

唐清辰说："别着急，学过的东西说不定什么时候就用上了。说不定哪天，你会很庆幸自己有过学医的经历。"

容茵笑着说："但愿吧。"

图书在版编目（CIP）数据

芬芳满堂 / 江雪落著 . -- 南京 : 江苏凤凰文艺出版社 , 2019.7
ISBN 978-7-5594-3605-4

Ⅰ . ①芬… Ⅱ . ①江… Ⅲ . ①长篇小说 – 中国 – 当代
Ⅳ . ① I247.5

中国版本图书馆 CIP 数据核字 (2019) 第 072973 号

芬芳满堂

江雪落 著

责任编辑	刘洲原
特约编辑	马春雪　苗玉佳
装帧设计	A BOOK STUDIO 苹果Design QQ|1603087572
责任印制	刘　巍
出版发行	江苏凤凰文艺出版社
	南京市中央路 165 号，邮编：210009
网　址	http://www.jswenyi.com
印　刷	北京永顺兴望印刷厂
开　本	880 × 1230 毫米 1/32
印　张	9.5
字　数	245 千字
版　次	2019 年 7 月第 1 版　2019 年 7 月第 1 次印刷
书　号	ISBN 978-7-5594-3605-4
定　价	38.00 元